KB181158

정지용 만나러 가는 길

두 번째 이야기

다시 정지용을 찾아

정지용 만나러 가는 길

두 번째 이야기

김 묘 순 지음

국학자료원

| 서문

정지용님께 드리는 두 번째 서간(書簡)

정지용 선생님!

보고 계시나요?
듣고 계시나요?
갑갑합니다.

2017년 정지용의 기행 산문 여정을 따라 『정지용 만나러 가는 길』을
발간한 후, 다시 정지용을 찾아 『정지용 만나러 가는 길』 두 번째 이야기
를 세상에 내놓게 되었습니다.

참 고마운 일입니다.
시간 날 때마다 혹은 시간을 내서 뒤적거리던 책들. 그 속에 숨어 있던
정지용의 발자취. 새로운 것을 발견할 때마다, 가슴이 뛰었습니다. 가슴
벅찬 마음으로 원고를 정리하던 많은 시간 속에서 해냈다는 성취감과 함
께 어깨가 결리고 목이 마비되었습니다. 부족한 지식과 모자란 체력의
한계를 극복하기에는, 많은 나이가 걸림돌이 되기도 하였습니다. 젊다
고 하기에는 어중간한 늙은이가 되어 뚜벅뚜벅 자판을 두들겨 글자를 박
아냅니다.

마냥 즐겁고 기쁜 것만은 아니었습니다. 가끔은 지치고 힘들었습니다. 그래도 운명처럼 받아들이기로 하였습니다. 정지용 선생님 고향에 살면서 꼭 해야만 하는 사명감 같은 것이 꿈틀거렸습니다.

가까이에서 구해지는 일화 또는 멀리까지 가야만 가능하였던 사실들 그리고 우연히 얻게 된 이야기도 이 책에 적어 놓았습니다.

그동안 구술해 주셨던 분들께 고맙다는 인사를 먼저 드려야 하겠습니다.

어느 책이나 마찬가지겠지만 이 책도 저 혼자 써나간 것은 아닙니다. 글씨를 새겼다고 제가 오롯이 썼다는 것은 어리숙한 표현일 것입니다. 듣고 보고 읽기를 거듭한 결과이겠지만 그것만으로 책을 만들기에는 역부족이었습니다. 제가 언어의 마술사도 아니고 언어의 천재성을 가지고 태어나지도 않았습니다. 그렇다고 스마트하고 말쑥한 인격이나 외모를 지닌 것은, 더더욱 아닙니다. 그러니 저 혼자 정지용 선생님 곁에 가까이 가기에는 힘도 능력도 버거웠습니다. 이때 구술해 주시는 분들이 계셨습니다. 몇몇은 유명을 달리하시고 또 어떤 분은 노환으로 고생하시기도 합니다. 그러나 그분들이 계실 때 기록해 두어야만 하였습니다. 한 가지라도 더 들어야 하였고 한 줄이라도 더 읽어야만 하였습니다. 그것만이 제 '사명을 제대로 하는 것'이라 생각하였기 때문입니다.

생각해 보니 이러한 일련의 과정이나 행동은 그렇게 거창한 것은 아니었습니다. 그러나 시간이 많이 필요하였기에 남들과 어울릴 시간이 줄어들었습니다. 그것은 외로움과 직결되기도 하였습니다. 철저히 혼자 공부하는 법을 깨달아야만 하였습니다. 외로움, 그것은 견디기 어렵다지만 그만그만 잘 지나가 주었습니다. 지극히 외롭다는 것. 그것은 또 다른 무엇인가에 몰두하는데, 도움이 되었습니다. 하나를 잃고 하나를 얻는 지극히 평범한 법칙을 깨닫게 되었습니다. 이것 또한 고마운 일입니다.

정지용 선생님도 외로움에 면역이 좀 되셨던가요? 아니면 치유가 되셨나요? 일제강점기라는 다리를 건너고 좌우익의 소용돌이 속에서 지독한 고독을 견뎌내셨던 것 말입니다.

뭐 특별할 것도, 그렇다고 훌륭하지도 않은 그야말로 "아무렇지도 않"을 것만 같은 글을 책으로 만든다니 좋기도 하지만, 떨리기도 하였습니다. 종잇값은 할는지, 누군가에게 읽히는 책은 될는지, 걱정이 많습니다.

『정지용 만나러 가는 길』 두 번째 이야기는 정지용의 생애나 문학 또는 그의 주변 이야기를 정리하여 신문에 실었던 것과, 틈틈이 써

모은 글입니다. 부족하겠지만 이러한 이야기가 누군가의 가슴 속에서 생동하기를 바랄 뿐입니다.

이 책을 위하여 구술해 주신 조성호(작고) · 정수병(향토사학자) · 박현숙(깊은샘) 등과 모자란 제자를 가르치느라 고생하신 신희교 지도교수님, 정지용 연구로 고생하셨을 선행연구자들, 묵묵히 응원해 준 가족과 충북도립대학교 소방행정과 교수님들, 항상 힘이 되어 주던 기억에 남는 또는 기억에 남을 제자, 좋은 책만을 추구하시는 국학자료원 정구형 사장님께 고맙다는 인사를 전합니다.

2024년 4월 복숭아꽃이 흐드러지게 핀 날
저자 김묘순

| 차 례

I.

돌아오는
길

절망과 상실 그리고 방랑

누군들 절망 없이 살아왔겠는가.

절망은 상실을 불러오고 급기야 비틀거리는 방랑을 초대하고 마는 것을. 하물며 현대문학의 거두였던 정지용에게 시대적 현실과 가정사의 불우함 그리고 친구의 죽음 등은 그를 송두리째 흔들리게 하였을 것이고 그 사회에 체계적인 혹은 변화무쌍한 반발로도 이어지게 하였을 것이다.

일상생활에서의 느낌을 주관적으로 잘 표현해 놓고 있었던 정지용의 산문.

정지용은 박용철의 전화를 받는다. 정지용은 세브란스 병원에서 진료 후 전화를 건 박용철에 대하여 "자기 딴에는 아찔한 고적감을 느끼었"던 것이리라 생각한다. 그리고 "어쩐지 막연한 불안한 생각이 돌아오는 길에 내처 일었"던 것이라 서술(「날은 풀리며 벗은 앓으며」, 『조선일보』, 1938.)하고 있다.

그러면서 정지용은 "세상이 실로 괴롭고 진정 쓸쓸"하다고 토로한다.

이렇게 정지용의 산문에서는 끝없는 정신적 방랑과 엑조티시즘이 강하게 나타나는데 「다도해기 귀거래」, 「다도해기 일편낙도」 등이 그러하다. (졸고, 「정지용 산문 연구」, 2013.)

「다도해기 귀거래」(『조선일보』, 1938.)에서 정지용은 백록담에서 내려와 풍란의 향기를 맡으며, 암고란 열매의 시고 단 맛을 입안에 담고 해녀들이 일하는 곳으로 간다.

돈을 내고 해녀 물질하는 장면을 보는 것은 "매매계약 같고 로맨티시즘이 엷어지는 것"이라고 돌아선다. 축항을 돌아 해녀가 아닌 해소녀를 찾아 물질하는 장면을 본다.

정지용은 해소녀들에게 '잠수경'을 무엇이냐고 묻는다. 해소녀들은 "거 눈이우다."라고 대답한다. 재차 '육안'은 무엇이냐 묻는다. "그 눈이 그 눈이고 그 눈이 그 눈입주기 무시거우깡?"이라는 대답에 같이 웃는다. 해소녀의 두름박을, 헤엄치던 소년이 내동댕이친다. 소녀는 다이빙하여 소년을 추격하여 발가벗은 등을 냅다 갈긴다. 이 시절 소녀가 소년의 등을 갈기는 것은 어색한 일이라 정지용과 일행은 박수를 치며 환호를 한다. "물에서는 소년이 소녀의 적수가 될 수 없듯이 우리도 바다와 제주 처녀의 적수가 될 수 없다"며 발길을 옮긴다.

「다도해기 일편낙도」(『조선일보』, 1938.)는 김영랑, 김현구와 함께 한라산 등반을 하기 위해 배를 타고 제주도에 가는 여정을 적어 놓은 산문이다.

그들은 "푸른 언덕까지 헤엄처 오르려는 물새처럼", "설레고 푸덕"거리며, "뛰며 희살대며 빽빽"거린다. 제주도 어구에 이르러 본 한라산을 정지용은 "장엄하고 초연하고 너그럽고 다정하며 준열하고 지극히 아름답다"라고 표현하고 있다. "백일홍 협죽도가 풍광의 밝음을 돋우고, 귤 유자 지자(탱자)는 푸른 열매를 달고, 동백나무 감나무 석남 참대 들이 바다보다 짙어 무르녹은 것"이라 하였다. 또 정지용은 "햇빛에 나의 간지러운 목을 맡기겠사오며 공기는 차라리 달아 혀에 감기는 것"이라고 하였다. "돌을 갈아 밭을 만들고, 거리와 저자에 노유와 남녀가 지리와 인화로 생동하는 천민들이 분을 바르지 않고도 지체와 자색이 전아 풍요하고 기골은 늠름하다." "미녀는 구덕과 지게를 지고도 사리고 부끄리는 일이 없다."라고 표현하고 있다. 정지용은 이렇게 제주도의 소박한 사람들의 이국적인 풍물을 이야기하며 신기하게 느끼고 있다.

이와 같이 정지용에게는 물질하는 소녀가, 구덕과 지게를 진 미녀가 소박한 이국적 정물로 미지에 대한 동경으로 그려지고 있는 것이다.

이러한 풍경은 아들이 죽고, 친구가 죽고, 부친이 떠나고, 조국마저 길을 잃고 있는 절망의 상황 뒤에 따라 붙는다.

이때 정지용은 현실로부터의 도피와 함께 자아로부터의 도피를 꿈꾸고 있었다. 현실적이고도 직접적인 여러 가지 상실에 대한 반응으로 정지용도 끊임없이 방랑할 수밖에 없었던 것이다.

돌아오는 길

누군들 싸움 한 번 해보지 않았겠는가.

하물며 자신의 조국, 조선을 지배하고 있는 나라인 일본. 그 나라에서의 정지용 유학(1923-1929) 생활은 녹록치 않았을 것이다. 어려운 한 시대를 살아내면서 지나온 정지용 인생의 한 토막이었던 유학 시절.

정지용이 교토 동지사대학에서 영문학을 전공하면서 느꼈을 서구문학의 경이로움과 황홀감, 그것은 오히려 고향에 대한 향수와 고독감 그리고 조국에 대한 상실감을 더욱 확대되게 하는 자극제 역할을 하지는 않았을까.

이때 정지용은 향수, 고독, 상실감을 위로하고 망국민의 비애와 울분을 터트려 놓아야 할 마땅한 재료가 필요하였다. 그것의 일환으로 선택한 것이 시를 쓰는 일이었고 그는 미친 듯이 시를 써냈다.

그리하여 정지용은 1926년 12월 『근대풍경』에 일본어 창작시 「かっふえ・ふらんす」와 1927년 3월 「手紙一つ」를 무작정 투고하게 된다.(김학동, 『정지용연구』, 민음사, 1997, 155면.) 이때 『근대풍경』 편집자는

일본 기성 시인과 같은 크기의 활자로 이 작품들을 실었다. 이는 정지용의 작품 수준과 발전 가능성을 예견한 일본 문단의 영향과 기타하라 하큐슈(北原白秋)의 예리한 문학적 혜안(慧眼)이었다고 평가하고 싶다. 사실 이때부터 정지용이라는 거대시인이 그것의 가치를 최초로 인정받고 있었다고 하여도 과언은 아니다.

이후 정지용은 『근대풍경』 2권 6호(1927. 7.)에 일본어 창작시 「歸り路」을 발표한다.(최동호 엮음, 『정지용 전집1』, 서정시학, 2015, 346면.)

> 石ころを けつて あるく.
> むしやくしやした 心で,
> 石ころを けつて あるく.
> すさまじき 口論の のち,
> 腹が へつて 歸り路の,
> かんしやくだまが,
> 氷つた つまさきで 嘶く.
>
> —「歸り路」 전문

「歸り路」를 발표할 무렵, 정지용은 상당히 모호한 혼란스러움과 불안감이 팽배하였던 것으로 보인다.

조국의 현실과 종교적 문제 그리고 자녀의 사망과 출생은 끊임없이 정지용의 미래에 대한 불안감을 안겨줬다. 정지용에게 멈추지 않고 찾아드는 불확실성. 그는 그것에 대한 깊은 고민을 떨쳐버리지 못하였다.

정지용은 이러한 자신의 불안함을 시를 쓰며 견뎌냈을 것이고 시에서 갈등의 실마리를 찾으려고 노력하였던 것으로 보여진다.

자아와 세계와의 갈등을 잦아들게 하는 일환으로 선택한 정지용의 작품쓰기는 그의 행방을 알 수 없을 때까지 계속 되었지만 그의 동지사대학 시절 갈등의 노정에서 한껏 잘 나타나고 있다.

> 돌멩이를 차며 걷는다.
> 짜증난 마음으로,
> 돌멩이를 차며 걷는다.
> 심한 말다툼 후,
> 배가 고파 돌아오는 길,
> 울화통이,
> 언 발끝에서 운다.
>
> ─「돌아오는 길」 전문

정지용은 아마 「歸り路」을 쓰며 외부적인 요인과 함께 내부적인 자아의 세계와 심한 말다툼을 하였을 것이다. "배가 고파 돌아오는" 정지용을 생각하며 필자는 지난 4일 '명사시낭송회'에서 「돌아오는 길」을 낭송하였다.

"시작품 속에는 시인이 미처 자각하지 못했던 수많은 의미가 은밀하게 감추어져 있"다던 이숭원의 말과 "울화통이" 치밀어 "돌멩이를 차"고 마는 정지용의 고뇌를 함께 그려본다.

사립창명학교 입학

정지용은 1910년 4월 '사립창명학교를 입학'해 1914년 '옥천공립보통학교를 졸업'하였다고 보는 것이 정확하다. 왜냐하면 사립창명학교는 1909년 10월 설립되어 1910년 7월에 공립보통학교로 개명되었기 때문이다. 그러니 1910년 4월에 입학하게 된 정지용은 사립창명학교로 입학(졸고, 「정지용 문학 연구」, 우석대학교 박사논문, 2021, 90-95면)하였음이 분명하다.

우리는 사실 확인 없이, '바람풍(風)'을 '바담풍'하면 '바담풍'하며 따라가는 우를 범하기도 한다. 정지용 연구를 수년째 하고 있는 필자 역시 그러하였다. 반성과 함께 미안함을 먼저 전한다.

"무스랑이" 뒷산에서 진달래를 따고 "우통을 벗"었다던 정지용은 1910년 4월 6일 옥천사립창명학교(현 죽향초등학교)에 입학한다. 모든 정지용 연구가들은 정지용 학교와 관련, 옥천공립보통학교에 입학하였다고 적고 있다(김학동, 『정지용 연구』, 민음사, 1987, 354면부터 시작된 것으로 유추). 그러나 정지용은 "1910년 4월 옥천사립창명학교에 입학"하고 그해 "7월 옥천공립보통학교로 개교"된 학교를 연이어 4년을 다녔다. 당시 보통학교학제는 6년이 아닌 4년이었다.

정지용이 졸업한 공립보통학교는 "1909년 10월 1일 옥천사립창명학교 설립인가(옥천군지편찬위원회, 『옥천군지3-현대의 삶』, 396면) - 1910년 7월 10일 옥천공립보통학교 개명·개교(「관보 학부고시 제20호」, 융희 4년 8월 3일) - 1941년 9월 1일 죽향국민학교로 개명(옥천죽향초등학교 "학교연혁", school. cbe. go. kr.) - 1996년 3월 1일 죽향초등학교(school. cbe. go. kr.)로 개칭"되어 오늘에 이르고 있다.

> 일제 통감부의 압제에도 불구하고 옥천의 각 지역에서는 사립학교가 설립되었다. 이때 개교한 학교가 옥천의 사립창명학교(1909. 10. 1) 군서(면)의 사립화명학교(1909. 6. 16.)이다.
>
> — 옥천군지편찬위원회, 『옥천군지3-현대의 삶』,
> 옥천군, 2015, 392면.

한편, 정지용이 입학하였던 '사립창명학교'는 1905년 설립된 '진명학교'에서 비롯되었다고 한다. 진명학교는 지역 유지들이 후원금을 내고 교사들을 초빙하여 문을 열게 되었다. 이때 김규홍은 "중교의숙에서 외국어 교사를 하다가 갑천제방공사와 후진양성을 위해 고향 옥천으로 오"(김상승 김규홍기념사업회 이사장 증언·구술)게 되어 진명학교 설립에 동참한다.

○忠北沃川邑에 進明學校를 新設하

라는디 此敎育上에 有志훈 諸君子가
文明進步의 目的으로 成立훈 者라 該
學校任員의 組織과 科目의 程度는 如
左홈

教長 閔衡植
總監 黃演秀
監督 宋準憲
校監 朴芝陽
教師 全聖旭
李鐘洙
(國漢文, 讀書, 作文, 習字)日語
,算術, 地誌, 歷史, 法律, 體操,
補助金
沃川郡守 黃演秀 一百元
進士 박지양 一百元
前觀察 金命洙 六十元
前承旨 宋準憲 五十元
金相校 五十元
前參奉 金奎興 一百元
進明學校 -『황성신문』, 1905. 8. 18.

(원본은 세로쓰기이나 필자가 가로쓰기로 바꾸고 원본을 훼손하지 않는
범위에서 띄어쓰기도 하였다).

이후 "김명수가 광동학교를 설립(1906. 3. 15.)하면서 진명학교(1905
년 8월 18일경 개교)의 교사들이 광동학교로 이동을 한다. 이에 분노하
는 투고가 『황성신문』(1906. 4. 14.)에 실린다. 1906년 6월 14일경 광동
학교는 교명을 인명학교로 바꾼 뒤 임직원 명단을 『황성신문』에 광고"
한다. 교사의 이동과 광동학교의 설립으로 어려움을 겪게 된 진명학교
의 그간 사정이 1906년 6월 28일 『대한매일신보』에 실린다. 『대한매일

신보』의 내용으로 미루어 짐작해보면 1905년 개교한 진명학교가 창명학교로 교명을 바꾼 것이라는 유추가 가능해진다.

김상승 김규흥기념사업회 이사장은 "어려움으로 (창명학교는)중간에 2-3년 중단되었었다고 전한다.( )는 필자 주. 그러나 교명을 왜 변경하였는지에 대한 자료는 찾을 수 없다. 단지, 당시 인명학교 파동으로 진명학교는 어려움을 겪었다. 하물며 인명학교가 먼저 서둘러 설립인가를 받았다. 그러나 진명학교는 설립인가를 받지 못하였다. 교명 변경은 인명학교의 설립인가에 대한 자극과 "김규흥과 교장 민형식"의 입지에 대한 영향이 아니었을까하는 유추는 가능하다.

사립창명학교 설립과 관련, 김규흥의 장손 김상훈(70세, 옥천읍 하계리 농공길 132-14)은 "조부 김진원은 그때 목화밭으로 사용하던 부지를 학교 설립에 기증하였다고 말씀하셨다"고 구술증언하고 있다.

구술 증언해주신 분들, 자료 찾는데 도움을 주신 이안재 선생님,『김규흥 평전』을 집필한 김상구 선생님께 고마움을 전한다.

1925년 옥천에서 강연

1925년 8월 15일, 정지용이 옥천공립보통학교(현 죽향초등학교)에서 강연하였다는 자료를 발견·확인하였다.

정지용 관련 다른 자료를 찾다가 우연히 부딪치게 된 정지용 이야기이기에 참 반갑고 가슴이 두근거렸다. 그렇기에 정지용을 사랑하는 사람들과 정지용을 향한 옥천 역사를 서술함에 도움이 되고자 이를 소개하기로 한다.

沃川初有의
　文化講演
　　聽衆無慮四百

沃川公立普通學校 同窓會 主催로
第一回 文化講演會를 再昨 十五日
午後 八時부터 沃川公普 大講堂에
서 開催하고 柳基元 氏 司會下에 進

行하야 同 十二時에 閉會하얏는대
演士와 演題는 如左하더라(沃川)
　童謠와 兒童敎育
　　同志社大學 鄭芝溶 君
　基督敎란 如何한 宗敎인가
　　早大 英語科 柳錫東 君
　文化園을 建設하라면
　　大邱高普敎諭 趙龜淳 君

「沃川初有의 文化講演 聽衆無慮四百」이라는 제목으로 『매일신보』
(1925. 8. 18, 3면)는 알리고 있다. 이날 『매일신보』 3면 좌측 하단에 세
로쓰기로 오른쪽에서 왼쪽으로 읽게 싣고 있다(원본대로 적되 띄어쓰기
는 원본을 훼손하지 않는 범위에서 독자의 이해를 돕기 위해 필자가 현
대 맞춤법에 따라 정리함).

이날 정지용은 「童謠와 兒童敎育」을 강연하였다.

정지용은 1925년 전후 아동을 위한 동요류의 시 창작을 주로 하였다.

「삼월 삼짇날」, 「해바라기 씨」는 1924년과 1925년으로 정지용은 창
작시기를 밝혀 놓았다. 그는 창작 일을 1924년이라 밝혀 놓은 「삼월 삼
짇날」을 쓴다. 후에 이 시는 1926년 『학조』 1호에 「딸레(人形)와 아주머
니」→1928년 『조선동요선집』에 「三月 삼질 날」→1935년 『정지용 시집』
에 「삼월 삼질 날」과 「딸레」로 나누어 실었다.

1925년 3월로 정지용이 창작시기를 밝혀놓은 「해바라기 씨」가 있다.
이 시는 1927년 『신소년』에 「해바락이씨」→1928년 『조선동요선집』에
「해바락이씨」→1935년 『정지용 시집』에 「해바라기씨」→1939년 『아이

생활』에「해바라기씨」로 수록된다.

1926년에「서쪽 한울」,「씌」,「감나무」,「한울 혼자 보고」,「굴뚝새」,「겨울ㅅ밤」,「산에ㅅ색시 들녁사내」,「산에서 온 새」등을 1927년에「녯니약이 구절」,「내맘에 맛는 이」,「무어래요?」,「숨기내기」,「비들기」,「할아버지」,「산 넘어 저쪽」등을 발표한다.

1926년이나 1927년에 발표된 작품들은 발표년도와 창작시기가 같거나 발표년도보다 좀 이르게 창작되었을 것이다. 이로보아 정지용의 초기시에 해당하는 시들은 동요류로 보아도 크게 무리는 없어 보인다. 정지용은 아동에게 읽히면 좋았을 짧은 동요류의 시들을 이 시기에 집중적으로 창작하였던 것이다.

정지용이 옥천에서 강연하였다는 내용은 구체적으로 확인하기가 어렵다. 100여년 가까운 세월이 강연 자리에 있었던 사람들의 흔적을 지워버렸기 때문이다. 이런 때 필자는 세월의 흐름과 인간의 수명이라는 한계에 묶여 버린다. 이러한 구술 자료의 한계성 때문에 인쇄자료에 의존하여야만 하는데 인쇄매체의 한계에 부딪칠 때가 많다. 이런 경우가 그러하다. 그러나 정지용의「童謠와 兒童敎育」이라는 강연은 크게 2가지 의미가 부여된다.

첫째 막연하게 정지용이 교토 동지사대학 유학시절에 "옥천과 일본을 오갔을 것"이라는 기존의 의문점에 종지부를 찍을 수 있다. 실제로 정지용은 동지사대학 유학시절에 그의 고향 옥천에 와서 조선의 아동과 조선인을 위한 강연을 하였다.

둘째 정지용은 글솜씨만 웃자란 시인은 아니었다. 실제로 옥천과 일본을 왕래하며 '민족정신을 동요류에서 찾고 아동교육의 최전선에서 노력'하였던 그의 '발자취를 가늠'할 수 있으며 '아동에 대한 관심과 사랑의 무게가 꽤나 두툼'하였음을 알 수 있다.

"청중이 무려 400명"이나 되었으며 "저녁 8-12시" 4시간 동안이나 진행되었다는 1925년 8월 15일 정지용 고향에서의 강연. 이날 정지용과 같이 강연을 하였던 이들에 대한 이야기와 관계에 대한 유추는 계속 이어 가기로 한다.

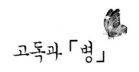

고독과 「병」

「한울혼자보고」와 「병」.

정지용은 같은 작품에 다른 제목을 붙여 독자 앞에 불쑥 내밀었다. 그것도 10년 간격을 두고 말이다. 이는 정지용이 시나 독자들을 향해 부르짖은 곤조나 시위의 일종은 아니었을까?

정지용에게 시는 자신의 고통과 울화통 그리고 그리움을 털어놓는 공간인 병이었다. 이 통로의 작용은 시로 응축되어 고독이라는 병을 낳기도 하고 그 병을 치료하기도 하는 중의적 의미를 수반한다.

1926년 『학조』에 발표한 「한울혼자보고」는 고독에 집중하고 있다. 그러나 1935년 『정지용 시집』에 발표된 「병」은 병(bottle)을 중심 제재로 한다. 시적화자는 병을 깨뜨려야만 하는 어떤 의식을 중요시한다. 이러한 일련의 과정을 거쳐야 비로소 '하늘'이 보이는 것이다. 물론 「한울혼자보고」에서 병을 깨뜨리는 과정이 없는 것은 아니다. 그 과정이 두 시에 중요한 요소로 자리 잡는 것은 사실이다. 그러나 두 시는 화자나 독자에게 다른 시선을 요구하고 있다.

부에ㅇ이 우든밤
누나의 니얘기—

파랑병 을 쌔면
금세 파랑 바다.

쌜강병을 쌔면
금세 쌜강 바다.

쌕국이 우든 날
누나 시집 갓네—

파랑병 쌔ㅅ들여
하눌 혼자 보고,

쌜병 쌔ㅅ들여
하눌 혼자 보고,
　　　　－「한울혼자보고」 전문. 『학조』1호, 1926. 6, 106면.
　　－최동호 역, 『정지용 전집1』, 서정시학, 2015, 48면 재인용

"**쌜병**"의 두꺼운 시어처리는 필자가 '**쌜강병**'의
오탈자 형태는 아닐까에 대한 의문이 일어 따로 구분하였다.

부헝이 울든 밤
누나의 이야기

파랑병을 깨치면
금시 파랑바다.

빨강병을 깨치면
금시 빨강 바다.

뻐꾹이 울든 날
누나 시집 갔네—

파랑병을 깨트려
하늘 혼자 보고.

빨강병을 깨트려
하늘 혼자 보고.

—「병」 전문, 『정지용 시집』,
시문학사, 1935, 106-107면.

독자들도 정지용의 「한울혼자보고」와 「병」을 차례대로 감상하였을 것이다. 이 두 시는 같은 시 같지만 다른 시처럼 보인다. 그런데 다른 시 같지만 같은 시처럼 독자에게 다가오기도 한다.

그러나 이 두 시를 가만히 들여다보고 뒤적거려볼 일이다. 그것이 정지용의 작품에 다가가는 지름길이기 때문이다.

정지용이 「한울혼자보고」를 쓰고 발표할 당시는 KAPF(조선프롤레타리아예술가동맹)가 결성되어 신경향파 문학운동을 일으키고 6·10만세운동이 일어났다. 영국에서는 대규모 총파업이, 2차 공산당 사건으로 이준태 등 15명이 검거된다. 이렇듯 국내외의 정세는 급박하고 혼란스러웠다.

정지용의 전기에도 영향이 있었다. 이때 그는 일본 동지사대학 예과를 수료하고 영문과로 입학하였다. 또『학조』뿐만 아니라『신민』,『문예시대』그리고 일본문예지인『근대풍경』등에 작품을 다수 발표하였다.

국내외의 상황과 개인사는 정지용에게 시를 쓰라고 강요하였을 것이다. 이때 정지용은 고독과 외로움의 대안으로 시를 쓰고 위안을 받는다. 고향 옥천의 누이가 해주었을 법한 빨간 병과 파란 병의 이야기. 이는 단지 민요풍의 시가 아닌 정지용의 고향에 대한 그리움을 고조시킴과 동시에 삭이는 역할을 수행하게 된다.

후에 시문학사의 박용철이 관여한「병」은「한울혼자보고」와 다른 느낌으로 다가온다. 다만 "뻐꾸기 울던 날" 누나가 시집을 가버린다는 공통점을 지닌다.

녯니약이 구절

시간의 두께는 살을 더해간다.

이 살은 오늘을 살아내는 우리에게 옛이야기가 되어 돌아오곤 한다. 특히 정지용 문학은 더욱 그러하다.

옥천군의회 의장이 '명사시낭송회'에서 「녯니약이 구절」을 낭독한다. 진솔함이 젖어있는 이 낭독은 마치 정지용이 무대에서 옛이야기를 전하는 것만 같은 착각이 들게 하였다.

정지용은 1927년 1월 『신민』21호에 「녯니약이 구절」을 발표한다. 그는 현재 지나가는 매 순간이 과거로 전환하여 옛이야기로 저장됨을 90여 년 전 어느 날 정리하여 두었던 것이다.

집 쩌나가 배운 노래를
집 차저 오는 밤
논ㅅ둑 길에서 불럿노라.

나가서도 고달피고
돌아와 서도 고달펏노라.

열네살부터 나가서 고달펏노라.

나가서 어더온 이야기를
닭이 울도락,
아버지쎄 닐ㅇ노니—

기름ㅅ불은 쌔박이며 듯고,
어머니는 눈에 눈물을 고이신대로 듯고
니치대든 어린 누이 안긴데로 잠들며 듯고
우ㅅ방 문섶주에는 그사람이 서서 듯고,

큰 독 안에 실닌 슬픈 물 가치
속살대는 이 시고을 밤은
차저 온 동네ㅅ사람들 처럼 도라서서 듯고,

── 그러나 이것이 모도 다
그 녜전부터 엇던 시연찬은 사람들이
쯧닛지 못하고 그대로 간 니야기어니

이 집 문ㅅ고리나, 집웅이나,
늙으신 아버지의 착하듸 착한 수염이나,
활처럼 휘여다 부친 밤한울이나,
이것이 모도다
그 녜전 부터 전하는 니야기 구절 일러라.
　　　　　　　　　　—「녯이야기 구절」 전문
　　—최동호 엮음, 『정지용전집』1, 서정시학, 2015, 62-63면.

　이 시에서 시적 화자로 볼 수 있는 정지용은 사실상 옥천을 떠난 14살
부터 "고달펏"다고 직설적으로 토로한다. 이 고달픔을 화자는 휘문고보

시절 이야기뿐만 아니라 일본 교토이야기를 주로 하였을 것이다. 왜냐하면 이 시는 교토 유학 시절에 발표된 것으로 보아 그 시절 이야기를 더 많이 담아 이야기하였을 것이라는 유추가 가능해지기 때문이다.

정지용의 이야기를 아버지는 "닭이 울"때까지, 어머니는 눈물을 보이며, 누이는 잠들며, 그 사람은 서서 듣는다. 하물며 "기름ㅅ불", "시고을 밤" 같은 사물도 이야기에 집중하여 "짜박이며", "도라서서" 듣는다.

정지용은 이 모든 것이 "시연찬은 사람들"의 "녜전"부터 전해오는 "니야기 구절"이라고 한다. 이는 삶의 연속성에서 본 스펙트럼이 고대부터 현재에 이르기까지 관점의 차이만 다를 뿐, 자아는 흔들리지 않는다는 소의(素意)를 드러냄으로 보여진다.

이러한 정지용의 이야기는 일제강점기에서 조선인을 주눅 들게 하였던 일본인과 지식인의 고뇌 그리고 신이한 근대문물에 대한 것들은 아니었을까?

그러나 이야기를 듣는 주된 주체는 시골 풍경, 즉 졸리도록 정겨운 조선의 순박한 시골 마을이다. 착하디 착한 시간은 "활처럼" 흘러가는 "밤 한울"에 "돌아서서" 이야기를 듣던 동네 사람들을 "슬픈 물같이" 잠재우고 말 것만 같다.

이렇게 일제강점기 옥천의 밤은 옛이야기를 만들며 시간의 두께를 견고히 다지고 있었던 것이다.

소설을 쓸 수밖에 없었던 까닭

　작가는 때로 '산문적 상황에 내몰리기'도 하고, 더러는 '시적 상황에
부닥치기'도 한다.

　그동안 필자가 눌언자적 자세로 촘촘히 작가들을 들여다보니 그렇더
라는 것이다. 즉 그러한 성질의 교집합적 공통점을 발견했다는 말이지
뭐 거창한 것은 아니다.

　1919년, 복잡한 산문적 상황에 내몰려 소설 「삼인」을 첫 작품으로 발
표하였던 시인 정지용.

　일제강점기라는 국가의 역사적 상황 말고도 개인적인 불우한 환경은
정지용을 괴롭히고 그를 더욱 혼란에 빠뜨리고 말았다.

　가정적인 궁핍과 도시에서 맞이하게 되는 새로운 환경에서의 작용과
반작용 그리고 각지에서 모인 불규칙적인 모양을 갖춘 교우관계. 이러
한 것들은 정지용을 더욱 고향으로 집중하도록 작용하였다. 이러한 이
질적 환경에서, 정지용의 고향으로 향한 집중은 옥천을 소설적 공간으로
채색하게 만들고 있었다. 이러한 다양한 작용의 응축으로 소설을 탄생
시키게 된 정지용.

불우하고 궁핍한 시절을 보냈던 정지용은 1919년 12월 『서광』 창간호에 자전적 이야기인 소설 「삼인」을 첫 작품으로 발표한다. 휘문고보로 유추되는 학교를 다니던 세(조, 최, 이) 친구가 등장하는 「삼인」. 이들은 여름방학을 맞아 서울에서 기차를 타고 고향인 옥천역에 도착한다.

> ⓐ"慶鎬야 나난 너의 男妹가 업스면 무산 滋味로 사라잇겟니? 너의 아버지난 돌아보지도 안을뿐더러 집안에 게시지도 안이하시난구나, 이 다 ─ 쓰러져 가난 거지움갓흔 집에 잇스시기가 실으셔서 그러시난지난 모로겟스나 쓰러져 가난 집에 굼쥬리고 입지 못ᄒ고 억지로 사라가난 내야 무슨 罪이란 말이냐? 慶鎬야 慶鎬야 나난 너의 男妹를 爲ᄒ야 이집을 직히고잇다 쓸쓸한 이世上에 붓허 잇난것이다 그도져도 인졔난 집터ᄼᆞ지 팔니엿다난 구나 그毒蛇갓흔 터主人이 집을 쎼여내라고 星火갓치 조르난 구나"
>
> ─「삼인」 중에서

> ⓑ崔의집은 有數한 財産家로 모다 崔富者집 崔富者 집이라고 부른다 오날은 崔富者의 큰 아달 昌植의 生日이다 昌植은 三十 假量된 靑年으로 郡書記 勤務를 ᄒ다말도 잘하고 法律도 잘안다하야 崔主事난 쏙쏙한 사람이라 고도하고 或은 〈身言書判〉이 다 ─ 具備하다 稱讚듯난이다 午後 네시붓터난 昌植의 親舊들만 모이난 잔치를 연다 손님의 大部分은 同官 親舊들이다.
>
> ─「삼인」 중에서

정지용의 자전적 역할로 등장하는 '조'는 ⓐ처럼 옥천에 도착하여 어머니의 푸념을 듣게 된다. 아버지 부재에 대한 어머니의 불평이 최고조에 이르렀음과 맞닥뜨린 것이다. 그러나 최 군의 집은 ⓑ처럼 군청에 근무하는 젊은 형의 생일잔치를 기생을 불러서 할 정도로 여유가 있다. 그만큼 최 군의 집을 부유하게 서술하고 있다. 할머니는 최 군에게 문밖으로 출입을 엄격히 제한한다. 부정한 것에 대한 방지책의 일환인 것이다.

이렇게 대조적인, 아주 극한적인 대립 구조를 이룬 두 가정의 모습을 통하여 정지용은 당시 사회상을 극렬하게 혹은 아주 적절하게 지적하여 보여주고 있다.

시인으로 널리 알려진 정지용이 첫 작품으로 왜 소설을 택했을까? 다양한 각도에서 유추가 가능하겠지만 대략 서술하여 보기로 한다.

첫째, 정지용의 교우관계 중 그와 가장 넘나듦이 자유롭고 빈번하던 이태준의 영향이다. 둘째, 홍수로 인한 정지용 고향집의 몰락이다. 셋째, 정지용 부친의 둘째 부인과의 사이에서 태어난 이복동생으로 인한 혼란스러움이다. 셋째, 부친이 돌보지 않는 집안 살림을 어머니가 맡아 꾸려야하는 고달픈 삶의 모습들이 정지용의 앞을 가로 막았다는 현실에 대한 불만의식이다. 넷째, 휘문고보의 학내문제와 국내외의 불안한 정세가 정지용을 산문적 상황으로 내몰고 있었던 것(졸고, 「정지용 산문 연구」, 우석대학교 교육대학원 석사학위 논문, 2013, 00면)이다.

즉 정지용이 시로써 문단에 입문하기에는 매우 복잡한 산문적 상황에 놓이게 되었던 것이다. 정지용은 이러한 복잡한 상황 속에서 소설을 선택할 수밖에 없었다.

당시 시대상이 산문, 즉 소설이 시보다 우위를 점하였다는 설이 더러 있기는 하다. 그렇더라도 시에 있어 천재적 끼를 발휘했던 정지용이 시를 쓰지 못하였다는 것, 그리고 산문적 상황에 정지용이 일정 부분 족쇄를 차고 있었다는 것, 그것은 한국 현대문단사에 큰 손실이었다.

슬프다.

그렇기에 시대와 역사와 문학과 문학인은 일직선상에 나란히 놓여있는 것인가 보다.

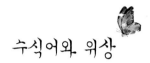

수식어와 위상

정지용을 이야기할 때면 많은 수식어들을 붙여 말한다.

그 수식어들은 언제부터 사용되었는지 또는 누가 최초로 그러한 호칭을 붙여 사용하게 되었는지도 모른다. 그냥 이야기한다. 모르고 이야기하여도 이해되는 사람도 있다. 그러나 모르고 있으면 아니 될 중요한 인물들도 있다. 왜냐하면 정지용은 옥천이 낳은 대표적 인물이기 때문이다. 그렇게 모르고 있으면 아니 될 사람들도 개념정리가 되지 않은 상태에서 무작위로 사용하고 있는 것이 현실이다. 이 현실이 답답하여 필자가 아는 정도만 기록하고자 한다.

몇 가지만 일별하여 참고가 되었으면 하는 바람이다. 이 바람으로 평자들의 정지용에 대한 수식어를 살펴보고자 한다.

양주동은 「1933년도 시단년평」에서 "정지용은 비상한 예술적 기법과 감각을 지닌 시인"이며 "현대시단의 한 경이적 존재"라고 말하였다.

김환태는 「정지용론」(『삼천리문학』 2호, 1938)에서 "아무도 그의 천재를 감히 의심하고 부정하는 사람이 없다"고 적고 있다.

김기림은 「모더니즘의 역사적 위치」(『인문평론』, 1939)에서 "한국 최초의 모더니스트"로 정지용의 구체적인 호칭을 만들고 "조선시사상 선구자"(『시론』, 1947)로 이야기한다.

동시대인이었던 박용철은 '1930년대의 릴케'로 극찬하며 「병자시단일년성과」(『박용철전집 1』, 1940)에서 "정지용의 출현이 조선시사에 분명히 새로운 한 금을 그었다"는 평을 내놓았다.

유종호는 「현대시의 50년」(『사상계』, 1962)에서 "현대시에 최초로 시적 완벽성을 부여한 시인"이라고 설명한다.

조지훈은 「한국현대시사의 반성」(『사상계』, 1962)에서 "현대시의 전환자"라고 못을 박았다.

김학동은 그의 연구서인 『정지용연구』(민음사, 1987)에서 "천재 시인 정지용은 한국근대시사에서 한 큰 거봉이 아닐 수 없다"고 일침을 놓는다. 시인으로서 정지용은 당대 문인들에게도 적지 않은 영향을 끼쳤다.

청마 유치환은 정지용의 시에 반해 시를 쓰기 시작했다고 고백하였다. 이양하는 1920년대 동경제국대학 시절에 정지용의 시 「카페 프란스」를 읊고 그가 한국인임을 자랑스럽게 생각했다고 한다. 일본 동경대학 문학부장이었던 이마미찌 도모노부는 정지용의 시에 대해 '한국 현대시의 절창'이라 평하였다. 또 이양하는 '한국의 발레리'로 보았다.

이렇듯 무수한 호칭으로 불린 정지용은 다시 우리 곁으로 다가왔다. 즉 정지용이 우리시대를 일으킬 문학의 희망으로 소생한 것이다. 이것은 우리가 정지용에 대한 막연한 호칭들과 수식어를 함부로 사용하지 않아야만 하는 또 다른 이유이기도 하다.

정지용은 옥천을 떠나서 존재할 수 없는 인물이다. 그만큼 옥천 사람의 자존심이고 옥천인의 정체성 형성에 막대한 영향을 끼치는 인물임에 분명하다. 그것이 곧 정지용이 지니는 위상이다.

정지용의 어린 시절, 옥천의 기억을 더듬어보는 작품 「장난감 없이 자란 어른」을 감상해보자.

소나무로 만든 팽이는 오래 힘차게 돌지 못하기에 박달 방 망이를 깎아 만든 팽이를 갖기가 원이었다. 박달 방망이 하 나 별러내려면 어머니께 며칠 졸라야 됐다. 박달 방맹이를 들고 다시 목수집에로 아쉰 소리 하러 가야 한다.
"예라! 연장 상한다."
아버지께 교섭을 얻으려면 그 골 군수한테 청하기만치 무 서웠다.
어찌 어찌하여 가까스로 박달 팽이가 만들어져 미나리논 얼음 위에 바르르 돌아갈 때처럼 좋던 시절이 다시 오지 않 았다.
연을 날리기에는 돈이 많이 들어 못 날리고 말았다.
팽이는 그것이 장난감이라고 하기 보담은 하나의 운동기 구인 것이다.
예전 어른들은 운동이라는 것을 못된 것처럼 여기시었다.
지금 어린이들도 장난감 없이 어른이 되어 간다.
그러나 전에 장난감 없이 자란 어른들이 어린이 잡지에 만 들어 슬픈 원을 푸는 것이다.
여러분, 어린이들은 그래도 우리 보다는 행복하십니다.
우리 함께 어른, 어린이 할 것 없이 『어린이 나라』를 즐겁 게 즐겁게 읽읍시다.
―「장난감 없이 자란 어른」 전문

그토록 정지용이 갖고 싶었다는 박달 팽이. 그것을 들고 구읍 어디쯤 있었던 미나리 논에서 힘차게 팽이를 돌리며 시인으로 자라고 있었던 정지용. 그는 꿈처럼 자라서 한국의 시단에 우뚝 솟았다.

돈이 없어 연을 날리지 못하였다는 정지용을 생각하니 애잔해진다. 그리고 슬퍼진다. 이 슬픔은 빨랫줄에 널린 젖은 빨래의 물기 같아서 햇빛과 바람에 날아가 버릴까?

무거운 단어들이 꿈틀댈 때

　이 글은 정지용의 생애와 관련하여 살피되, 서사적으로 차근차근 정리하고자 한다. 그와 관련된 시간적 배경과 공간적 배경을 고려하여 그의 작품이 필요하면 함께 정리도 하겠다. 정지용의 전기와 작품으로 한 폭의 또 다른 연구 혹은 작품을 만들어 보겠다는 것이다. 전기와 작품을 씨실과 날실로 촘촘히 짜놓아 정지용에 대한 독자들의 이해를 돕고자 한다.

　정지용은 1902년 6월 20일 (음력 5월 15일) 충북 옥천군 내남면에서 태어났다고 정리함이 옳다.

　정지용 생가주소는 옥천군 내남면 상계리(1910년) → 옥천군 내남면 하계리(1916년) → 옥천군 옥천면 하계리 40번지(1926년) → 옥천군 옥천면 하계리 40-1(1926년) → 옥천군 옥천읍 하계리 40-1(1949년) → 옥천군 옥천읍 향수길 56(2012년)으로 변동되었다. 이는 옥천군청에서 확인한 「구대장등본」과 옥천군청 민원과에서 찾아본 조선총독부임시토지조사국에서 남겨놓은 1911년에 작성한 『옥천군 내남면 하계리 토지조사부』에 의한 것이다. 당시 자료 찾는데 도움주신 옥천군청 황영덕 팀장님께 감사의 마음을 전한다.

옥천군은 1917년 내남면을 옥천면으로, 1949년 8월 13일 옥천면이 옥천읍으로 승격하였다. 이로 보아 정지용의 탄생당시 주소는 옥천군 내남면이 옳다고 보아야 할 것이다.

현재까지 대부분의 정지용 관련서적과 연보 등에서 옥천군 옥천면 상계리 또는 하계리로 기록하고 있다. 그러나 1910년 이전 주소 자료는 찾을 수 없었다. 조사 당시, 옥천군청 손채화 실장의 도움으로 옥천읍사무소가 1950년 6·25 당시에 불타버렸음을 알았다. 그래서 옥천읍과 관련된 자료는 다 소실되어 남아있지 않았다.

연일정씨 이의공파 世譜(세보) 卷之六(권지육), 2145면에 의하면 정지용은 연일정씨 이의공파 27대손(부 정태국과 모 하동정씨 정미하)으로 태어난다.

연일 정씨 이의공파에는 성산별곡, 관동별곡, 사미인곡, 속미인곡 등의 가사와 시조 107수를 남긴 유명한 조선 중기의 문인이며 문신인 송강 정철(1536~1593)이 있다. 그는 정치적 혼란기에는 문신이었으나 정치보다는 국문학사에서 그 이름을 드높이고 있던 사람으로 유명하다.

정지용도 정철의 영향을 받아 수려한 문장 구사를 하였다고 보는 것은 억지가 아니라는 생각이다. 뛰어난 문장가와 신이 내린 문학가는 혈류를 타고 흐르는 기가 있기 때문이다.

정철이 활동하였던 조선시대 당시에는 동인과 서인의 분쟁이 심했다. 이때 서인 편에 섰던 정철의 성격은 강직하고 청렴하나 융통성이 적고 안하무인격으로 행동하여 동인들이 간신이라는 평을 내놓기도 하였던 것으로 전한다.

정지용도 1940년대 서울대학에 강의를 나갈 때 정철의 장진주사 등을 즐겨 강의를 하였다. 이는 분명 정지용 자신도 정철을 좋아하였고 그의 작품에 대한 공경과 흠모의 정신을 지니고 있었다고 추측된다. 그렇지 않고서야 대학 강의에 나가 그의 작품을 논의할 수 없기 때문이다.

정지용의 성격은 강직하였다.

'동주'라는 영화에서 정지용은 민족주의자로 그려지고 있다. 이 부분 또한 연일 정씨 가통을 이어받은 성격인가 싶다.

그는 부끄러움과 마주섰을 때 그들의 가슴에 꿈틀대던 우리말을 부려 민족에게 희망을 주었다. 그들에게 녹아있던 언어들은 우리의 심장을 뚫고 아직도 삶의 원동력으로 작용하고 있다.

살다보면 부당함과 마주서게 될 때가 있다. 일그러진 체계 속에서 그들이 만들어낸 얼룩진 거짓들이 사실이나 진실인 것 마냥 판을 치기도 한다. 이때 우리는 부끄러움을 알아야 한다.

너무 부끄러워 부끄럽단 말 대신 숨어버리고 싶을 때도 있다. 그럴 때면 정지용이 시와 산문으로 꾸려내던 무거운 단어들이 가슴 한 귀퉁이에서 꿈틀댄다. 그리고 그것은 영원히 살아 숨 쉬게 될 것만 같다. 이것이 문학의 힘이다.

옥천 강연에 나섰던 사람들

　1925년 8월 15일 오후 8시부터 12시까지 4시간 동안 沃川公立普通學校(이하 옥천공보)에서 진행되었다는 문화강연. 청중이 400명이나 되었다는 이 강연은 옥천공보 동창회 주최로 열렸으며 정지용, 유석동, 조구순이 연사로 나섰다. 이날 강연의 사회는 유기원 씨가 보았다.

　정지용은 「童謠와 兒童敎育」을, 유석동은 「基督敎란 如何한 宗敎인가」를, 조구순은 「文化園을 建設하라면」을 강연하였다. 여기서 강연이나 사회를 맡았던 이들은 누구인가?

　「基督敎란 如何한 宗敎인가」를 강연한 早大 英語科 柳錫東은 함석헌(1901-1989)과 관련이 있는듯하다. "그(함석헌)는 동경유학시절에 일본 제일의 기독교 사상가였던 우치무라 간조의 영향을 받고 구원이 기성교회에만 있는 게 아니라는 확신을 가지게 됐다. 도쿄 가시와기에서 열리던 성서 연구회를 통해 성경을 철저하게 공부했다. 그 시절 그의 동지들이 김교신, 송두용 그리고 유석동"(김동길, 「평생을 1인 1식…말과 글 '양면도' 휘두른 시대의 사상가」-김동길의 인물 에세이 100년의 사람들

(8), 『조선일보』, 2018. 1. 6, 2면.) 등이다.

"1927년 도쿄에서 함석헌, 송두용, 김교신, 유석동(발행인), 양인성, 정상훈(편집인) 등은 『성서조선』을 창간하였다. 창간 동인은 모두 동경에 있었기 때문에 집필 편집은 동경에서 하고, 인쇄 제작은 서울에서 하였다. 『성서조선』은 1942년 일본의 탄압으로 폐간되고 그 해 3월호에 실린 글이 문제가 되어 발행인과 독자들 수십 명이 투옥, 함석헌도 서대문형무소에서 미결수로 복역, 이듬해 출옥하여 8·15 광복까지 은둔생활"((http://doopedie.co.kr)을 하였다고 한다.

그땐 그랬다. 궁핍한 처지나 생활뿐만 아니라 민족의 핍진한 감정이 우위에서 괴롭히던 시절이었다. 슬프다.

「文化園을 建設하라면」을 강연한 조구순은 휘문고등보통학교 문우회 학예부에서 활동했다. 1923년 1월 25일에 창간한 『휘문』이라는 교우지에서 정지용과 함께 활동한 인물로 추측된다. 『휘문』(편집인 겸 발행인:니가끼(新垣永昌) 창간호는 A5판 123면으로 발행하였다. 여기에 "정지용은 「퍼스포니와 수선화」, 「씨텐쟬리」를 譯, 조구순은 「孤獨」을, 정지용과 함께 일본 유학길에 올랐던 박제찬은 「노래 골짜기」를, 이태준은 「秋感」과 「안정흡군의 死를 弔함」을, 신종기는 「雜感」을 발표한다. 휘문고등보통학교 문우회는 1910년 1회 졸업생 32명이 발기하여 1918년 정백과 박종화가 강연회와 토론회를 열었다. 1920년 정지용, 이선근, 박제찬 등이 새로 영입되어 활동"(최덕교, 『한국잡지백년3』, 현암사, 2004.)하였다.

1923년 이세기가 펴낸 사화집인 「廢墟의 焰群」에서도 조구순의 활동상이 보인다. 『廢墟의 焰群』은 1923년 11월 조선학생회에서 A6판 34면으로 간행하였다. 여기에는 "신봉조, 박팔양, 이세기, 방준경, 윤정호, 조구순, 염형우 등이 참여하였으며 총 8편의 작품이 수록되어있다. 당시 학생들의 습작을 엮은 것이어서 문학사 평가를 받지 못하고 박팔양만이 시작활동을 계속하고 나머지는 문학과 거리가 있는 길을 걸었다"(http://encykorea.aks.ac.kr). 해방 후 조구순은 1925년 4월 1일 설립한 대구공립보습학교(현 대구공업고등학교)의 교장(www.tktech.hs.kr)이 된다.

사회를 맡았던 유기원은 주최 측인 옥천공보의 동창회원으로 유추된다. "문화유씨 정숙공파의 후손인 유기원은 옥천공보 출신으로 유제만(대전광역시 판암동 거주)의 조부"(향토사학자 이재하 구술)이다.

이를 통하여 유석동과 조구순은 정지용 인맥으로 그와 더불어 옥천에 강연을 하러 왔고 유기원은 옥천 출신일 것이라는 유추가 가능해진다. 이들의 보다 정확한 관계는 또 다른 추가 자료들이 확보되길 바랄 뿐이다. 그래서 유추가 아닌 확실한 사실로 증빙되길 바란다.

정지용과 관련된 인물을 살펴보는 것이 무슨 소용이 있겠느냐고 의아해하는 이들도 있을 것이다. 그러나 이들의 관계를 알아봄으로 그 당시 시대상과 인물들의 사회 관계망을 구축하는데 도움이 된다.

이야기가 샛길로 접어들었다는 생각이 잠깐 스친다. 그러나 이러한 일련의 노력들은 어떤 사안이나 조직 그리고 체계의 기초를 닦아 쌓거나 마련하는데 보탬이 될 것이기에 지면을 빌어 밝혀 놓는다.

일제강점기, 유년의 경험

　일제강점기, 문학인들은 시대적 조건 속에서 어떤 사상적 결정을 하여야하는, 그럴 수밖에 없는 상황에 계속 놓여지게 된다. 정지용도 그랬을 것이다. 순수시를 쓴다는 것도 넓은 관점에서 보면 사상적 선택이고 정치적 목적의식을 반대하는 것도 또 다른 목적성을 드러내는 결과였을 것이기 때문이다. 이러한 상황과 부딪친 정지용의 유년시절도 또한 정신적 상흔이 난도질을 하게 된다. 정지용은 상처 입은 몸으로 문학이라는 무거운 짐을 지고 있었다. 그는 일제강점기라는 시대가 준 아픔을 굳은살이 박힌 채로 그렇게 건너고 있었다.

　　학교의 두 기둥 김규흥과 정치적 입지가 문제였다. 상해 무관학교 설립과 고종의 비자금 문제 등으로 인해 김규흥은 1908년 3월경 중국으로 망명을 떠났다. 더욱이 교장 민형식마저 을사오적 암살계획에 찬동하여 후원금을 희사한 문제로 인해 黃州 鐵島에 유배되었으나 특사로 풀려나는 등 곤경에 처한 상황이었다. 두 기둥이 아무런 힘을 쓰지 못하는 가운데 몇 년의 세월이 흘렀다는 얘기다. 뒤늦게 1909년 10월 1일 사립창명학교로 정식인가가 났지만 이때는 대한제국의 수명이 한계가 왔을 때다.

결국 창명학교는 사립학교의 기능을 잃게 된다. 한일병탄이 조약되기 한 달 전인 1910년 7월 30일(융희 4년), 사립창명학교는 옥천공립보통학교로 변신하게 된다(관보 융희 4년 8월 3일. 학부고시 제20호). 대한제국 학부대신 이용식은 新鉉九에게 1910년 8월 5일자로 옥천군수 및 옥천공립보통학교의 교장직을 겸임하도록 辭令을 내렸다

— 叙任及辭令, 『황성신문』, 1910. 8. 10.

한편, "창립자가 김규흥이고 교장도 민형식으로 동일하다. 무엇보다 교사(전성욱)의 이직으로 인해 학교의 존립이 위험에 처했다는 사연이 동일하다. 아무튼 6월 28일자 매일신보의 보도이후 진명이라는 명칭대신 창명학교에 대한 기사가 심심찮게 나온다."(김상구, 『김규흥 평전』, 옥천군·옥천문화원·사)김규흥기념사업회, 2018, 29면)는 김상구의 의견에 수긍이 간다.

"…형(범재 김규흥)과 상의하여 자택(문향헌)에 학교를 설립하여 이름을 창명이라 하였다. 永續常設(영원토록 이어가며 언제나 이용할 수 있도록 함)하고자 하였으나 능력이 미치지 못하여 유감이다. 형은 중국으로 망명을 떠났고, 가산은 탕진되어 부득이 고향집을 떠날 수밖에 없었다….
한편 김한영은 "유족들이 선대로부터 들어온 말에 의하면 현 죽향초등학교 터는 범재공의 집안에서 목화밭으로 경영하던 것을 아낌 없이 기증한 것"이라고 주장한다. 이러한 연유로 인해, 해방 후 개교기념일에 학교 당국(교장 전병석)이 감사의 표시로 은수저 한 벌을 선물한 사실을 범재공의 손자

인 김한영 · 치영 형제는 지금도 기억한다고 한다.

　이러한 증언 등을 참고하면, 창명학교는 문향헌에서 진명
학교란 교명으로 출발했지만, 정식인가를 받기 위해 창명학
교로 이름을 바꾸고 목화밭도 희사했던 것으로 짐작된다.
　　－「誠齋公行狀」,『淸風金氏家乘』, 141-142면. 김상구,『김
규흥 평전』, 옥천군 · 옥천문화원 · 사)김규흥기념사업회,
2018, 32면 재인용.

　정지용이 졸업한 옥천공립보통학교는 진명학교(1905)에서 창명학교
(1909 설립)의 전신임에 무게가 실린다. 창명학교는 문헌상 자료에 1909
년 설립인가를 얻었다고 기록하고 있다. 하지만『대한매일신보』(1906.
6. 28.)의 내용으로 보면 1909년보다 훨씬 전인 1906년 정도부터 창명학
교라 불리기 시작하였음을 알 수 있다. 즉 정지용은 1909년에 설립인가
를 얻은 사립창명학교를 입학하여 옥천공립보통학교를 졸업하였다고
보는 것이 타당하다.

　이렇듯 정지용은 사립창명학교를 세운 독립운동가 김규흥이 1908년
에 망명하였다는 소식을 유년시절에 접하였을 것이다. 그리고 사립창명
학교에 입학을 하게 된다. 그러나 몇 개월 후 사립창명학교는 그 기능을
잃게 되었을 뿐만 아니라 옥천공립보통학교로 교명마저 바뀌는 혼란을
겪게 된다. 그리고 옥천군수가 학교의 교장 직까지 겸임하게 되는 이해
하기 힘든 상황과 마주하게 된다. 일제강점기라는 특수한 역사적 사실
앞에, 정지용이라는 어린 소년이 무심하게 받아들이기에는 무리가 있었
을 경험. 그 경험은 나라를 잃은 불안증이 되었을 것이고, 학교라는 공간
에서조차도 정지용을 혼란스럽게 뒤흔들었다.

불우한 현실의 극복과 견딤의 詩作

정지용은 동요풍의 동시에서 가족들과 선택할 수 없는 이별을 하거나 헤어짐을 종용하는 것으로 서술하고 있다. 이는 그가 겪었을 불우했던 유년시절을 극복하는 견딤의 일종에서 작용되었던 것으로 보인다. 즉 '詩'라는 도구를 활용하여 진절머리 나게 힘들었던 경험과 현실을 견뎌내며 탈출하고 있었던 것이다. 그가 만일 '詩'를 쓰지 않았다면 개인적인 고통에 더해 일제강점기라는 사회현실의 끔찍한 상처를 견뎌내는 것은 매우 어려웠을 것이다.

칼 로저스(Carl Rogers)는 "불우한 유년시절의 체험은 자존심 욕구의 상실로 인해 편향적 가족애, 자기학대, 좌절의식 등을 유발한다. 반면 선천적으로 성취동기가 강한 사람은 보통 사람들과 달리 이것을 극복하고 자아실현 욕구가 강하게 작용하여 자아실현을 달성할 때가 많다"(Carl Rogers, 『The Clinical Treatment of Problem Child』, Boston:Houghton Mifflin, 1939, 211-215면, 286-288면)라고 한다.

정지용 문학의 경우 유년시절에 경험한 불우한 요소들은 그의 「고향」

에 상실의식으로 나타나기도 하고, 유별난 가족애로 드러나기도 한다. 그러나 그 유별난 가족들은 「서쪽한울」, 「한울혼자보고」, 「산소」, 「짤레(人形)와아주머니」에서 모두 멀리 떠나거나 혹은 떠나보내는 모티프로 설정해두고 있다.

> 우리 옵바 가신 고슨
> 해스님 지는 西海 건너
> 멀니 멀니 가섯 다네.
> 웬일 인가 저 하눌 이
> 피스빗 보담 무섭 구나.
> 날리 낫나. 불이 낫나.
> 　　　－「서쪽한울」 전문 (『학조』1호, 1926. 6, 105면)

「서쪽한울」에서 화자의 오빠는 "西海"를 "건너"가고 말았다. 서방정토를 의미하는 "西海"를 "건너" 멀리 가버린 것이다. 화자는 이러한 현실이 "무섭"다고 직설적으로 토로한다.

> 부에ㅇ이 우든밤
> 누나의 니얘기 －
> (중략)
> 쌕국이 우든 날
> 누나 시집 갓네 －
> 　　　－「한울혼자보고」 부분 (『학조』1호, 1926. 6. 106면)

「한울혼자보고」에서 화자는 부엉이가 울던 밤에 옛이야기를 나누었을 법한 "누나"를 뻐꾸기가 울던 날 시집을 보내고 만다. 아니 화자의 행위는 보낸 것이 아니다. 시적 대상인 "누나"가 "시집"을 간 것이다.

> 서낭산 골 시오리 뒤 로 두고
> 어린 누의 산소 를 뭇고 왓소.
> 해 마다 봄ㅅ바람 불어 를 오면──
> 나드리 간 집 새 차저 가라 고
> 남 먼히 피는 소츨 심 고 왓 소.
> ─「산소」 전문(『신소년』5권 3호, 1927. 3, 46면)

「산소」에서 시적 화자는 "어린 누의"마저 "서낭산 골"에 "뭇(묻)고" 온다. 이러한 행위를 통해 바라본 화자는 무한한 상실감에 빠지게 된다. 이러한 상실감의 치유 행위로 "남 먼히 피는 소츨(꽃을) 심고" 돌아온다.

> 쌀레와 작은 아주머니
> 앵도 나무 미테서
> 쑥 쓰다가
> 째피쩍 만들어
>
> 호. 호. 잠들여 노코
> 냥. 냥. 잘도먹엇다.
>
> 중. 중. 째째중.
> 우리 애기 상제 로 사갑소.
> ─「쌀레(人形)와아주머니」 전문(『학조』1호, 1926. 6. 106면)

「짤레(人形)와아주머니」에서 화자는 "째피쩍"을 "만들어" 맛있게 먹는다. 실제로 이러한 모습은 당시 시골에서 자주 접하게 되는 풍경이었다. 이렇게 소소한 일상 중에 화자는 느닷없이 반전을 일으킨다. 가족 구성원 중에 가장 힘없고 연약한 존재인 "우리 애기"를 "상제"로 "사가"라는 제안을 하게 되는 것이다.

이러한 주체적인 모습을 보여준 화자는 다양한 각도에서 시적상상을 구사한다. 여성 화자로서 오빠가 죽는, 남성 화자로서 누나를 시집보내는 설정을 하게 된다. 그리고 아기는 상제로 사가라는 뼈아픈 시상을 전개한다.

이들은 『정지용 시집』(시문학사, 1935)에 「서쪽한울」은 「지는 해」로, 「하눌혼자보고」는 「병」으로, 「산소」는 같은 제목인 「산소」로, 「짤레(人形)와아주머니」는 「三月삼질날」과 「딸레」라는 두 개의 작품으로 재수록 된다.

정지용은 부친의 부재와 모친의 가출, 이복동생들과 궁핍한 가정환경 등으로 불우한 유년시절을 지낸다. 이러한 맥락에서 보면 정지용 詩作은 일종의 불우했던 현실에 대한 도피처였을 것이다.

문학작품은 작가의 억압된 정서를 표출한 것으로 볼 수 있다.

정지용은 유년시절의 불우하고 자신의 힘으로 극복 불가능했던 억압되었던 정서를 주홍글씨처럼 안고 살았을 것이다. 그곳에서 탈출하려한 견딤이 문학으로 견고히 다져졌다. 그리고 그는 가족이 상실되는 설정의 詩들을 초기시에 그려내고 있었다.

홍사용이 사준 타고르 시집

사소한 것, 아주 사소하다고 여겨지는 것이 한 사람의 인생을 바꾸고, 지구를 움직이고, 우주의 기운을 변화시키기도 한다. 물론 사소한 모든 것이 다 그렇다는 것은 아니다. 그러나 자칫 사소하다고 그냥 지나치는 것 또는 지나칠 수 있는 것이 가끔 아주 중요하고 귀중한 요인으로 작용된다.

정지용은 타고르의 문학에 심취하였던 적(1923년 1월 『휘문』 창간호에 타고르의 '신에게 바치는 노래'인 「기탄잘리」를 「씨탠잴리」로 번역하여 발표하나, 같은 해 3월 김 억에 의해 『기탄잘리』 완역본이 나오게 되어 정지용의 타고르시집 번역은 여기서 멈추게 된 것으로 보이며, 타고르의 시풍을 닮은 「풍랑몽1」을 씀)이 있었다.

정지용의 타고르에 대한 심취는 휘문고보 3년 선배인 홍사용이 정지용에게 타고르 시집을 사주면서 비롯되었다. 즉, 휘문고보를 다닐 때 정지용은 타고르를 만나게 된 것이다.

문단에 〈월탄문학상〉이 창설될 당시 휘문고교에도 재학생에게 주는

〈월탄문학상〉이 창설되어 매년 시상되고 있다. 1978년 휘문고등학교가 종로구 원서동 교정(現 현대건설 사옥의 자리)에서 강남구 대치동으로 옮겨간 후, 처음 시상하는 〈월탄문학상〉 시상식이 진행되었다. 이 자리에서 박종화, 이선근 등의 선배들은 재학생 대표들과의 간담회 석상에서 회고담을 다음과 같이 늘어놓는다.

> 홍사용은 휘문고보 후배들의 문예활동을 위한 모임에 거의 참석하여 재정적인 지원을 해준 장본인이다. 그 한 예로 5년 후배인 조택원에게 시, 연극, 춤에 관심을 갖도록 했을 뿐 아니라, 재정적인 도움까지 주게 된 사실을 들 수 있다. 그러면서도, 토월회의 실질적인 재정적 후원자 역할을 담당하기도 했다. 그리고 그는 정지용에게 타고르의 각종 시집을 사주며 읽도록 하여 문학에의 開眼을 하게 한 선배였다.

"문학에의 開眼".

물론 모든 사람에게 책 한 권으로 "문학에의 開眼"을 기대하기는 어렵다. 사람에 따라 특수한 환경이나 처지에 놓이게 되면 획득되는 것도 있고 그렇지 못한 것도 있기 때문이다.

그러나 문학에 목마르고 그 문학을 향한 자료적 갈증에 시달릴 때 타고르의 시집은 정지용에게 도착하였다. 타고르 시집은 정지용의 정수리에 신선한 충격을 던져 줬을지도 모른다. 그 충격은 정지용에게 타고르에 심취되는 계기가 되었을 것이다. 이를 뒷받침하는 근거로 정지용의 「趙澤元舞踊에 關한 것」(- 그의 渡美公演을 契機로 -)을 살펴보면, 실제로 그는 "타고르의 시에 미쳤다"고 고백한다.

澤元이가 徽文中學 三學年때 나는 五學年이었었다. 그러고
도 한 집에서 한 방을 썼고 한 상의 밥을 먹었다. 澤元이는 庭
球 前衛選手로 날리었고 나는 印度 「타고르」의 시에 미쳤던
것이다.
　性味가 맞아서가 아니라 한 번도 싸우지 않고 이 때까지
밉지 않은 친구다.
　　　　　　　　　　　　　　- 정지용, 「趙澤元舞踊에 關한 것」
　　　　　　- 그의 渡美公演을 契機로 -, 『散文』, 동지사, 1949, 225면.

　정지용은 2년 후배인 무용가 조택원과 "한 집에서 한 방을 썼고 한 상
의 밥을 먹"었다고 적고 있다. 그는 휘문고보 시절 조택원과 같이 숙식을
하였던 것으로 보이는 대목이기도 하다.

　한 시대를 풍미했던 시인 정지용과 무용가 조택원.

　그들에게 책 한 권과 사소한 재정적 지원 그리고 그들을 향한 홍사용
의 응원은 한국현대문학과 현대무용의 한 획을 그었다. 만일 홍사용의
사소하다고 볼 수 있는 지원이 없었더라면 정지용은 어떠한 시풍을 구사
하였을까?

　어차피 항아리는 흙으로 빚어지게 마련인 것처럼, 정지용은 시인으로
서 한세상을 살아가야만 하는 운명을 타고났었다고 말할 것인가?

　사소하였을 것이 커다란 고마움으로 가득 내려앉는다. 먼동이 터오고
있다. 누군가에게 홍사용 같은 존재로 남고 싶다.

II.

일본의 이불은
무겁다

'프랑소와 카페'에 대한 기억

벌레에게 물렸는지, 풀독이 올랐는지 양 손이 가렵더니 이내 부어오른다.

정지용이 동지사대학에 입학한 지 83년 후였던 2006년 9월 4일. 정지용의 흔적을 찾아 동지사대학을 찾았을 때도 그랬다. 정지용 시비 주변은 풀이 우거져 있었고 그 풀숲에는 모기가 진을 치고 있었다. 그날도 쇠파리만한 모기에게 물렸었다. 가려움을 참지 못하고 편의점에 갔다. 편의점으로 가는 길은 왜 그리도 멀게만 느껴지던지. 물파스를 바른 후 모기에게 물린 가려움증을 주저앉혔다.

일본 교토에 있는 동지사대학 교정인 국제교류센터 옆에 옥천군과 옥천문화원이 2005년에 정지용의 시 「압천(鴨川)」을 적어 시비를 세웠다.

필자는 『옥천문화』 편집을 위하여 정지용의 시비건립 후 시비에 대한 일본 현지인들의 관심을 알아보고, 정지용과 관련된 자료를 조사하기 위해서 동지사 대학으로 향하였다.

동지사대학 교우회 박 회장과 윤동주 시인 추모회 사무국장이 안내를 해주셨다. 그들의 안내로 윤동주 시비와 나란히 세워진 정지용의 시비 앞에 섰다.

10대에 경성유학시절을 보낸 정지용. 그는 20대에 교토 유학 시절을 보냈다. 시비 「압천」에는 정지용의 어린 고향 옥천과 큰 고향 대한민국이 자리 잡고 있는 듯하였다. 그곳에서 정지용이 그리워하였을 그의 고향을 생각하였다.

그는 경성이라는 낯선 곳과 일본이라는 적지를 만나면서, 또다시 그곳을 떠나면서 비로소 문학적 감성이 견고해졌으리라.

동지사대학 국제교류센터 과장 渡辺孝義, 자료조사과 사무국장 小技弘和 九貴弘一, 동지사대학 교우회 박 회장, 윤동주시인 추모회 사무국장과 통역을 해준 연세대학교에서 유학을 온 심리학과 학생과 함께 정지용의 학적부와 기숙사 기록지 등의 자료를 확인하였다.

정지용이 유학 시절에 수업을 받았던 건물들과 그의 친구 김말봉, 후배 김환태 등과 함께 걸었을 교정은 군데군데 1920년대 모습을 그대로 지니고 있었다. 필자는 마치 정지용과 함께 동지사대학 교정을 걷는 듯하였다.

일행과 함께 정지용의 산문 「압천 상류 상·하」의 공간적 배경이었던 압천(가모가와)에 가서 정지용과 윤동주의 유학 시절과 일본인들의 그들에 대한 생각을 전해 들었다.

윤동주는 일본 고등학교 교과서에 소개되어 있었다. 정지용과 윤동주의 작품 발굴에 대한 노력은 계속되고 있다고 윤동주 시인 추모회 사무국장은 전하였다.

우리 일행은 통역학생의 안내를 받으며 압천을 따라 걸었다. 정지용과 윤동주가 걸었던 중압을 사복사복 걸었다. 윤동주의 하숙집을 박 사무국장이 가리킨다. 후쿠오카와 윤동주의 하숙집, 윤동주와 정지용 그리고 그들의 조국을 생각하니 마음이 착잡하게 땅을 파고 주저앉고 만다. 눈물도 나지 않는 하늘이라는 민낯을 후려치고 싶어진다.

정지용의 시 「카페프란스」의 실제 모델이 되었음직한 '카페프란스'라는 카페에 들렀다.

이곳은 정지용이 동지사대학 시절에 시상을 떠올리는 장소로 자주 이용하였다고 전하는 곳이다. 압천을 바라보고 있는 2층 건물이지만 정문은 반대편에 있다. 이 주변에는 비슷한 건물들이 이마를 마주하고 있었다. 주로 1920~1930년대 지어진 건물이란다.

「카페프란스」의 모티프였다고도 하는 이 건물은 '프랑소와 카페'라는 간판을 2층 모서리에 달고 있었다. 1920년대 모습 그대로라고 일행은 전하였다.

이곳은 정지용이 다니던 그 당시 주인의 딸(할머니가 되어 있었다.)과 그 딸의 며느님이 운영하고 있었다. 의자와 탁자는 그 당시에 사용하던 것을 계속 사용하고 있었고, 그 당시 사용했던 벽난로는 흔적만 남아 있었다. 벽난로에는 그을음이 세월의 더께만큼 앉아있었다.

이 카페를 운영하는 할머니와 며느님은 정지용의 유학시절을 탐방 취재 중이라는 우리 일행의 설명에 깊은 호의를 보여 주었다. 이 호의 속에서 유학생 정지용의 외로움과 그리움, 방황, 꿈, 낯섦 등이 함께 묻어났다.

며느님은 "정지용을 모르겠다."며 할머님을 모셔왔다. 할머니는 "정지용, 기억난다."며 "작은 키의 그는 친구들과 어울려 이곳에 자주 들렀다."고 말한다고 통역은 전한다. 반가웠다. 정지용을 기억하는 할머니가 있다니.

그 후 7-8년의 세월이 갔다. 그리고 '프랑소와 카페'를 다시 찾았다. 그러나 주인은 바뀌었고 정지용을 기억하는 사람은 없었다. 정지용과 함께 하였을 벽난로도 벽난로의 그을음도 자취를 감추고 말았다.

동지사대학 모기의 참을 수 없던 가려움증마냥 필자의 가슴에는 애처롭고 서러운 그림자만 짙게 드리우고 있다.

교토 로맨스

그날, 교토의 비예산 하늘은 높았다. 그 높은 하늘에서는 사람의 체온보다 높은 38.5°의 기온을 만들어냈다. 기상청이 발표한 교토의 공식 기온이 38.5°라는 말이다. 더위보다 더 숨 막히는 것은 케이블카를 타면서 시작되었다.

2018년 7월 중순, 정지용의 흔적을 찾아 교토 비예산(比叡山/Mount Hiei)에 올랐다. 비예산 정상에 오르니 "산이 서고 들이 열리고 하늘이 훨쩍 개이"었다는 정지용의 말이 실감났다. 그리고 정지용의 교토에서의 로맨틱한 감성을 떠올려 본다.

교토역에서 시내버스를 타고 1시간 넘게 달려 정상에 도착하니 교토 시내가 한눈에 내려다보인다. 정상에서 옥수수 튀밥을 먹고 내려와 Enryaku-ji(延曆寺) 입구에서 비예산 고사리가 들어간 우동을 먹었다. 그리고 장보고 비(碑)에 들러 묵념을 하였다.

다시 비예산 정상에 올라 로프웨이를 타고 산중턱에서 케이블카로 옮겨 탔다. 7~80도 정도는 되어 보이는 경사에 철로를 깔은 1.3km의 케이블가 레일로드. 케이블카 안에 있는 나는 급한 경사 때문인지 자꾸만 앞으로 쏟아질 것만 같다.

케이블카 안에는 1925년 당시 모습이 사진으로 남아있다. 이때는 정지용이 동지사대학에 다닐 때이다. 정지용은 여자 친구와 함께 이곳을 왔었다고 그의 산문(「압천 상류」 상, 하)에 적고 있다. 그의 여자 친구가 누구였는지는 잘 모른다. 그러나 친구였음직한 인물을 유추해낼 수 있을 뿐이다.

정지용이 압천 상류라고 찾아든 비예산 케이블카 공사 현장에는 조선노동자들이 많았다. 석공 일을 하는 중국노동자들의 보수에 비해 흙 짊나르고 목도질하는 조선노동자들의 보수는 매우 헐하였다.

조선의 와살스런 사투리와 육자배기 산타령 아리랑을 그대로 가지고 온 순한 일군들은 그곳 물을 몇 달 마시고 나면 사나워졌다. 일군들은 십장에게 뭇매를 앵기고, 순사를 때리고 세루양복이나 기모노를 입었다는 이유만으로 욕을 막 퍼붓고 회학질을 해댔다.

정지용은 말했다. 그러한 그들은 "우리"가 "조선학생"임을 알고 반가워하는 십여명의 여인들에게 둘러싸여 아랫목에 앉혀졌다. 정지용은 "우리" 사이를 "사촌오누이"라 하였다. 그는 산문에 "꼼짝 없이 억울해도 할 수 없이 뒤집어 쓰고 마는 것"을 모면하였다고 적고 있다.

"우리"는 콩과 조가 섞인 이밥에 달래, 씀바귀, 쑥 등의 조선 것만 고른 반찬에 점심상을 받았다. 진기하기 짝이 없는 욕을 해대며 조선인 노동자의 삶을 견뎌내던 케이블카 공사현장 노동자들.

그들이 정지용과 그의 여자 친구를 대하는 것은 조선학생이기 이전에, 일본으로 징용을 간 조선인 노동자들의 희망이었을 것이다. 그렇기에 귀한 손님 대접을 하였던 것이었을 게다.

이러한 생각들은 정지용과 그의 여자 친구 그리고 케이블카와 조선인 노동자라는 복잡한 함수로 설정되었다. 그리고 그들이 가엾어지기 시작하였다.

케이블카 공사를 하며 희생되었을 목숨과 잔인하게 짓밟혔을 그들의 삶 그리고 그들 앞에서 태연한 척 조선학생 대접을 받았을 정지용. 이 상황에서 정지용이 가졌을 고뇌를 생각하였다. 이때 그는 애써 찡그린 표정 없이 돌멩이 두 개로 형성되는 측간 이야기로 돌아서고 말았다. 그렇지만 조선인 노동자들을 대할 때 그의 심정은 궁핍에 대한 분노도 피지배인으로 남아있는 울분도 아니었다. 그는 조용히 민족을 생각하였다. 이러한 것들은, 나에겐 없던 것처럼 생각되었던 애국심이 가슴 언저리까지 치밀어 오르게 하였다.

정지용의 유학시절 만났다는 그녀. 유학시절 혹은 유학을 마치고 돌아왔을 때 서울의 모 출판사에 나란히 들어섰다는 구술 증언, 옥천에 기차를 타고 정지용과 나란히 들렀었다는 이야기….

만나지 말아야할 사람과 만나지 못하는 사람 그리고 만날 수 없는 사람. 그들의 로맨스는 그들 삶의 언저리에서 머물다 사라졌다. 그러나 그 이야기들은 지금도 회자되고 있다. 비예산 케이블카에서 조선노동자들과 정지용 그리고 그녀를 생각한다. 어쩐지 그들의 로맨스는 오늘처럼 38.5°를 가리켰을 것이다. 내내 가슴이 아리다.

달도 보고 생각도 하고

정지용은 "냇가(압천)에서 거닐고 앉고 부질없이 돌팔매질"하고 "달도 보고 생각도 하고" 시험기간에는 "노트를 들고 나와 누워서 보기"도 하였다고 한다.(「압천 상류 상」, 『원전으로 읽는 정지용 기행산문』, 깊은샘, 2015)

정지용은 역구풀 우거진 압천에서 여수(麗水) 박팔양을 만난다. 여름철이 되면 "역구풀 붉게 우거"지고 밤에는 "뜸부기 운"다는 정지용의 일전(日前)이 있었다. 그런데 하필 역구풀도 우거지지 않고 뜸부기도 울지 않는 날에 여수가 교토를 찾았던 것이다.

정지용과 함께 『요람』 동인과 구인회 활동을 하였던 여수. 그는 아마도 만주로 가기 전에 정지용과 압천에 들렀던 것 같다. 여수는 정지용에게 "역구풀 우거진 보금자리, 뜸부기 홀어멈 울음 우는 곳"이 어디냐고 묻는다.

그러나 그 시시한 질문에 어색한 대답을 회피한 정지용은 압천을 자주 찾았다고 한다. 조선문학가동맹에 가담하였다가 광복 후 월북한 여수. 그는 정지용과 이후, 영영 만나지 못한 채 이승을 하직하였을 것이다.

정지용이 교토로 유학을 간 것은 1923년이다. 정지용은 일본 국민작가로 잘 알려진 나츠메 소세키(1867-1916)가 "압천 조약돌을 밟어 헤여다하였다"라고 말하였다. 정지용이 유학가기 7년 전에 생을 마감한 나츠메 소세키. 그러나 그도 정지용처럼 영문학을 전공하였고 영국 유학을 다녀왔으며 교사로 재직하였고 아사히 신문사에 재직하고 글쓰기를 업으로 하였다.

정지용에게서도 나츠메 소세키처럼 영문학 전공, 교토 유학, 교사, 신문사 등의 언어적 유사성과 인생 노정이 흡사함을 발견하게 된다. 「나는 고양이로소이다」로 유명한 나츠메 소세키. 그의 초상은 1984년 이후 1000엔 지폐에 실리기도 하였다. 물론 정지용은 한국 지폐에 등장하지 않는다. 슬프다.

정지용이 일제강점기의 지식인으로 고향 상실을 고뇌하며 타향으로 의식하였을 교토라는 도시. 봄, 가을 비오는 날 압천의 다리를 굽 높은 나막신을 신고 파란 지우산을 받고 건너는 정취를 정지용은 업신여길 것이 아니라고 하였다.

17-20세기 초 에도시대에 성립된 당대 사람들의 일상생활이나 풍속화를 그렸던 우타가와 히로시게(歌川廣重:1797-1858). 정지용은 당시 압천의 풍경을 우타가와 히로시게의 풍속화 한 폭으로 인식하고 있었다.

교토를 방문한 7월의 중순, 마침 상국사승천각미술관(相國寺承天閣美術館)에서는 '유세화최강열전'이 2018년 7월 3일~8월 5일(전기)에 열리고 있었다. 이곳은 사진 촬영이 금지되어 관람하지 못한 것이 후회된다. 미술관 앞에서 돼먹지 못한 아집으로 발길을 돌렸던 기억. 사진 촬영을 하지 못하더라도 만약 기회가 된다면 9월 30일까지 열리는 후기 전시회에 다녀오고 싶다. 가서 머리와 눈으로 기억해올 일이다.

그림으로 시를 쓰고 산천을 노래하였다는 우타가와 히로시게는 1858년 에도에 콜레라가 한창일 때 병에 걸려 이승을 떠났다고 한다. "붓을 동쪽(고향인 에도)에 남겨두고/ 새로운 여행을 떠나노라/ 서쪽(극락세계) 땅의 명소를 구경하고 싶구나."라는 작별의 말을 남기고. ( )는 필자주.

우타가와 히로시게에게 일상은 그림이었고 이상은 시가 아니었을까? 그리하여 정지용이 그의 작품에 우타가와 히로시게를 등장시키지는 않았을까?

그림으로 온화하고 독특한 시를 표현하였다는 우타가와 히로시게와 언어로 인간의 둔탁한 감정을 경이로운 감촉으로 어루만졌던 정지용.

이들은 시공간을 초월한 예술적 감각으로 서로를, 국가를, 우주를 이해하며 친밀도를 높여 아름다워지고 있었던 것은 아닐까? 달도 보고 생각도 하면서….

친일도 배일도 못한 그

"친일도 배일도 못"한 정지용은 "산수에 숨지 못하고 들에서 호미도 잡지 못"하였다고 「조선시의 반성」에서 고백한다. 그래도 영혼처럼 부여잡고 시작(詩作)을 이어오던 그는 "국민문학에 협력"하든지 그렇지 못하면 "조선시를 쓴"다는 것만으로도 "신변의 협위를 당"하게 되었다고 일제강점기였던 당시 상황을 토로한다.

뿐만 아니라 "일제 경찰은 고사하고 문인협회에 모였던 조선인 문사배에게 협박과 곤욕을 받았"던 것이라고 실토하는 부분. 여기서 필자는 고개가 숙여지고 목울대를 타고 오르는 뜨거운 분노마저 삭여내야 한다. 목을 타고 내려가던 분노가 명치쯤에서 쌔-하니 뭉치고 만다.

망국민의 서러움을 달래며 서로 다독이고 민족의 동질성과 민족의식을 앞장서서 고취해야만 하였던 그들. 그러나 그들의 생과 환경은 또 다른 문인에게 협박을 가하고 곤욕을 치르게 할 수밖에 없었던 것인가? 정녕 그렇게 하는 행위만이 그들이 살 길이었던가?

문학과 삶은 "따로" 또는 "같이"라는, "일치" 또는 "불일치"라는 생각으로 그들을 이해하려한다. 그래도 여전히 마음은 개운치 않다. 그러나 정지용의 문학과 삶은 "같이"와 "일치"에 방점을 찍어두고 싶다.

그는 일제 식민 지배를 받아야만 하였던 시대적 현실 속에서 그 아픔과 고통 그리고 민족의 비애를 그의 시에 고스란히 담아내고 있었다.

이러한 정지용의 초기시편들에 대하여 일별하려면 『學潮』를 건너가야만 한다. 그래야 그의 시와 당시 문우관계 상황도 개괄적으로 또는 촘촘히 살필 수 있음이다.

『학조』는 1926년 6월 27일자로 창간된 '재경도(在京都) 조선유학생학우회'의 기관지였다. 편집발행 겸 인쇄인은 김철진이고 발행소는 경도학우회이며 동성인쇄소에서 인쇄한 A5판 159면으로 정가 50전으로 발행되었다.

정지용은 동지사대학 재학 시절, 『學潮』창간호에 "童謠"라는 큰 제목 아래 "별똥이 떨어진 고슬 나는 꼭 밝는날 차저가랴고 하엿섯다. 별으다 별으다 나는 다 커버럿다."고 적었다. 그리고 「씌」, 「감나무」, 「한울혼자보고」, 「쌀레(人形)와아주머니」, 「서쪽한울」, 「카페프란스」와 「마음의 일기에서」(시조 9수)를 발표한다.(최동호 역, 『정지용전집』1, 서정시학, 2015)

이로 미루어보아 당시 정지용이 경도에서의 시인의 위치를 확고히 선점하고 있었다는 것을 짐작하기는 어렵지 않다.

또한 『학조』에는 현해탄에서 우리나라 최초의 성악가로 알려진 윤심덕(1897-1926)과 최후를 맞이한 김수산(1897-1926:'水山'은 극작가 김우진의 호)의 마지막 희곡 작품인 「두데기 시인의 환멸」이 실려 있다. 이 작품에 두데기 시인 이원영의 입에서 '情死'라는 단어가 등장한다. 김수산이 자신의 미래를 예견했음인가. 후에 윤심덕과 김우진을 서양에서 보았다는 설도 있으나 확인된 바는 없다. 어찌되었건 1926년에 조선은 비중 있는 예술가 2명을 한꺼번에 잃게 되었음은 분명하다. 슬프다.

한편 최현배는 전6항으로 된 논문 「기질론(氣質論)」을 15면에 걸쳐 『학조』에 발표한다. 이는 1925년 경도제대를 졸업한 선배로서 기고된 것으로 '한글맞춤법 통일안'이 제정되기 전 한글 모습을 견줄 수 있는 사료적 가치가 높다.

당대 최상의 수준을 보여준 시인 정지용은 고향을 떠난 외로움과 유학생의 절망과 비애 그리고 조국을 잃은 서글픔을 시로 위로하며 『학조』를 매개로 당대 최고의 사람들과 인연을 맺고 있었던 것이다.

교토 하숙집 I

2018년 11월 28일-12월 1일.

일본 교토 동지사대학에서 '정지용 추모'를 열고, 오사카에서 '문학 강연'과 '한글 콘테스트'가 열렸다. 정지용 문학을 구심점으로 진행된 다수의 행사는 여러 언론에서 거론하였기에 생략하기로 한다. 단, 다수의 언론에서 보도(11월 30일-12월 3일)한 정지용 동지사대학 학부 관련 보도가 사실과 달라 우선 바로 잡고자한다. 참고가 되었으면 한다.

"도시샤대학은 옥천에서 태어난 정시인이 서울 휘문고보를 졸업하고 1923년 이 대학 영문과에 입학해 1929년 졸업할 때까지 왕성한 문학 활동"을 펼쳤던 곳으로 소개하고 있다.

그러나 정지용은 "1923년 4월 16일 일본 교토의 동지사 전문학교 신학부에 입학하였고 며칠 지나지 않은 4월 27일 신학부를 퇴학(홍종욱, 「교토 유학생 박제환의 삶과 실천」, 『한국학연구』 40집, 인하대 한국학연구소, 2016. 2, 407면.)한 후 그해 5월 3일 동지사대학 예과에 진학한다. 1926년 3월 예과를 수료하고 4월 영문학과에 입학해 1929년 6월 30일에 졸업(김동희,「정지용의 이중언어 의식과 개작 양상 연구」, 고려대학교 대학원 박사학위 논문, 2017, 37면.)하였다.

이번에 열린 일본 정지용 문학행사는 그를 공부하는 필자에게 큰 소득이 있었다. 동지사대학의 Osamu OTA(太田 修) 교수와 2006년 정지용 자료를 찾으러 동지사대학을 방문하였을 때 안내를 하여준 우송대학교의 박세용(동지사대학 출신) 교수를 다시 만난 일이었다.

옥천문화원 김승룡 원장의 소개로 만난 OTA. 다리를 놓아준 김 원장, 그에게 지면을 빌어 고마움을 전한다.

OTA 교수는 정지용의 일본 유학시절 '하숙집'에 대하여 조용조용 일러주었다.

OTA 교수는 정지용의 하숙집이 "도시샤여자대학교 북쪽에 있"었다며 이 대학의 "정문을 기준으로 어느 정도 거리가 되는지"에 대한 필자의 질문에 "정문으로부터 약 50m 정도"에 위치하고 있었다는 답변을 들었다. 그리고 "정지용의 하숙집은 한 군데였느냐?"는 질문에 "아마 몇 군데, 이사를 하였을 것"이라고 말하였다. 또 "현재 그 건물이 보존 되어 있"느냐는 질문에 "옛집은 남아있지 않고 그 자리에 신축 건물이 들어섰다."고 답변하였다. 빠른 시일에 정지용의 하숙집 터를 찾아가고 싶다.

"하숙집이 몇 군데, 이사를 하였을 것"이라는 OTA 교수의 구술은 박세용 교수의 구술과 일치하는 부분이 있다. 박 교수는 "현재 교토 슈가꾸엔 교토조형예술대학이 들어선 곳이 윤동주 하숙집이었다. 윤동주 하숙집에서 3-4km 거리에 정지용 하숙집이 있었다. 정지용「카페프란스」의 모델이었던 '카페프란스'와의 거리도 3-4km 정도의 거리이다. 아마 이때 하숙집에서는 잠만 잤을 것"이라고 설명을 한다. 당시 "일본 하숙집은 빨래나 밥 등을 제공하지 않았"다는 이야기였다.

일단 정지용은 일본 유학 시절 하숙을 하였고 하숙집은 몇 군데 옮겨 다녔다. 그리고 하숙집의 위치 윤곽이 대략 드러났다. 필자는 이와 같은 사실을 새롭게 알아냈다. 기쁘다.

이 고증을 토대로 한국에 돌아온 필자는 정지용의 일본 하숙집에 관련된 자료와 논문들을 찾기 시작하였다. 드디어 정지용의 교토 하숙집에 대한 윤곽이 드러나는 자료들을 찾아냈다.

> 그 즈음 정지용과 나는 상당히 친했다. 하숙이 가까웠기 때문이기도 하다. 두 사람 모두 식물원의 다리에서 강 아래 쪽에, 가모가와를 사이에 두고, 그는 동측, 나는 서측에 있었다. 저녁 식사후 산책을 겸하여 서로 자주 방문하였다. 그 즈음의 加茂川는, 그 주변에는 갈대가 온통 나있어서, 여름에는 개구리가 울었다. 鄭은 찾아오면 近作의 시를 읽어주었다. 일본어가 완벽한 것은 아니어서, 내가 부분부분 수정했다.
> ─ 고다마 사네치카, 「文藝雜誌」「街」のころ」, 『RAVINE 社』, 1970. 9, 22면. 김동희, 앞의 논문, 2017, 44면 재인용

정지용이 동지사대학 동인지인 『街』, 『동지사대학예과학생회지』, 『자유시인』, 『동지사문학』 등에 작품을 발표한 것은 고다마 사네치카(필명은 고다마 후에야로)와의 만남에 영향이 있었다. 1905년생 고다마는 1924년 동지사대학 예과에 입학한 후 영문과에 진학해 1930년 졸업, 동지사대학 영문과의 교수를 지낸 인물이다. 정지용은 1923-1929년에 동지사대학 신학대, 예과 그리고 영문과에 재학 중이었으며 이 시기에 고

다마는 정지용이 최초로 작품을 발표한 잡지 『街』의 동인으로 이름이 올라있다. 이들의 인연은 『自由詩人』 창간호에 실린 정지용의 산문 「詩·犬·同人」에서 확인할 수 있다.

교토 하숙집 Ⅱ

　한 여름의 별이 빛나는 하늘은 멋진 수박을 싹둑 자른 것 같다고 말하면 코다마는 천녀(天女)가 벗어 놓은 옷 같다고 말한다. 미이(ミイ)의 붉은 뺨은 작은 난로(煖爐) 같다고 말하면 코다마는 미이의 요람(搖籃) 위에 무지개가 걸려있다고 말한다. 북성관(北星官)의 2층에서 이러한 풍(風)의 사치스런 잡담이 때때로 교환되는 것이다. 그가 도기(陶器)의 시(詩)를 썼을 때 나는 붉은 벽돌(赤悚瓦)의 시(詩)를 썼다. 그가 눈물로 찾아오면 밤새 이야기할 각오(覺悟)를 한다.

　「시(詩)는 연보라색 공기(空氣)를 마시는 것이거늘」이라고 내 멋대로의 정의(定義)로 맞받아쳤다.

　개를 사랑하는 데 그리스도는 필요(必要)하지 않다. 우울(憂鬱)한 산책자 정도가 좋은 것이다.(중략)

　다양한 남자가 모여 있다. 덩치에 어울리지 않게 외로워하는 남자 야마모토(山本)가 있는가 하면 「아아 카페 구석에 두고 잊어버린 혼(魂)이 지금 연인을 자꾸만 찾는다!」라고 신미래파처럼 구는 마쓰모토(松本)가 있다. 그는 이야기 중에 볼품없는 장발(長髮)을 멧돼지처럼 파헤치는 버릇이 있다.

어쨌든 우리들은 힘내면서 간다면 좋다. 요즈음 시작(詩
作)을 내어도 바보 취급을 받을 수 있다. 하지만 우리가 먼저
바보 취급해서 써버리면 되지.

－정지용의 산문 「詩·犬·同人」 중에서

정지용은 『自由詩人』1호에 「詩 · 犬 · 同人」(自由詩人社, 1925. 12, 24
면.)을 발표한다.

이렇게 정지용은 고다마와 시 작법에 대하여 논하는 "사치스런 잡담"
을 하게 된다. 이는 정지용과 고다마의 친밀도가 높음을 시사하는 또 다
른 표현으로 보여진다. 또한 고다마 뿐만 아니라 "다양한 남자"인 "야마
모토(山本)", "마쓰모토(松本)"도 거론한다. 아마 이들은 『自由詩人』의
동인으로 보인다.

각설하고 고다마와 정지용은 가까운 사이였다.(「정지용의 일본 교토
하숙집 Ⅰ」,『옥천향수신문』, 2018. 12. 6, 4면 참조) 정지용의 하숙집은
고다마의 거주지와 지척에 있었다.

정지용의 산문 "「詩 · 犬 · 同人」에 등장하는 "북성관"은 『自由詩人』
의 발행소인 자유시인사 편집부이자 고다마의 거주지이다. "京都市上京
區市電植物園終點下ル"를 통해 동지사대학에서 북쪽으로 2km 정도 거
리에 위치한 교토부립식물원 근방"으로 추정된다.

이렇게 친근하였던 고다마와의 관계는 정지용 하숙집과 관련이 있었
음직하다. 거주지가 가까우면 서로 만날 기회가 많았을 것이고 더 자주
내통을 하기에 용이하였을 것이기 때문이다.

정지용의 하숙집 주소지(김동희, 「정지용의 이중언어 의식과 개작 양
상 연구」, 고려대학교 박사논문, 2017, 42면)는 "1924년 예과 2년에는 "下

鴨上河原六四浦上方(현주소 下鴨上川原町64 주변), 1925년 예과 3년-1927
년 영문과 2년은 "植物園前ェビス館"(식물원 앞 에비스관, 현 주소는 北
大路橋西詰交差点 주변, 1927년 12월에는 "上京區今出川寺町西入上ル上
塔之段町四九一"(현주소는 上塔之段町490-5 주변)"이다. 따라서 정지용
이 "북성관"에서 고다마와 교류할 당시인 1925년 주소지는 "植物園前ェ
ビス館"으로 이곳 역시 교토부립식물원 근처이다. 1925년에는 교토부립
식물원이 종점인 노면전차가 운행 중이었고 이 전차의 종점근처가 고다
마의 거주지이고 식물원 맞은편이 정지용의 거주지이기 때문에 정지용
과 고다마의 거주지는 상당히 가까웠다. 단, 해당년도에 "북성관"이라는
이름의 기숙사는 존재하지 않았기 때문에 건물명으로 보고 있다. 이렇게
고다마와 정지용은 근처에 살면서 문학적인 호흡을 같이 하였다.

한편, 고다마는 정지용의 귀국 후 끊어진 안부를 조선인 유학생들에
게 물었다고 한다. 정지용의 죽음 소식을 들은 후「自由詩人のこと」鄭
芝溶のこと」에서 다음과 같이 애석함을 적는다.

> 왜인지 그이야기가 진짜인 것만 같은 기분이 들었다. 젊은
> 날 열혈의 낭만시인, 뛰어난 한국 유일의 학자·시인. 이러한
> 그가 총살되었다고 한다면, 그 장면을 나는 애처로워서 눈꺼
> 풀에서 지우고 싶다. 그리고 전쟁을 증오한다. 이데올로기의
> 투쟁이 시인의 생명까지 빼앗아 가는 것을 증오한다. 그리고
> 보도가 어떠하든, 역시 鄭이 어딘가에서 살아있어 주기를 빌
> 었다. 빌면서, 그 후로는 鄭에 관해서 묻는 것도 이야기 하는
> 것도 피하고 있다.
>
> −「「自由詩人のこと」鄭芝溶のこと」중에서

이렇게 고다마는 정지용의 죽음을 애석해 하였다. 한 시인의 죽음 앞에 우리는 모두 숙연하여질 뿐이다.

눈이 내린다. 골목길 눈을 쓸고, 뒤돌아서면 또 쌓여있다. 눈처럼 뽀얀 시를 쓴 정지용! 그의 시는 읽고 또 읽어도 오늘 골목길에 쌓인 눈처럼 궁금증만 더해 간다.

일본의 이불은 무겁다

「日本の蒲團は重い」(「일본의 이불은 무겁다」).

다소 생경하겠지만, 식민지 지식인의 애끓는 비애를 적은 정지용의 산문이다. 그는 1926년 일본인을 대상으로 한 잡지 『自由詩人』 4호에 「日本の蒲團は重い」를 발표한다.

당시 정지용은 한국어로 식민지 지식인의 비애나 조선에 대한 애타는 그리움을 노래하고 싶었을 것이다. 그러나 지금처럼 원고를 원하는 곳에 메일로 보낼 수 있는 형편도 아니고 우편으로 보내는 것도 상황이 여의치는 않았으리라.

즉 당시 정지용의 작품 활동 여건을 충족시키는 잡지가 만만치 않았으리라는 생각이다. 물론 일제강점기라는 특수한 상황에서도 글은 쓰여지고 발표되고 읽혀지고 있었다. 일제 말기 상황보다 1926년 문단상황은 양호한 편이었다. 그러하더라도 정지용의 일본 유학시절(그가 일본에서 정식시인으로 인정받기 이전), 그에게도 여전히 어려운 시간들이 지났으리라고 본다. 이는 「日本の蒲團は重い」에서도 쉽게 짐작해낼 수 있다.

정지용은 기타하라 하쿠슈가 주관한 『근대풍경』 1월호에 「海」를 실었다. 이후 기성시인 대우를 받게 된다. 여러 이견이 따르겠지만(이러한 관점에서 보면) 1927년을 정지용이 일본에서 두각을 드러내는 시점으로 잡을 수 있다. 그렇기에 여기서는 1927년을 그의 문학을 일본에서 인정받은 시점으로 보기로 한다.

한편, 정지용은 일본인에 대한 직접적인 비판을 표시 나게 고발하는 목소리를 낼 수 없었다. 또 그의 비애를 형언할 수 없는 환경에 있었다. 그랬을 것이다. 그렇기에 일본어로 「日本の蒲團は重い」고 쓰고 있다. 그것도 "せんちめんたるなひとりしゃべり"(센티멘탈한 혼잣말)이라는 표제와 함께 발표한다. 이는 정지용의 식민지 지식인의 비애에 대한 또 다른 표현은 아니었을까? 애써 "せんちめんたるなひとりしゃべり"라며 '혼잣말'이라는 위로를 한 것은 아니었는지. 애타게 조선과 고향을 그리워하며 압천을 홀로 걸어 하숙집으로 향하였을 정지용의 모습이 그려진다. 슬프다.

似合はぬキモノを身につけ 下手な日本語をしゃべる
自分が たえきれなく淋しい。(중략) 朝鮮の空は何時も ほ
がちで美しい。朝鮮の子のこフろも ほがらかで美しくぁ
る筈だ。やフもすれば曇りがな このフろが呪はしい。追
放民の種であるこそ雑草のやうな根強さを持たねばなら
ない。何處へ植えつしけて美し朝鮮風の花を咲かねばな
らない。自分の必には恐らく いろいろの心が いつしよ
になつてゐるだらう。(중략) 破れた障子の紙が 針のやう
冷い風に ピコルルル—夜中の小唄をうたひ出す。蒲團の奧

まぢもぐりこんで縮まる。……日本の蒲團は重い。(『自由 詩人』4호, 1926. 4, 22면. 최동호 엮음,『정지용전집2』,『서정 시학』, 2015, 314-315면 재인용.)

정지용은 "어울리지 않는 기모노를 몸에 걸치고 서툰 일본어를 말하는 내가 참을 수 없이 쓸쓸하"다고 고백한다. "조선의 하늘은 언제나 쾌청하고 아름답고 조선 아이의 마음도 쾌활하고 아름다울 것이지만 걸 핏하면 흐려"지는 정지용의 마음이 원망스럽단다. "추방민의 종이기 때문에 잡초처럼 꿋꿋함을 지니지 않으면 안"되는 정지용. "어느 곳에 심겨지더라도 아름다운 조선풍의 꽃을 피우지 않으면 안"되었던 그. 어찌 "안"되었던 이들이 정지용만 이었겠는가? 당시 조선인의 대부분이 지닌 공통된 정서였겠지……. 정지용은 "마음에는 필시 여러 가지 마음이 어 우러져 있"는 것이라고 말한다. 심란한 그의 마음이 엿보인다. "찢어진 창호지가 바늘 같은 차가운 바람에 횡횡-밤중 노래를 부르기 시작한다. 이불 깊숙이 파고들어 움츠러든다. ……일본의 이불은 무겁"단다.

정지용은 일본이 가하는 압력의 하중을 이불의 무게에 비유하며 무게중심을 이동하고 있다. 이는 식민지 지식인의 극심한 비애를 견디려는 일종의 노력으로 보인다. 이렇게 정지용의 민족적 고뇌의 확산은 안으로 서늘히 굳어져 축소되어 작품으로 이동되고 있었던 것은 아니었던가. 그리하여 이불로 파고들어 움츠러들었던가. 아무리 생각해도 일본의 이불은 무거울 수밖에 없었다는 그의 고백적 산문에 고개가 저절로 끄덕여진다.

2019년 4월 벚꽃이 흐드러지게 피었다는 일요일.

「日本の蒲團は重い」를 공부하는데 도움주신 박세용 교수님, 둘째 오

빠, 김다린 선생님, 제자 조희유에게도 고마움과 안부를 전한다.

4년 전 최동호 교수님께서 하사하신 책을 항상 옆에 두고 교과서처럼 참고한다. 교수님의 큰 연구업적에 고마움을 느낀다. 필자도 후학들에게 미천하나마 도움이 되는 학자로 남기를 소망해보는 하루가 지나고 있다.

시시한 이야기

　가을이 봄을 준비하는 겨울바람에게 손을 들었다.

　해가 뜨고 비가 내리고 또 밤이 오고 바람이 불었다. 정처 없는 계절은 초대되지 않은 손님으로 머물다 다음 계절에게 자리를 내주고 만다. 마음이 심란하거나 주변 정리가 안 될 때에는 정지용 생가에 들러 본다. 마당을 한 바퀴 휘휘 둘러서 문학관으로 들어가면 언제나 같은 모습으로 정지용 선생님은 그곳에 계신다. 정지용 선생님을 꿈꾸며 문학인인 수필가로 옥천에 머무른 지 스무 해가 지났다.

　정지용 선생님 옆에 가만히 앉아본다. 항상 과묵하다. 유독 내게만 침묵으로 일관하시는가. 정지용 생가의 초가와 그 옆의 감나무에 걸린 까치밥에서 소재를 얻어 등단 작품을 내고 수필가라는 거창한 꼬리표를 단 지도 십 년을 넘고 또 수년이 지났다. 정지용 선생님 옆에서 수필가로 사는 건 나에게 어떤 의미를 부여하는가.

　정지용 생가 옆의 가죽나무가 잎을 돋아낼 때도, 문학관 앞의 소나무가 여름 땡볕을 머리에 이고 인고의 세월을 견디고 있을 때도, 세상의 모든 사물들이 흰 눈을 이불처럼 덮고 잠들 때도 난 서성였다. 목마른 강아지마냥 풀리지 않는 갈증 앞에서 울어도 보고 소리도 질러 보았다. 그러나 그것은 메아리도 만들지 못하는 이명 상태의 좌절을 안겨주고 촘촘히 사라져 갔다.

이명처럼 다가온 갈증은 정지용의 산문에서 해결의 실마리가 보이기 시작했다. 정지용은 1919년 첫 소설 「삼인」이라는 소설을 발표한 이후 1930년대 후반부터 120여 편이 넘는 수필을 발표한다. 한편, 그는 행적이 불분명할 때인 1950년 6월 28일까지도 『국도신문』에 「남해 오월 점철」이라는 기행 수필을 18편 발표한다. 이렇게 많은 산문인 소설과 수필을 내놓은 문학가 정지용은 시인 정지용으로만 알려져 있었다. 정지용의 생애와 관련하여 지금까지 연구되어 온 논문도 또한 시 중심으로 연구되어져 온 것도 사실이다. 그러나 정지용의 전기적 연구에 근접하기 위하여는 산문 연구가 우선 이루어져야 한다는 생각이다. 산문 중 수필이라는 갈래적 특성으로 볼 때 정지용에 관한 정신적 세계관과 문학관, 그리고 일제하에서 시로 표출할 수 없었던 이야기들도 또한 그의 산문에 오롯이 나타날 수 있기 때문이다.

궁금증을 풀며

　정지용의 고향에 거주하는 필자는 정지용에 대한 궁금증과 어지럼증
이 일기 시작했다. 시인 정지용과 문학가 정지용 사이에서 풀릴것 같지
않은 고민을 해결하려 그의 작품에 가까이 가 보았다. 아지랑이가 피어
오를 무렵부터 시작된 나의 정지용 산문 읽기는 겨울을 몰고 오는 바람
이 불어올 쯤에야 윤곽이 드러났다. 정지용의 생애와 관련된 흥미롭고
새로운 사실들도 덤으로 이 과정에서 몇 가지 발견하게 되었다.

　첫째, 정지용의 작가론이나 작품론에서 연보나 본문에 나타나는 "어
느 해 여름 갑자기 밀어닥친 홍수 피해로 집과 재산을 모두 잃고 말았
다." 또는 "어느 해 여름 두 차례의 홍수로……." 부분이다. 「충북의 독지
가(篤志家)」,『매일신보』,1912. 01. 13, 2면.)라는 기사를 보면 그 문제의
"어느 해"는 "작년 7월에 대우(大雨)의 제(際)에 읍내의 하천에 홍수가
나서 하안이 붕괴함을 발견하고 연장 약 120간의 제방을 개축할 새 비용
318원을 주었고"에서 보여주듯 1911년임을 알 수 있다.

　또 한 차례는 1917년이다. (「"옥천 전멸, 전부 침수" - 참혹한 홍수의

피해, 익사자 5명」,『매일신보』,1917. 8. 14, 3면.「참혹한 땅, 눈으로 볼 수 없다」『매일신보』,1917. 8. 15, 3면.「옥천의 수재민에게, 독지가의 따뜻한 동정」,『매일신보』, 1917. 8. 15, 3면.)

이와 같은 근거 자료로 보아 옥천에는 1911년과 1917년에 큰 홍수가 지나갔고, 이 홍수는 특히 한약방 겸 양약방을 운영하는 정지용 집의 가세가 기울게 되는 직접적인 원인 제공을 했음에 틀림없다.

둘째, 정지용의 가정이 초기에는 부유하였다고 한다. 그와 관련한 자료는 『동락원 기부금 방명록』, 1918. 8. 15에 나타나 있다. 옥주사마계 후신인 동락원에 경술국치 이후(1911년으로 추정 - 오상규가 옥천에 이때 이사왔기 때문) 오상규(탁지부 전 출납국장) 40원, 신현구(전 옥천군수) 5원, 정태국(정지용 부친) 20전을 기부했다고 적혀있다. 기부금을 낼 정도의 형편으로 보아 정지용의 초기 가세는 부유하였음을 짐작하게 한다.

셋째, "부친 태국은 한약상을 경영하였다"이다. "옥천읍 하계리에서 최초로 한약방 겸 양약방을 경영하였다." 옥천 본당사 편찬위원회,『옥천 본당사1』, 천주교 청주교구 옥천교회, 2009, 239면을 참고로 하면 한약방과 양약방을 최초로 경영하였음을 알 수 있다.

넷째, 정지용의 부친이 문화 유씨를 소실로 들여 화용, 계용 남매를 낳으나 화용은 요절하고 계용은 몇 년 전까지 살았으나 화용만 족보에 남아있다. 영일 정씨 27대손인 요절한 이복 남동생 화용만 정지용과 나란히 적혀있다. 이것 또한 그의 부친이 후사에 대한 욕심이 많았음을 증명해주는 자료(『영일 정씨 족보』, 2145면.)이다.

다섯째, 정지용의 천주교적 친분과 시적 운율미의 영향관계이다.

1930년부터 1953년까지 옥천성당에 재임한 윤례원 토마스 신부와 정지용은 자주 만났다. "정지용은 방학이 되면 사각모를 쓰고 죽향리에 있는 옥천성당에 자주 출입하면서 윤 신부와 친교를 나눴다."(옥천 본당사 편찬위원회, 『옥천 본당사1』 천주교 청주교구 옥천교회, 2009, 238-239면). 윤 신부는 「천주의 모친」을 『조선어 성가집』에 싣고 있을 정도로 친화력과 서민적인 성품에 음악적 운율을 살릴 줄 아는 멋쟁이였다. 이렇게 정지용과 윤 신부는 언어와 음악 사이에서 미묘한 상호보완 관계에 있었던 것이다.

이상과 같은 작지만 새로운 사실들 앞에서 정지용에 대한 관심은 높아져 갔다. 정지용의 산문은 시기별로 볼 때 음악에 비유하자면 협주곡, 합주곡, 변주곡의 형태를 띠며 그의 작품 세계를 변천시키고 있었다. 음악에서 이르는 연주를 위한 한 악기의 협주를 소설 「삼인」 시대로 보고, 1926년부터 해방 전까지 시와 수필을 양적인 면에서 (거대한, 문학 장르 면에서 방대하지만) 한 곳에 모두 아우를 수 있는 합주로 보고자 한다. 해방 이후 그가 겪게 되는 현실적인 자아와 지식인으로서 겪게 되는 세계 속에서의 자아는 시론(時論)이라는 변주곡을 만들어 내고 있었다.

이처럼 정지용의 굴곡진 삶에 나타난 문학 양상들은 협주, 합주, 변주곡의 형태를 유지하며 오늘을 살아가는 우리들에게 거대한 문학적 지침서 같은 역할을 해내고 있다. (자료제공에 도움 주신 옥천군 향토사 전시관에 감사드립니다.)

조선인 노동자와 히에이산 케이블카

지난해 여름에 다녀온 교토의 '히에이산' 쪽을 가늠해본다. 정지용이 여학생과 걸어서 갔다는 '히에이산'. 정지용은 당시 징용으로 교토에 머물고 있는 조선인 노동자들과 만난다. 조선에서 유학 온 학생이라는 정지용의 설명에 후하게 대접을 해주는 조선인 노동자들. 그들은 히에이산에서 구한 고사리와 산나물을 갈무리하여 조선식으로 요리를 해준다. 여학생과의 관계를 묻는 조선노동자들에게 정지용은 '사촌'이라고 대답한다. 정지용과 여학생은 조선인 노동자들의 위로 섞인 덕담과 조선밥상을 대접받았다.

이때 조선인 노동자들은 히에이산 케이블카 공사를 하였다고 한다. 케이블카가 우리나라의 것과 좀 다른 열차 형태로 되어있다. 이것은 아찔한 급경사를 오르내린다. 조선인 노동자들의 애환과 고통이 함께 실려서 오르고 내리기를 반복한다. 히에이산 케이블카는……. 슬픈 생각에 잠기다 보니 귀가 멍멍해진다. 그래도 '히에이산 케이블카'는 한 번 타볼 일이다. 그리고 히에이산 정상에 오르는 길에 엔라쿠지에 들를 일이다. 그곳에서 고사리 들어간 우동을 먹어보길 권한다. 정지용과 당시 조선인 노동자들을 생각하며……. 목울대가 따갑다.

'기온거리'를 지난다. 일본의 옛 거리와 상점이 그대로 있다는 이곳. 정지용도 이 길을 걸었을 것이다. 호기롭게 혹은 갈등과 번민에 녹초가 되어……. 기모노를 입고 지나는 사람들 사이로 힐끗힐끗 1920년대가 날름거리는 듯하다. 그 사이로 박팔양과 정지용이 떠오른다. 박팔양에게 '압천' 이야기를 하였다는 정지용. 그 이야기를 듣고 교토까지 정지용을 찾아갔다는 박팔양. 이들은 압천을 거닐며 생각이 깊었을 것이다.

19시. 동지사대학 한국 유학생회와 교류를 가졌다. 지용제 행사를 위해 일본을 방문한 한국인과 한국 유학생회의 교류가 있었다. 동지사대학 유학생 회장과 부회장 등이 참석하였다. 석식만찬 자리에서 필자의 테이블에는 동지사대학 2학년과 3학년 여학생이 함께 하였다. 아르바이트와 공부를 병행하며 분주히 살고 있었다. 그 분주한 모습이 참 아름다웠다. 긴 머리를 뒤로 묶은 부회장은 철학을 전공한다고 하였다. 이번 학기를 마치면 한국에 들어가서 군입대를 할 예정이란다.

현실은 때때로 발목을 잡고 멈추게 하거나 쉬어가게 한다. 원하든지, 원하지 않든지……, 선택할 수 없는 경우가 더러 있다. 그러나 기약할 내일이 있음에 안도의 호흡을 고르기로 한다.

「향수」의 정본(定本)

정지용의 「향수」 정본(正本)이 아직 나타나지 않았다. 그러면 이러한 상황에서 「향수」의 정본(定本)은 무엇으로 정할 것인가? 독자나 정지용 연구가들은 정본(定本)에 관심을 두게 될 것이다. 정본(正本)이 문서나 작품의 원본이라면 정본(定本)은 여러 이본(異本)을 비교·검토하여 정정해서, 가장 표준이 될 만한 작품이나 책을 의미한다. 졸고 「정지용 「향수」의 再考」(『충북학』19집, 충북학연구소, 2017)를 참고해 정본(定本)의 문제를 다루고자 한다.

1950년 이전, 정지용이 자신의 작품 「향수」를 『조선지광』에 처음 발표한 후 『정지용 시집』이나 『지용시선』에 실을 때 개작을 하였다. 물론 시행을 바꾸거나 연을 달리하는 정도의 변형은 이루어지지 않았다.

하지만 정지용은 「향수」에서 시어를 바꾸거나 음운표기를 달리하기도 하였으며 띄어쓰기도 변화를 주었다. 이러한 변화를 통한 개작은 정지용의 의지가 반영된 결과로 보인다. 왜냐하면 「향수」 초고를 1923년에 쓰고, 1927년에 「향수」를 지면에 최초 발표하였다. 무려 4년의 시간 동안 정지용은 「향수」를 책상 서랍에 잠재우진 않았을 것이기 때문이다.

1939년 8월에 창간된 『문장』에 시 부분 심사를 맡았던 정지용은 신진순 군에게 "다음에는 원고 글씨까지 검사할 터이니 글씨도 공부하"라며 까다롭게 심사하였다. "옥에 티와 미인의 이마에 사마귀 한 낱이야 버리기 아까운 점도 있겠으나 서정시에서 말 한 개 밉게 놓이는 것을 용서할 수 없는 것이며, 돌이 금보다 많"다고 타박을 하였다. 이는 박목월의 작품에 대한 정지용이 내린 우박 같은 평이었다. 그런데 하물며 자신의 작품에는 어떠하였겠는가? 아마도 끝없이 갈고 닦으며 퇴고하였을 것이다.

정지용의 이러한 칼칼하고 촘촘한 성격은 시를 정서(正書)·개작하는 데에도 작용되었을 것으로 유추한다. 그러나 『정지용 시집』은 박용철이 발간비를 부담하였다. 물론 정지용의 발표작을 찾고 시집의 순서를 정하는 것도 박용철이 진행하였다. 이러한 박용철의 편집은 정지용의 시적변모를 의도적으로 반영하여 정지용의 위상이 확립되고 명성도 얻는 계기를 마련하였다. 그러나 이는 정지용의 뜻이 아닌 박용철의 의도에 가깝다고 보여진다.

정지용은 『정지용 시집』과 『백록담』(1941)에서 「향수」 등 25편을 가려 뽑았다. 그렇게 자신이 직접 고른 시로 『지용시선』(1946)을 간행하였다. 그러면 이 『지용시선』에 실린 「향수」가 정지용의 의도를 가장 많이 담고 있는가? 그렇지는 않을 것이다.

첫째, 정지용의 개인사적인 문제에서 기인하였다. 인간 정지용에게 1946년은 혼돈과 괴로움의 시기였다. 그해 그는 돈암동으로 이사를 하였다. 그리고 모친 정미하의 사망과 직면하게 된다. 또 경향신문사 주간으로 취임하였으며 문학가동맹 아동분과위원장을 맡기도 한다. 이러한 복잡한 가정사와 주변의 문제가 정지용을 극도로 피로하게 하였을 것이다.

둘째, 정지용은 문학적으로 『정지용 시집』(건설출판사)을 재판하였다. 그뿐만 아니라 『백록담』(백양당, 동명출판사)도 재판으로 간행하였다. 또 그가 『문장』지에 추천한 조지훈, 박목월, 박두진이 『청록집』을 간행하였다. 이 시기 정지용은 상당히 분주하게 보냈음을 알 수 있다.

이렇게 1946년은 정지용의 시집들이 다수 발행되며 그의 시에 대한 인기나 업적이 집약적으로 드러나기도 하였음을 알 수 있다. 그렇지만 정지용 개인에게 들이닥친 혼돈과 피로는 오로지 홀로 감수하여야만 하였다. 이런 상황은 「향수」 개작 과정에서 정지용의 의도를 마음껏 들여놓을 수 있었을까? 아니다. 그것은 어려웠을 것으로 보인다.

시에서 시어의 배치와 변화 그리고 띄어쓰기 등은 시의 의미 지표로 작용하기 때문에 정본(定本)확정이 중요하다. 그렇기에 정본의 중요성을 강조한다. 이에 정지용의 의도가 가장 많이 적용되었을 것으로 보이는 「향수」의 정본(定本)은 『조선지광』의 발표본으로 삼음이 마땅하다.

「향수」의 정본(正本)

　정지용의 「향수」는 고향에 대한 애틋한 그리움으로 채색된 서정적인 아름다움으로 독자에게 다가간다. 그는 궁핍했던 1920년대 농촌의 실상을 '옥천'이었음직한 '고향'이라는 공간에 담아낸다. 그 고향은 지극히 조선적인 그리움을 노래하며 옥천을 설화적인 공간으로 설정하게 된다.

　이렇게 옥천과 깊은 관련이 있는 「향수」의 正本에 대한 연구는 드물다. 正本(an original text)이란 '문서의 원본'을 의미한다. 그럼 原本이란 무엇인가? 원본이란 '베끼거나 고치거나 번역한 것에 대하여 근본이 되는 서류나 책으로 등사·초록·개정·번역을 하기 전, 본디의 책'이나 작품으로 원간본을 의미한다.

　그러면 졸고 「정지용 「향수」의 再考」(『충북학』19집, 충북학연구소, 2017)를 참고해 어느 노신사로부터 들은 「향수」에 대한 일화를 정리해 본다.

　　　1923년 정지용이 일본 교토 동지사대학으로 유학을 떠나
　　기 전이었다. 정지용은 「향수」 초고를 친필로 써서 친구들

앞에 내놓았다. 이 시를 본 한 기생이 「향수」 시가 적힌 종이를 달라고 정지용에게 졸랐다. 그 「향수」가 기생의 마음에 썩 들었던 모양이다. 기생은 "이 시를 주면 오늘밤 요리 값을 모두 내겠다."라고 말하고 밖으로 나갔다. 잠시 후 그 기생은 종이와 붓, 벼루를 사들고 다시 돌아왔다. 이 기생의 청을 마다하지 못한 정지용은 「향수」 시를 그대로 적기 시작하였다. 기생이 방금 사들고 온 종이에 옮겨 적은 것이다. 그리고 애초에 썼던 「향수」 초고를 기생에게 줬다고 한다. 처음 적은 「향수」는 기생에게 줘버리고 정지용은 다시 베껴 쓴 「향수」 뭉치를 저고리 안주머니에 깊이 넣었다. 물론 그날 밤 요리 값은 모두 기생이 지불하였다. 그래서 향수 최초 본은 어느 기생의 손으로 갔다. 그리고 지금까지 기생이 가져간 그 「향수」 원고는 나타나지 않고 있다.

즉 정지용은 애초 지었던 「향수」를 다시 다른 종이에 쓴 다음 처음 것은 기생에게, 다시 쓴 것은 정지용 자신이 가졌다는 이야기였다. 이는 정지용이 1927년 3월 『조선지광』에 「향수」를 발표할 때 작품 말미에 '1923. 3. 11.'이라고 창작시점을 표기한 것과 무관해 보이지 않는다. 아마 종이에 옮겨 적을 때 작품 말미에 창작시점도 같이 적었을 것이라는 유추를 가능하게 하는 부분이다. 이로 보아 「향수」 초고는 1923년 작품임을 짐작해낼 수 있다.

다시 「향수」 정본에 대한 문제로 돌아가 보자. 정지용과 기생의 일화로 보면 「향수」 정본은 기생이 소지하고 있다는 것이 확실하다. 그런데 「향수」 정본과 관련, 이 기생과의 일화에 대한 진위 여부 논란이 대두될 것이다. 그러나 이 노신사가 있지도 않았던 이야기를 하였을까? 그 노신사의 이야기는 거짓이 아니라는데 무게를 싣고 싶다. 왜냐하면 그 노신사가 있지도 않았던 이야기를 구사할 이유가 없을 것이기 때문이다.

정지용은 1923년 4월 박제찬과 함께 일본 교토 동지사대학으로 유학을 앞두고 있었다. 고국을 떠나는 그의 마음은 심란하였을 것이다. 이 이야기는 아마 유학가기 전 친구들과 고별의식이 있었던 자리에서의 일이라는 개연성을 짙게 해주는 부분이다.

이로 미루어 정지용 「향수」의 正本은 어느 기생이 소중히 간직하여 세상에 아직 나오지 못하고 있는 것으로 짐작된다. 이 부분과 관련 정확한 증빙 자료가 나타나길 바란다.

「향수」의 경험적 공간, 옥천

정지용 문학의 뒤안길에는 그의 고향 옥천이 오롯이 자리하고 있다. 그의 문학이 자라는 동안 수많은 일들이 지나갔겠지만 시의 독특한 체취만은 옥천을 품고 창조되고 있었다.

「향수」는 모두 5연으로 구성되었다. 뿐만 아니라 4연을 제외한 1, 2, 3, 5연은 5행으로 구성해 놓고 있다. 이는 정지용이 「향수」의 시적 의미 표현에 운율과 감흥을 더하기 위한 공간(옥천+「향수」의 입체적 범위)적 질서로 보아야 한다.

5연과 5행 구성의 「향수」는 시적 화자를 동원한 정지용의 의도된 공간적 질서이다. 「향수」에서 시적 화자는 시의 진행자인 동시에 서술자(여기서 서술자란 'Writer'의 개념)이다. 이 「향수」의 진행자 또는 서술자는 시의 내용을 다 알거나 아니면 관찰하면서 다루게 된다. 정지용은 「향수」의 내용을 이미 전개가 완료된 상태에서 적었을 것이고 기록물로 남기기 전에 그것에 대한 구상을 끝냈을 것이다. 구상 이전 단계는 경험의 축적이다. 정지용의 경험은 그가 유년시절을 보낸 옥천에서 찾았다.

이는 「향수」를 착상하게 만드는 발상의 전환이 되었다.

차치(且置)하고 정지용 「향수」의 공간적 질서에 대하여 논하기 위하여 그의 의도가 가장 많이 들어있을 최초본인『조선지광』65호의「鄕愁」를 적는다.

　　鄕愁

　　(전략)
　　해설피 금빗 게으른 우름 을 우는 곳,

　　　　그 곳 이 참하 쑴 엔들 니칠니야.

　　질화로 에 재 가 식어 지면
　　(중략)
　　집벼개 를 도다 고이시는 곳,

　　　　그 곳 이 참하 쑴 엔들 니칠니야.

　　흙 에서 자란 내 마음
　　(중략)
　　풀섭 이슬 에 함추룸 휘적시 든 곳,

　　　　그 곳 이 참하 쑴 엔들 니칠니야.

　　傳說바다 에 춤 추는 밤물결 가튼
　　(중략)
　　싸가운 해쌀 을 지고 이삭 즛 든 곳,

그 곳 이 참하 쉼 엔들 니칠니야.

한울 에는 석근 별
(중략)
흐릿한 불비채 돌아안저 도란도란 거리는 곳,

그 곳 이 참하 쉼 엔들 니칠니야.

정지용은 「향수」에 이렇게 공간적 질서를 형상화하고 있었다.

첫째, 각 연의 '그 곳 이 참하 쉼 엔들 니칠니야.'에 주의를 집중할 필요가 있다. 이는 각 연의 끝남을 알려주는 공간을 의미한다. 동시에 다음 연을 시작하기 위하여 의도적으로 사용한 공간적 질서를 뜻한다.

둘째, 각 연이 끝난 후 1행 분량을 공간으로 비워둔다. 그리고 후렴구 '그 곳 이 참하 쉼 엔들 니칠니야.'를 배치한다. 그 후 다시 1행 분량을 공란으로 설치하고 다음 연을 시작한다. 각 연의 후렴구 양 끝에 1행 분량을 공란 처리하는 것은 정지용의 고향에 대한 그리움의 크기를 형상화한 공간적 질서로 보아야 한다. 왜냐하면 아무런 시적 장치 없이 시행을 그냥 나열하였다면 「향수」가 지금의 「향수」로 자리를 잡을 수 있었겠는가?

정지용은 '그리움'의 깊이 있는 내면적 장치로 공간적 질서를 선택하였다. 이는 정지용이 「향수」의 독자층을 두텁게 하는데 일조하였다. 이처럼 「향수」를 대중 곁에서 낭만과 그리움으로 남기기 위하여 정지용은 후렴구로 각 연의 시작과 끝을 나타냈다. 그리고 각 연의 후렴구 양 끝에 1행 분량을 공란 처리하며 공간적 질서를 그려놓고 있었다.

Ⅲ.

시는 동양에도
업읍데다

친일시를 쓰지 않고 버린다는 것

1919년은 정지용이 휘문고보 2학년 때였다. 3·1운동이 일어나 그 후유증으로 그는 가을까지 수업을 받지 못했다. 그러한 까닭에 그의 학적부를 보면 3학기 성적만 나와 있다. 그리고 1, 2학기는 공란으로 처리되어 있다.

정지용은 이 무렵 휘문고보 학내 문제로 야기된 휘문 사태의 주동이 되었다. 이때 전경석은 제적당하고 이선근과 정지용은 무기정학을 받았다. 그러나 교우들과 교직원들의 중개역할로 휘문사태가 수습되면서 정지용은 곧바로 복직되었다고 한다.

정지용은 휘문고보 재학시절인 1919년 자전적 성장소설인 「삼인」을 『서광』창간호에 발표하였다. 이것은 이제까지 전해지고 있는 정지용의 첫 소설이다.

정지용의 본격적인 작품 발표는 1926년부터 시작되었다. 시는 주로 동경 유학생들의 기관지인 『학조』를 통해 「카페 프란스」, 「파충류 동물」, 「슬픈 인상화」 등을 발표하였고, 수필은 『신동아』에 「만추의 선물」을 발표하였다.

유학시절인 이 시기에 정지용이 가장 큰 영향을 받은 사람은 키타하라 하큐슈라 할 수 있다. 정지용을 성숙시킨 것은 그가 운영하던 본격적인 상업 문예지『근대풍경』이었다.

『근대풍경』 창간호에 실린 하쿠슈의 신인모집 안내문은 실력 있는 작가들을 위해 문을 개방하였다. 우수한 작품은 기회 있을 때마다 소개 · 발표하였다. 하큐슈는 상당한 가작(佳作)이 아니면 싣지 않았다. 대신에 한 번 소개하면 그 작가를 위해서는 그 후에도 충분한 책임을 지었다. 하큐슈는『근대풍경』을 하나의 등용문으로서 신뢰하되 어디까지나 높은 견식과 절조와 예술적 결백성을 가지고 시종한다는 것을 잊지 말기를 바란다고 하였다.

이러한 취지의 안내문을 보고 정지용이 투고한 작품은 수백 명의 응모자 중에 뽑혔다. 그리고 신인 작가가 아닌 기성시인의 예로서 작품을 발표해 준 것이다. 정지용은『근대풍경』에 25편의 작품을 발표하게 되었다. 그중 23편의 작품이 1927년에 집중 발표되었다.

1935년 첫 작품집『정지용 시집』을 낸 이후에 시 작품이 따라 올 수 없을 정도로 현저히 많은 산문을 발표하였다.

1941년에『백록담』이라는 제2시집이 간행되었다. 이 시집에는 총 33편이 수록되어 있는데 그 중 8편은 산문이었다.『정지용 시집』의 89편에 비하면 실제로 적은 편이었다. 그것은 첫 시집 이후 제2시집을 간행해야 한다는『문장』사 측의 요구가 있지 않았을까 한다. 어찌되었건 1941년은 1935년 이후 산문 발표가 주춤한 유일한 해이다.

독자들도 익히 알고 있듯이 정지용이 작품 활동을 하던 시기에는 신사참배, 창씨개명, 문화 말살 정책, 태평양 전쟁 등 국내외의 상황으로 인해 시 창작이 쉽지 않았을 것이다. 당대 최고의 시인이었고 엘리트였던 정지용이 전시상황에 호응하는 친일시를 쓰지 않고 버틴다는 것 또한 쉽지 않았을 것이다.

희망 전령사

살아서도 슬펐고 죽어서도 슬플 정지용. 아니, 어쩌면 죽어서는 행복하다는 표현이 옳을지도 모르겠다.

무게중심이 맞지 않는 배는 침몰을 앞두고 있다. 다만 무게중심이 맞지 않음을 선장이나 선원 그리고 승선객들이 모르고 있을 뿐이다. 이 무게중심 이론은 세계의 기운이 그렇고 국가의 운명이 이와 비슷하고 지방이나 작은 단체 그리고 가정이나 개인에게도 모두 적용되는 일이다. 그만큼 범주가 크다.

때론, 정지용도 이 무게중심의 이론을 적용받으며 일제 강점기의 슬픈 강을 건넜을 것이다.

2019년이 되었다고 새해 인사들을 주고받는다. 어제의 해는 오늘도 뜨고 내일도 다시 떠오를 것이다. 그러나 뜨고 지는 시간에 대한 공간적 환경이 달라질 뿐이다. 이 공간을 조성하는 것은 인간이다. 그 공간 사회를 구성하고 있는 구성원 자체가 인간이기 때문이다.

그 구성원들이 조성한 혹은 조성당한 공간적 배경은 때에 따라 다르게 인간에게 다가온다. 그렇지만 인간은 이 조성된 공간에 항변하기도 하고 때로는 순응하면서 살아가기도 한다.

일제강점기처럼 무척 가혹한 환경이 주어지면 적응하는 이와 가혹함에 앞장을 서서 어떤 이익을 추구하는 이도 있었다고 한다. 그런가 하면 어떤 이는 그 '못 견딤'에 몸부림치며 맞서기도 하였단다. 이 '맞섬'은 생명을 위협하기도 한다. 그 위협은 자신뿐만 아니라 주변인마저도 곤경에 빠뜨리기도 한다. 참 슬픈 일이다.

정지용은 이 곤궁하고 슬픈 역사의 다리를 어떻게 건넜을까?

'문학은 현실의 반영물'이기 때문에 당시 정지용 작품을 뒤적여 본다. 그의 「비듥이」가 눈에 들어온다.

> 저 어는 새떼가 저렇게 날러오나?
> 저 어는 새떼가 저렇게 날러오나?
>
> 사월ㅅ달 해ㅅ살이
> 물 농오리 치덧하네.
>
> 하눌바래기 하눌만 치여다 보다가
> 하마 자칫 잊을번 했던
> 사랑, 사랑이
>
> 비듥이 타고 오네요.
> 비듥기 타고 오네요.
> —「비듥이」 전문, 『정지용 시집』, 시문학사, 1935, 124면.

현대어로 「비둘기」인 「비듥이」는 1927년 『조선지광』 64호에 「비들기」로 발표한다. 이후 1935년 『정지용 시집』에 제목을 「비듥이」로 표기하며 재수록, 지금에 이르고 있다.

이 시를 최초로 발표한 1927년은 일본 교토의 동지사대학에 유학 중이었다. 유학의 실현은 정지용에게 새로운 하늘이 열렸음을 의미하기도 한다. 그러나 한편으론 떠나온 고국, 조선과 가족을 그리워하여야만 하고 새로운 학교생활에 적응하여야만 하는 이중고를 겪게 된다. 하물며 고국은 일제강점기 상태였고 정지용은 그러한 공간적 시대적 상황에서 현실적인 어려움을 겪었다. 이러한 그의 고뇌와 슬픔에게 어떤 의미 있는 희망의 메시지가 필요하였을 것이다.

정지용의 슬픔은 '비둘기'를 타고 오는 '사랑'에 응축되고 있다. 정지용은 사월 햇살이 비치는 하늘아래 화자를 세워둔다. 시적화자는 비둘기 떼가 밀려오는 모습이 마치 바다에서 큰 물결이 밀려오는 것처럼 느끼고 있다. 이 비둘기는 '사랑'을 가져올 것이기에 그 반가움이 더욱 클 것이었다.

"하늘바래기"는 하늘에서 내리는 빗물에만 의존해 농사를 지어야하는 '천수답'의 방언이다.

「비듦이」에서 "하늘바래기"는 하늘만 멍하니 바라보며 아무 일도 하지 못함을 의미하는 것으로 보인다. 이렇게 "하늘바래기"만 하며 일제강점기의 슬픈 강을 건너고 있던 정지용은 「비듦이」를 통해 희망을 전달 받는다.

그렇게 정지용의 시대적 혹은 삶의 슬픈 고통은 「비듦이」를 통해 위로 받고 '사랑'이 "비듦이를 타고 오"리라는 희망을 갖게 되는 것이다.

우리도 이처럼 마음속에 사랑의 전령사인 「비듦이」 한 마리 키웠으면 한다. 그리하여 새해에는 슬픔의 다리를 모두 건너 '사랑'이라는 희망 하나 가슴에 품을 일이다.

시는 동양에도 없을데다

- 다이쇼형 정지용이 무용가 조택원에게 쓴 답장 -

　11월 초, '인동초'를 보았다. 안내면 순두부집 앞에 핀 이 꽃의 향기는 대단히 향그럽다. 정지용도「忍冬茶」라는 시를 쓰고 전직 대한민국 대통령도 인동초를 가장 좋아하였다 한다. 그만큼 인동초가 의미하는 바가 크리라는 생각이다.

　혹자는『문장』에 이어『백록담』의 산문시에 이르러 정지용의 모더니즘은 절정에 달했다고 평가한다.『백록담』의 산문시는 "1920년대 후반부터 30년대 초반에 걸쳐 왕성하게 제작된 일본의 산문시와 많은 공통점"을 지닌다. 화자는 검은 운명의 파도가 나를 덮치려 하는데 숨을 죽이고 있어야 하는 "불안감"에 차 있었다. 즉 시인이 동양적 문인취미에 만족할 수 없었다. 그리하여 "동양회귀"로 향하게 되었다. 이 중 "서양문명에 대한 불신감"(사나다 히로코,『최초의 모더니스트 정지용』, 역락, 2002, 215면)이 있었다. 그러나 1928년 7월 22일 세례를 받은 이후 가톨릭 신앙을 유지한 정지용은 서양문화에 대해 근본적인 불신감을 느낄 만한 결정적 계기가 없었다고 추측된다.

다카다 미즈호는 '일본회귀'를 '메이지형'과 '다이쇼형'으로 나누었다. 하쿠슈는 아시아를 서양제국에서 해방한다는 대동아전쟁의 이념을 믿고 민족의식과 결부시켜 고대일본으로 회귀를 촉구한다. 이때 하쿠슈는 7·5조의 문어체와 고대나 중세의 어휘를 사용한다. 이렇게 望鄕의 마음을 고어로 표현하고 침략전쟁을 일본고대신화에 비겨서 장중한 가락으로 노래하는 하쿠슈를 사람들은 '국민시인'이라 불렀다. 돌아가려고 하면 언제든지 자연스레 마음의 집으로 돌아갈 수 있다. 外發的 개화 속에 자라서 시단에 등장한 자의 일본 회귀가 대체로 자연스러운 경과였던 것(『日本近代詩史』, 早稻大學出版部, 1980, 202-203면)이다.

하쿠슈의 일본회귀는 메이지형으로 규정하고 있다. 반면 사쿠타로는 '문어체는 극심한 노어움이나 절박감을 표현하기 위한 수단에 불과했으며 동양적 문인취미에 안주할 자리를 찾은 것은 아닌' 다이쇼형의 일본회귀 의식을 지니고 있었다(사나다 히로코, 앞의 책, 216-217면). 하쿠슈에게 일본은 상처 입은 자아를 부드럽게 감싸주는 그리운 고향(돌아갈 고향이 없음을 알면서 이루어지는 역설적인 것으로 인식된다)이었지만 사쿠타로에겐 虛妄에 지나지 않았다.

그러면 정지용은 젊은 날에 동경의 대상이었던 하쿠슈의 메이지형 회귀를 어떻게 보았는가? 이에 대해 정지용이 문헌적으로 남긴 말은 찾지 못하였다. 다만 정지용의 '동양 회귀'는 사쿠타로 유형에 가깝다. 정지용이 『백록담』시절을 포함해 한시적 세계나 동양적 고담의 정서에 잠시 잠겼다하더라도 그가 돌아갈 고향은 아니었다. 하쿠슈 등 일본 메이지형 시인들은 고어를 쓰고 7·5조의 운율에 회귀하였다. 그러나 정지용은 돌아갈 운율이 없었다. 그리하여 『문장』 시절에 산문시 형식에 유독 집중하였던 것으로 보인다. 물론 시조나 고대가요의 운율은 있었다. 그러나 박용철과의 대담에서 "東京文壇에는 신체시의 시기가 있고 그 다음에 자유시가 생겨서 나중에는 민중시의 무엇이니 하는 일종의 혼돈의 시대가 나타났지만 우리는 신체시의 시기가 없었다. 고대가요나 시조는 우리의 전통이 되지 못하였지요"(「시문학에 대하야」, 1938). 이는 정지용이 한국근대시를 전통과 일단 단절된 것으로 보고 있음을 알 수 있다. 그리고 박용철의 "시가 앞으로 동양적 취미를 취할 것인가? 서양취미를 취할 것인가?"라는 질문에 "우리는 그렇게 깊이 생각할 것이 없다고 생각합니다."라고 정지용은 대답한다. 그리고 무용가 조택원이 파리로 유학 가서 보낸 편지에 "시는 동양에 있습데다"라고 하자 "그럴까 하고 하루는 비를 맞아가며 양철집 초가집 벽돌집 建陽숙집 골목으로 한나절 돌아다니다가 돌아와서 답장을 써 부쳤다.……시는 동양에도 없읍데다."(「참신한 동양인」, 1938)라고 정지용은 조택원에게 답장을 쓴다. 그는 고향이 이미 상실되어 돌아갈 곳이 없다는 것을 인지한다.

그래서 정지용은 시는 새로 시작하여야 한다. 아무 것도 없는 곳에서 다시 시작하여야 한다는 생각으로 고뇌하였을 것이다. 그리하여 고어나 방언 그리고 의도적인 시각적 부호(졸고, 「정지용의 「슬픈 印像畵」에 대한 小考」에서는 '언어외적 기호'로 명명)를 사용하여 시적 어휘를 풍부하게 만들고 있었다. 그 어휘들은 정지용의 섬세한 감각과 마주쳐 오늘의 한국현대시를 형성하고 있었던 것이다.

정지용은 기타하라 하쿠슈를 향해 "하쿠슈씨에게 편지를 올리지 않으면 안 되지만(중략) 편지는 삼가하겠으므로, 이러한 마음을 살펴주시기

바랍니다. 다만, 과묵과 먼 그리움이라는 동양풍으로 저 흠모하겠습니다."(『근대풍경』2권 3호, 1927. 3, 90면)라는 「편지 하나」를 편집부 ○씨에게 남긴다.

어디에도 없을 한국현대시를 향한 사랑의 굴레, "山中에 册曆도 없이 / 三冬이 하이얗다."(『문장』23호, 1941, 119면. 『백록담』에 재수록)라는 「忍冬茶」를 다시 생각한다. 三冬이 하이얗게 동양풍의 과묵과 먼 그리움이 정지용을 향한다. 가을이 깊다.

길진섭과 걸었던 그 길에 봄이

"판문점 봄이 평양의 가을이 됐다", "저 높은 곳을 향한 남북 정상의 시선" 한 조간신문(9월 19일)의 1면을 장식하는 언어다.

남북 두 정상이 전 세계인의 평화와 번영 그리고 그 결실을 위하여 정상회담을 열고 있다. 이 모습을 보며 필자는 아직 마치지 못한 숙제를 떠올린다.

머리가 무겁다. 정지용의 기행산문 여정을 따라 『정지용 만나러 가는 길』을 발간할 때 북한 쪽을 미완인 채로 세상에 내놓았던 적이 있다. 이는 평양, 의주, 금강산 등을 돌아보지 못하였기 때문이었다. 언젠가는 완성할 수 있으리라는 기대를 갖는다.

정지용은 1930년대 후반부터 산문을 눈에 띄게 많이 발표하고 있다. 이는 어렵고 힘든 국내외의 상황(일본의 신사참배 강요, 이탈리아의 에티오피아 침략, 서안사건, 조선사상범 보호관찰령 공포 및 시행, 일장기 말소 사건으로 『동아일보』4차 무기정간, 수양동우회 사건, 중일 전쟁 발발, 한국광복운동단체 연합회 결성, 국민 정부 국공합작 선언, 남경학살사건 발발, 홍업구

락부사건, 2차 대전 시작, 『조선일보』『동아일보』폐간, 황국식민화운동 본격화, 독일, 이탈리아, 일본 3국 군사 동맹, 모택동 '신민주론' 발표 등)과 문단의 영향 그리고 가정사의 복잡함(오남 구상 출생과 병사, 부친 사망 등) 때문에 정지용은 산문적 상황에 놓이게 되었던 것이다.

정지용이라는 작가가 경험적 자아로 표출되는 수필 중 작품외적 세계의 개입이 없는 세계의 자아화로서의 서정인 「평양1」. 이는 일상생활이나 자연에서 느낀 감상을 솔직하게 주정적, 주관적으로 표현하며 대개 인간과 자연의 교감을 기초로 하여 자연에 대한 서술을 주로 하고 표현 기교에 유의하기 때문에 공리성보다 예술성이 강조되기도 하는 수필이다.

> (전략)무슨 골목인지 무슨 동네인지 채 알아볼 여유도 없이 걷는다. 숱해 만난 사람과 인사도 하나 거르지 않았지마는 결국은 모두 모르는 사람이 되고 만다. 누구네 집 안방 같은 방 아랫간 보료 밑에 발을 잠시 녹였는가 하면 국수집 이층에 앉기도 하고 (중략) 오줌을 한데 서서 눈다. 대동강 얼지 않은 군데군데에 오리 모가지처럼 파아란 물이 움직 않고 쪼개져 있다. 집도 친척도 없어진 벗의 고향이 이렇게 고운 평양인 것을 나는 부러워한다. 부벽루로 을밀대로 바람을 귀에 왱왱 걸고 휘젓고 돌아와서는 추레해 가지고 기대어 앉는 집이 'La Bohem.' (중략) 길의 어느 시대의 생활과 슬픔이었던 것이라는 그림 아래 牛山 의 어느 〈석류〉가 걸려 있다. '정물'이라는 것을 'still life(고요한 생명)'이라고 하는 外語는 얼마나 고운 말인 것을 느낀다. (후략) (「평양 1」,『동아일보』, 1940.)

「평양1」은 화가 길진섭과 북쪽 지방을 여행한 기행수필이다. 길진섭이 그곳에서 "낳고 자라고 살고 마침내 쫓겨난 동네"라고 표현한 정지용의 언어는 이국에 대한 매혹으로 먼 미지에 대한 결과물인 것으로 보여진다.

이것은 근대에 대한 퇴폐와 시대적 현실의 절망에서 오는 "쫓겨난 동네"인 것이다. 그러나 이런 절망도 잠시 길진섭의 고향인 이곳을 곧 부러워한다. 정지용은 타향인 이곳 "La Bohem"을 좋아한다. 그는 이 다방에 가방, 외투까지 맡기고 여행을 다닐 정도였으니.

정지용에게 외부로의 생경함이 편안함과 아름다운 경치로 자리하게 되는 셈이다. 미완성으로 마친 모딜리아니 그림에 대하여 정지용은 "애연히 서럽다"고 말한다. 정지용의 "모딜리아니"라는 미지의 세계에 대한 동경을, 이렇게 서정화해 가고 있는 것이다.

작가가 그대로 서술자가 되어 사실의 세계를 다루는 산문의 한 갈래인 수필의 재료를 평양에서 구해온 정지용. 그는 알고 있는가? 길진섭 화가와 걸었던 그 길에 가을이 왔음을.

시(詩)에게 다가가는 지름길

정지용시를 호주머니 속에 넣고 온 종일 옹알거리고 싶을 때가 있다.

정지용을 사랑하는 사람들, 특히 옥천 사람들은 정지용의 시 옆에서 나고 자라고 늙는다.

그러나 그의 시 몇 편을 제외하고는 어렵다고 난색을 표하는 경우를 종종 접하게 된다.

'좋은 글은 쉽게 읽힌다'와 '어려운 시가 좋은 시'라는 입장이 공교롭게 서로 상치하면서 독자들로부터 시를 멀어지게 했다. 아마도 중·고등학교의 과도한 읽어 넣기식 시해석이 시에 대한 과잉반응을 낳게 했을지도 모른다.

이러한 영향으로 모호한 시들에 대한 경의를 표하며 차츰 순수하고 맑은 시들에 대해 홀대하는 경우가 왕왕 발생하게 됐다. 독자는 선입견에서 벗어나야 한다.

정지용이 일본 동지사대학으로 떠나기 전에 썼다는 대표작 「향수」는 '-그곳이 참하 꿈엔들 잊힐리야' 구절만 입에 맴돈다고도 한다.

이것은 다양한 시들을 급히 이해하려 했거나 다량의 작품들을 한꺼번에 감상하려 했던 성급함이 가져온 오류는 아닐까 하는 생각이다.

「별똥」, 「할아버지」, 「홍시」, 「해바라기씨」 등 동시와 정지용의 장남 구관 씨가 가장 좋아했던 「호수」는 우리들 마음을 가득 채운다.

비교적 우리가 다가가기에 거부감이 덜한 이러한 시들부터 가까이 두도록 해보자. 그리고 감상해 보기를 바란다.

별똥

별똥 떠러진 곳,
마음해 두었다
다음날 가보려,
벼르다 벼르다
인젠 다 자랐오.

동시는 어린이다운 심리와 정서로 어른과 어린이 모두가 공감할 수 있게 어른이 쓴 시이다.

즉, 동시는 어린이의 공감을 얻어야 하고 내용과 형식에서 특수성을 지녀야 한다.

정지용은 유년의 순수성을 동시에 담았다.

그는 1930년 『학생』 2권 9호에 발표했던 「별똥」에 미련과 기약의 장치를 견고히 한다. 그 기약은 정지용을 유년의 뜰에 앉힌다. 그러나 그 미련은 '벼르다 벼르다' 안타까움만 자아내고 만다.

30음절의 짧은 「별똥」은 산골에서 '별똥'을 그리던 필자의 추억과 매우 흡사하다. 그래서 내가 꽤나 좋아하는 시 중 하나다.

보통사람이면 가지게 되는 유년의 순수성. 정지용도 우리와 마찬가지로 그러한 유년시절을 건너게 된다. 그의 아버지는 한약상을 하며 타지로 돌고 정지용은 그런 아버지를 그리워했다. '회자정리(會者定離)' '거자필반(去者必返)'이라 했던가. 사랑한 사람과 소중한 기억을 정지용도 오랫동안 곁에 두고 싶어 했을 것이다.

옥천공립보통학교(현 죽향초)를 졸업하고 14살부터 고향을 떠나 서울살이를 했던 정지용은 가족과 고향에 대한 그리움을 긴 꼬리를 달고 떨어지던 별똥에 담아냈다.

그랬다.

그 시절 '별똥이 떨어졌다'는 신비로운 이야기와 '오빠들만 주워 먹었다'는 약 오르는 놀림은 어른이 된 지금도 꿈만 같은 안타까움이다.

화자는 집을 떠나 고향과 가족과의 끈이 끊어져 버렸음을 '별똥 떠러진 곳'으로 명명한다. 그곳을 잊지 못하고 마음 가득 부려놓았다. 그리고 다음을 기약한다. 어리기만 했던 화자는 그곳에 그리움을 묻었다.

그러나 그 기약은, 끝내 도달할 수 없는 그리움에 도착하고 만다.

이제는 더 이상 마음에 담아둘 수도 없는 상실감과 헛헛함으로 자리잡는다.

그렇다.

시는 여전히 일반인들에게 아리송한 묘미를 남기는 것은 사실이다. 그러나 다가가기에 어렵고 거북스러운 것만은 아니다.

시를 많이 읽다보면 시를 보는 안목이 형성된다.

보편적으로 남들이 훌륭하다고 인정하는 시를 우선순위에 두는 것도 중요하다. 그러나 좀 서투르다고 생각되거나 쉬운 시부터 읽어야 한다. 이는 좋은 시를 알아보는 능력을 기르는데 도움이 되고 시에게 다가가는 지름길로 작용하기 때문이다.

훌륭한 시는 독자들에게 새로운 세계, 즉 창의적인 발견과 친근한 정서를 마련해 준다.

좋아하는 시, 마음이 가리키는 시부터 읽자.

그리고 내가 그 시의 화자라고 생각해보자.

그리하면 시가 나에게로 걸어올 것이다.

시와 산문의 모순 충돌

한국현대시의 발원자인 정지용. 옥천을 한국현대시의 발원지로 가꾼 정지용.

옥천, 그곳에서 나고 자란 정지용이 최초로 작품을 발표한지 100년만에 '금관문화훈장'을 받게 되었다. 2018년 10월 24일 오후 2시 국립현대미술관 멀티홀에서 시상식이 있을 예정이란다. 이에 그를 존경하는 연구자들과 문학인 그리고 그의 고향 옥천 사람들이 기쁨의 만세를 부르고 있다.

그러나 시인이기 이전에 정지용도 사람 냄새나는 하나의 개체였다. 나와 같은 고민을 하고 자신의 역사를 한 발짝씩 내딛던 인간이었을 것이다. 이런 인간 정지용은 그의 고뇌에서 모순 충돌을 일으키곤 한다. 이를 그의 시와 산문에서는 어떻게 서술하고 형상화하였는지 일별하여 보자.

유리에 차고 슬픈 것이 어른거린다.
열없이 붙어서서 입김을 흐리우니
길들은 양 언 날개를 파더거린다.
지우고 보고 지우고 보아도

새까만 밤이 밀려나가고 밀려와 부딪히고,
물 먹은 별이, 반짝, 보석처럼 박힌다.
밤에 홀로 유리를 닦는 것은
외로운 황홀한 심사이어니,
고운 폐혈관이 찢어진 채로
아아, 니는 산새처럼 날아갔구나!

-「유리창1」전문

시「유리창1」은 죽은 아들에 대한 슬픔이 배어있는 작품으로 널리 알려져 있다. 그러나 이 시는 슬픔이나 눈물의 속성이 밖으로 드러나지 않고 감정의 절제를 이룬다.(유종호, 『시 읽기의 방법』, 삶과 꿈, 2011, 28-29면.)

시적 공간 구조는 유리창을 기점으로 내부는 현실공간이며 좁게 표현되어 있다. 그리고 외부는 우주로 통하는 공간이지만 어두운 밤으로 설정하고 있다.

시적 화자는 혼자서 밤에 유리를 닦으니 "물 먹은 별이, 반짝, 보석처럼 박힌다"라며 참신하고 인상적인 어법을 구사하고 있다.

(전략) 아주 오롯한 침묵이란 이 방안에서 金노릇을 할 수 없는 것이 입을 딱 봉하고 서로 얼굴만 고누기란 무엇이라 형용할 수 없는 긴장한 마음에 견딜 수 없는 까닭이다. 그뿐이랴. 남쪽 유리로 째앵하게 들이쪼이는 입춘 우수를 지난 봄볕이 스팀의 온도와 어울리어 훅훅히 더웁기까지 한데 OZONE의 냄새란 냄새 스스로가 봄다운 흥분을 하는 것일지도 모르겠다. (중략) 앓는 사람이야 오죽하랴마는 사람의 생명이란 진정 괴로운 것임을 소리 없이 탄식 아니 할 수

없다. 계절과 계절이 서로 바뀔 때 무형한 수레바퀴에 쓰라린 마찰을 받아야만 하는 사람 의 육신과 건강이란 실로 슬픈 것이 아닐 수 없다. 매화가 트이기에 넉넉하고 언 흙도 흐물흐물 녹아지고 冬선달 엎드렸던 게도 기어나와 다사론 바람을 쏘일 이 좋은 때에 오오! 사람의 일이란 어이 이리 정황 없이 지나는 것이랴. (후략)

　　　　　　　　　　　　　　－「남병사 7호실의 봄」 중에서

　산문 「남병사 7호실의 봄」은 우리에게 「나도야 간다」로 널리 알려진 '박용철'이 주인공으로 등장한다. 이 작품은 박용철이라는 친구의 죽음을 앞두고 있는 내용을 서술하고 있다.

　작품적 상황은 친구 박용철이 죽음을 앞두고 병원에 입원하고 있다. 그러나 이 작품에는 감정의 절제가 없다. "외롭고 지루한" "실로 슬픈 것"이라고 발설한다. 서술적 공간구조로, 남쪽 유리와 창이 외부와 내부를 구분 짓고 있을 뿐이다.

　현실적 공간인 내부와 외부는 위의 시 「유리창」과는 달리 봄볕이 눈부시게 내리는 낮이다. 이를 "얼음과 눈을 밟고 다정히도 걸어오는 새로운 계절의 바람을 맞는 것"이라며 바람을 의인화하여 나타내고 있다.

　「유리창1」과 「남병사 7호실의 봄」의 상황은 이렇게 서로 모순 충돌을 일으키고 있다. 내부와 외부의 공간 설정과 감정의 절제에 의한 이들의 충돌은 정지용의 복잡한 심정을 불러일으키며 한없이 안으로 침잠하고 있었던 것이다.

　이렇게 이 작품들은 서로 대립적 상황을 제시하면서도 정지용의 곤궁스럽고 빈한하였던 시대적 상황과 인간사를 반영하고 있었다.

역사의 한 장면

인상에 남는 사진이 있다.

정지용과 시문학 동인이 두 줄로 나란히 서서 찍은 사진이다. 정지용은 양복을 입고 뒷줄 오른쪽에 뒷짐을 지고 서 있다. 김영랑은 앞줄 왼쪽에 한복을 입고 앉아있다. 그는 강진에서 작품만 올려보내다가 한복 차림으로 상경하여 사진을 찍은 것이다. 박용철은 뒷줄 가운데에 껑충 서 있다.

이들은 한국 문학사를 존재시키는 역량 있는 자들로 정지용, 박용철, 이하윤, 김영랑, 정인보, 변영로이다. 이들은 『시문학』에 이름을 올리며 나란히 문단 활동을 한다.

시문학 창간 시절인 1930년, 용아 박용철이 중외일보사 편집국으로 이하윤을 방문한다. 이하윤은 이때를 1930년 "가을의 어느 날, 옥천동 우거에서 정지용을 만나 시문학 동인지 발간을 계획"(「해외문학시대」, 『한국문단이면사』, 깊은샘, 1983, 169면)하였다고 회상한다. 그러나 『시문학』 창간호는 1930년 3월에 발간되었다. 그리하여 1929년을 1930년과 혼동하였거나 "가을의 어느 날"이란 이 부분은 오류가 있을 것으로 사료 된다.

정지용은 교토 동지사대학 옆에 위치한 동지사여전 출신의 김말봉을 찾는다. 당시 중외일보 기자였던 김말봉을 찾으며 이하윤을 만났고, 이후 이하윤은『시문학』에 관련되는 계기를 맞는다.

『시문학』의 인쇄, 조판 등 일체의 경비를 담당하였던 박용철은 눈물 겨운 일화(이효민,「한국문단측면사」, 위의 책, 36면)를 남긴다. 그는 이산이 감옥에 있을 때, 생활비를 보조하였다.

이산이 중동학교 교원으로 있을 때의 일이다. 그는 학생들에게 은연 중에 민족주의를 불어넣었다고 한다. 그런데 그곳에 일본 형사의 아들이 있었다. 형사의 아들은 밀고를 하였고, 이산은 입건이 되어 법정에 섰다. 이산은 민족주의에 대한 자신의 입장을 부정하지 않았다.

경제적 능력과 무관하게 불우한 이웃은 항상 있는 법이다. 일제 강점기를 힘겹게 감내하며 살았던 박용철을 보면 저절로 머리가 숙여진다. 현재를 살아가는 우리에게 큰 화두 하나를 던져주고 떠난 사람이기 때문이다.

정지용이 "시약씨 야, 네 살빗 도 / 익을 째로 익엇 구나. // 젓가슴 과 북그럼성 이 / 익을 째로 익엇 구나. // 시약씨 야, 순하디 순하여 다오. / 암사심 처럼 쮜여 다녀 보아라. //" -「Dahlia」중에서(『시문학』, 시문학사, 1930, 15-16면)라고 노래할 때, 박용철은 "나 두 야 간다 / 나의 이 젊은 나이를 / 눈물로야 보낼거냐 / 나 두 야 가련다 //" -「써나가는 배」중에서(『시문학』, 시문학사, 1930, 22면)라며 큰소리로 절규한다.

순수시인이라 일컬어졌던 정지용이나 인정 있게 문단계를 주름 잡던 박용철도 갔다. 그들은『시문학』에서 권력과 직접 대결을 피하며 순수문학을 지향하였던 것으로 보인다.

우리는 그렇게 역사나 권력과 대결하기도 하고, 권력지향적인 경향을 보이기도 하며, 권력과 직접 대결을 피하기도 하면서 살아가고 있다.

우리도 그들처럼 때로 아름답고 순수하게, 때론 슬프고 차갑게 살면서 역사의 한 장면을 완성하고 있다.

용아가 잃어버렸다던 「옥류동」

정지용은 갔다.

용아도 갔다.

자존감과 굴욕감 그리고 현실의 말 못할 배반감으로 일제강점기라는 다리를 건넜을 그들. 용아는 달빛이 쏟아지는 병실에 있었을 것이고 정지용은 용아의 문병을 마치고 밤새 달빛이 잉잉대던 세브란스 병원 골목길을 걸었겠지. 그때도 오늘처럼 시린 달빛을 머리에 이고 걸었을까?

시린 달빛이 창밖의 언어로 노래할 때, 그 언어를 간조롱히 갈무리하여야 하는 것이 문학평론가의 임무다. 그렇기에 오늘도 정지용 주변을 맨 얼굴로 서성거린다.

누군들 상처 없이 지내겠는가? 하물며 며칠씩 끙끙거리며 탈고한 원고를 잃어버렸을 때의 허탈함. 그 허탈함을 글을 쓰는 사람이면 누구나 한 번쯤 겪어보았을 법하다. 그것은 아물지 않는 상처로 남기도 하고 어두운 그늘로 침잠하기도 한다.

금강산 기행 후 정지용은 「비로봉」, 「구성동」, 「옥류동」을 쓴다.

그런데 정지용이 가장 아꼈다던 「옥류동」을 용아가 『청색지』에 싣고자 가져갔다가 잃어버렸다. 정지용과 용아가 『청색지』 창간호에 멋있게 장식하고자 하였던 「옥류동」. 그 원본은 그렇게 분실되고 말았던 것이다.

그때의 심정을 정지용은 "『청색지』 첫 호에 뼈를 갈아서라도 채워 넣어야할 것을 느끼며 이만."이라고 「수수어 3-2」(『조선일보』, 1937. 6. 9.)에서 서술한다. 정지용은 그만큼 작품에 대한 애착과 책임감이 깊었던 것으로 보인다.

다행히 「옥류동」은 용아가 떠나기 전에 정지용이 완성하였다.

그 후 정지용은 뼈를 깎는 고통으로 채워 넣었는지 『조광』25호(1937.11.)에 「옥류동」을 발표하게 되었다. 정지용의 기억에 의해 되살아난 「옥류동」을 당시 표기대로 적어본다.

골에 하늘이
따로 트이고

瀑布 소리 하잔히
봄우뢰 울다.

날가지 겹겹히
모란꽃닢 포기이는 듯

자위 돌아 사폭 질스듯
위태로히 솟은 봉오리들

골이 속 속 접히어 들어
이내(晴嵐)가 새포롬 서그러리는 숫도림.

꽃가루 무친양 날러올라
나래 떠는 해.

보라빛 해ㅅ살이
幅지어 빗겨 걸치이매

기슭에 藥草들의
소란한 呼吸!

들새도 날러들지 않고
神祕가 힌끝 제자슨 한낮.

물도 젖어지지 않어
흰돌 우에 따로 구르고

닥어 스미는 향긔에
길초마다 옷깃이 매워라.

귀또리도
흠식 한양

뭉짓
아늬 긘다.

『청색지』 발간을 꿈꾸며 금강산 기행을 떠났다던 정지용과 용아.

용아가 잃어버렸다던 「옥류동」은 정지용이 기억을 더듬어 말쑥하게 손질하였다. 정지용의 시적 언어감각에 스스로 겸허해질 수밖에 없는 대목이다.

정지용은 이렇게 금강산의 신비경과 동양적 정서를 시공간적으로 확장·묘사하여 세상 밖으로 내밀었다. 그렇게 다듬은 「옥류동」을 정지용은 병석에 누워있는 용아에게 가서 낭음해 주었다고 한다.

정지용과 용아는 「옥류동」처럼 아끼고 애석한 것들을 다 버리고 가버렸다. 그들이 아직도 못다 잊었을 문학세계의 발끝을 뒤쫓는다. 그리고 달빛 아래 가만히 서본다. 그 아래에서 「옥류동」을 다시 생각한다.

문학이란 참으로 괴롭고 긴 것이다. 동짓달 시린 달빛이 자꾸만 발끝에 매달린다.

우리가 알고 싶은 『정지용시집』 I

『정지용시집』을 아십니까?

흔히 『정지용시집』은 1935년 10월 27일 시문학사에서 발간되었으며 박용철이 서문 격인 발(跋)을 적은 정지용 최초의 시집이다. 보통사람들은 이 정도의 상식에 접근할 것이다. 하긴 대부분의 연구자들도 그렇게 인식하고 정지용에 접근하는 것이 사실이다. 그러나 자세히 보면 재미있는 사실들이 웅크리고 있다. 여기에 그 사실들을 이야기하고자 한다. 그래서 책을 발간한 의도와 목적이 그대로 드러날 수 있는 박용철의 跋을 그대로 옮겨본다. 필자는 당시의 정서를 반영하기 위하여 현재 문법에 맞게 바로잡지 않기로 하였다. 이 기회에 독자들이 『정지용시집』의 跋을 원본대로 읽어보길 권한다.

천재 있는 詩人이 자기의 制作을 한번 지나가버린 길이오 넘어간 책장같이 여겨 그것을 소중히 알고 앨써 모아두고 하지않고 물우에 더러진 꽃잎인듯 흘러가 버리는대로 두고저 한다하면 그 또한 그럴듯한 心願이리라. 그러나 凡庸한讀者

란 또한 있어 이것을 인색한사람 구슬 갈므듯 하려하고 「다시또한번」을찾어 그것이 영원한 花甁에 새겨 머믈러짐을 바라기까지 한다.

지용의 詩가 처음 朝鮮之光(昭和二年二月)에 發表된 뒤로 어느듯 十年에 가까운 동안을 두고 여러가지 刊行物에 흘어저 나타낫던 作品들이 이詩集에 모아지게 된것은 우리의 讀者的心願이 이루어지는 기쁜일이다. 單純히 이기쁨의表白인 이跋文을 쓰는가운대 내가 조금이라도 序文스런 소리를 느려놀 일은 아니오 詩는 제스사로 할말을 하고 갈 자리에 갈 것이지마는 그의 詩的發展을 살피는데 多少의 年代關係와 部別의說明이 없지못할것이다.

第二部에 收合된것은 初期詩篇들이다 이時期는 그가 눈물을 구슬같이 알고 지어라도 내려는듯하든 時流에 거슬려서 많은 많은 눈물을 가벼이 진실로 가벼이 휘파람불며 비누방울 날리든 때이다.

第一部는 그가 카톨릭으로 改宗한 이후 촉불과손, 유리창, 바다·1 等을 비롯해서 制作된 詩篇들로 그 深化된 詩境과 妥協없는 感覺은 初期의 諸作이 손쉽게 親密해질 수 있는 것과는 또다른 境地를 밟고 있다.

第四部는 그의信仰과 直接 關聯있는 詩篇들이오.

第五部는 素描라는 題를 띠였든 散文二篇이다.

그는 한군대 自安하는 詩人이기 보다 새로운 詩境의 開拓者이려한다. 그는 이미 思索과 感覺의 奧妙한 結合을 向해 발을 내여 드딘듯이 보인다. 여기 모인 八十九篇은 말할것없이 그의 第一詩集인것이다.

이 아름다운 詩集에 이 拙한 跋文을 부침이 또한 아름다운 인연이라고 불려지기를 가만이 바라며——

朴龍喆

　김영랑, 박용철 등과 함께 1930년대 시문학파 활동을 하였던 정지용. 박용철의 소개로 김영랑과 시문학 활동을 같이 하게 된 정지용. 김영랑은 당시 "○○, ○○ 보다도 지용 하나가 더 소중"하다고 하였단다. 이는 당시 시문학파에서 정지용의 존재감을 알 수 있게 해준다.

　1935년 봄, 정지용, 박용철, 김영랑은 임화의 병문안을 간다. 그때 카프의 맹장으로 명성을 날리던 임화는 카프의 해산과 폐병의 심화라는 이중고를 겪고 있었다. 임화의 문병을 마치고 돌아오며 셋은 시집을 발간하기로 하고 『정지용시집』을 10월에, 『영랑시집』을 11월에 이어 발간하게 된다. 아마도 정지용의 명성으로 인해 『영랑시집』보다 먼저 『정지용시집』을 발간하였던 것으로 보인다. 그러나 박용철은 정작 자신의 시집은 발간하지 못한 채 1938년 5월 병사하였다.

　정지용은 「날은 풀리며 벗은 앓으며」에 박용철의 기억을 더듬는다. 그해 정월이 끝날 무렵 박용철의 집을 방문한 정지용은 전유어를 안주 삼아 은주전자에 따끈하게 술을 데워 마셨다. 은 깍지잔으로 다섯쯤 되는 것을 혼자 마신 정지용은 "이 사람이 이 해동 무렵을 고이 넘기어야 할 터인데……."라며 박용철의 집을 나섰다.

우리가 알고 싶은 『정지용시집』 II

― 목차 제목과 본문 제목, 목차 쪽수와 본문 쪽수 서로 달라 ―

『정지용 시집』을 아십니까?

지난 7일 정지용 논단에서 「우리가 알고 싶은 『정지용시집』 I 」을 개괄적으로 살펴보았다. 이제 「우리가 알고 싶은 『정지용시집』 II 」를 이어서 일별(一瞥)하려고 한다.

1935년 시문학사에서 발간한 정지용의 첫 시집으로 알려진 『정지용시집』의 목차 제목과 본문의 제목 그리고 목차 쪽수와 실제 쪽수가 일부 상이하다. 이에 정지용 연구자와 관련자 그리고 일반 독자들은 아무런 확인 절차 없이 이 부분을 간과할 수 있음이 염려되어 여기서 밝혀두고자 한다.

목차 제목(쪽수)과 본문 제목(쪽수)을 순서대로 살펴본다. 여기서는 목차 제목(쪽수) → 본문 제목(쪽수) 순서로 정한다.

제목이 상이한 부분은 "밤→봄, 봄→밤, 이른봄아츰→이른봄아침, 아할버지→할아버지, 갈릴리아바다→갈릴레아바다" 등이다.

쪽수가 서로 다른 부분은 "106 → 105, 108 → 106, 105 → 108, 121 → 120, 123 → 122, 124 → 123, 125 → 124" 등으로 잘못 표기되어 있다. 아마 이는 편집 과정에서 벌어진 착오로 인한 것으로 유추된다.

그러나 이러한 미세한 부분까지도 살펴서 밝혀 놓는 작업이 연구자의 도리이고 자세라는 생각이다. 이에 혹시 있을지도 모를 일부 사람들의 눈총을 감수하고 일별하였다. 참고가 되길 바란다.

정지용의 첫 시집으로 알려진 『정지용시집』의 간행과 더불어 카프계열 문사들의 비판이 쏟아졌다. 사상을 배제한 순수시에 대한 카프의 비판(카프의 대표자 임화도 후에는 정지용시를 차용·변용시켜 응용함)에도 불구하고 정지용의 첫 시집은 1930년대 한국시단의 중심부를 확고히 하며 긍정적인 평가를 받게 된다. 당시 이양하와 최재서의 평 중 일부를 원본대로 적어본다.

이양하는 「바라든 지용시집」(『조선일보』, 1935. 12. 11.)에 "우리 文壇 有史以來의 한 자랑거리일 뿐만 아니라, 온 世界文壇을 向하야 「우리도 마츰내 詩人을 가졌노라」하고 부르지즐 수 잇을 만한 시인을 갓게 되고 또 여기 처음 우리는 우리 朝鮮말의 無限한 可能性을 具體的으로 알게 된 것"이라며 찬사를 아끼지 않았다. 정지용의 우리말을 지키고자하는 불굴의 노력이 이양하의 말에서 드러나고 있다.

최재서는 「문학·작가·지성」(『동아일보』, 1937. 8. 20.)에 "앞으로 시를 쓰려는 사람들이 으레히 정지용시집을 공부하는 것을 우리는 알고 있다. 그리고 그들은 이구동성으로 그의 조선말을 歎賞한다. (중략) 우리들이 모르는 순수한 조선말의 어휘를 많이 알고 있다. 또 하나는 그의 손에 들어갈 때 조선말은 참으로 놀랄만한 능력을 발휘한다. (중략) 사실 그의 시를 읽은 사람이면 조선말에도 이렇게 풍부한 혹은 미묘한 표현력이 있었던가, 한번은 의심하고 놀랄 것"이라고 참신한 시적감각을 가진 정지용의 언어에 감탄을 자아냈다.

『정지용시집』의 이러한 순수시를 향한 시적 작업은 일본제국주의자들의 언어말살정책에 대한 민족혼의 정수로써 한국어를 지키기 위한 불굴의 노력이었다. 이 노력은 한국시인 지망생들과 평자들의 촉수를 깨어나게 하였다는 것을 부정하기는 어려울 것이다.

윤석중의 고백

요즘도 작품이 작가가 인식하지 못한 범위에서 엉뚱한 잡지에 실려 있는 경우가 종종 있다. 그런데 1930년대에도 이러한 일들이 있었음이 윤석중의 고백을 통하여 전해온다.

"동요도 당당한 시요 문학 작품임을 일반에게 일깨워 주기 위하여 지용의 「말」, 「지는 해」, 「홍시」를 구해다가 작가의 승낙도 없이 '동요' 대목에 담"았다고 윤석중은 고백하며 다음과 같이 적고 있다.(「兒童文學周邊」,『韓國文壇 裏面史』, 깊은샘, 1983, 195면.)

1938년 섣달에 내 손으로 엮어 조선일보사 출판부에서 낸 『조선아동문학집』은 그때까지의 우리 아동문학 작품을 총정리한 점에서 뜻이 컸었다. 94편에 이르는 동요·동화·동극·소년 소설 등은 그 당시의 최고 수준에 미친 작품들이었는데, 김소월의 「엄마야 누나야」, 주요한의 「꽃밭」, 「잊는다면」, 지용의 「말」, 「지는 해」, 「홍시」를 구해다가 작자의 승낙도 없이 '동요'대목에 담은 것은 동요도 당당한 시요 문학

작품임을 일반에게 일깨워 주기 위해서였다. 이 책에 등장한 56 작가 가운데 (중략) 생사불명이 열 셋, 자의나 타의로 북으로 간 사람이 열 하나, 남으로 넘어온 사람이 둘, 그리고는 살아있으면서 아동문학과 동떨어진 일을 하고 있는 이가 대부분이어서, 나라가 엎치락뒤치락하는 통에 아동문학 역시 그 얼마나 기구한 길을 걸어왔는지 알 수 있다.

정지용, 김소월, 주요한의 작품을 구해다가 『조선아동문학집』에 싣게 된 연유를 고백하는 장면이다. 이는 정지용의 당시 위상을 짐작하게 하는 사료적 가치를 지닌 부분이다.

어느 시대에나 문학은 힘들고 궁핍함을 면키 어렵다고 한다. 그러나 우리말과 글을 사용함에 자유롭지 못하던 일제강점기에는 오죽하였으랴.

1936년 '구인회'가 동인지 『시와 소설』을 창간하는 한편 『동아일보』와 『조선일보』가 무기정간을 당하였다. 그해 8월 마라톤 손기정 선수의 가슴에 달린 일장기를 지워버린 사진을 신문에 실었기 때문이다.

1937년 수양동우회 사건이 일어나고 그해 10월 조선총독부는 「皇國臣民誓詞」를 공포하였다. 이로 우리말 출판물의 발행이 줄고 일제의 감시는 더욱 심해졌다. 어릴 때부터 길을 들여 주어야 한다고 우리글이나 우리말을 보통학교(현 초등학교)에서 얼씬도 못하게 하였다. 「국어상용」이란 「고꾸고 조오요우」라는 것으로 일본말만 쓰자는 것이었다.

1937년, 이러한 환경 속에서 정지용은 북아현동으로 거처를 옮기고 오남 구상을 병으로 잃는다. 그리고 2년 후 1939년 정지용의 부친이 사망한다. 정지용이 포함된 국내외 사정은 급박하게 돌아갔다. 1940년 창씨 개명제가 실시, 『동아일보』와 『조선일보』 강제 폐간, '조선문인보국회'가

발족되었다. 1941년 '국민문학'이 등장하고 1942년 '조선어학회' 사건으로 최현배, 이희승 등 30여명이 갇혔다.

1943년 학병제가 실시되었다. 이때 춘원과 육당 일행은 동경으로 간다. 유학생 권유 강연회를 열기 위해서였다. 이때 유학생과 춘원 육당 일행은 언쟁이 있었다. "나가야 옳으냐? 안 나가야 옳으냐?", "권하는 그대들이 책임을 지겠느냐? 못 지겠느냐?" 명치대학 강연회장은 살기등등하였다고 한다.

이때 윤석중과 춘원 사이에 유명한 일화가 전한다.

윤석중은 춘원에게 찾아간다. 춘원은 마해송의 주선으로 기꾸찌깐(소설가)이 잡아준 '산노우시다' 어느 여관방에 감기가 심해 누워 있을 때였다.

"대운동회 때 말입니다. 열 바퀴를 도는 내기에 열 한 바퀴나 열 두 바퀴를 돌았다고 해서 기록이 더 좋아지거나 상이 더 올 턱이 없지 않습니까?"라고 질문을 던진다.

이는 일본 사람보다 한 술 더 떠서 일본 천황에게 충성스럽게 군다고 해서 우리 민족에게 이득이 더 오겠냐는 당돌한 판단이었다. 춘원은 고개를 끄덕끄덕 하더니 기침이 자꾸 나서 말문을 열지 못 하였다. 이 일화는 윤석중의 「兒童文學 周邊」에 나오는 이야기이다.

춘원의 끄덕임과 그들의 뒤안길에는 우리의 역사와 문학사 그리고 개인의 운명이 존재하였던 것이다. 그럴 수밖에 없었음을 알면서도 이해하면서도 분노의 화살은 춘원을 향하여 비수로 꽂힌다. 그런 세상이었다. 그러하였다고들 한다. 그때는.

지은이를 숨겨야했던 「호수」

정지용의 장남 구관이 가장 좋아하였다던 「호수」.

그러나 「호수」는 발표된 이후 아니 정지용의 안부가 좌우익의 소용돌이에 휘말릴 때부터 상당한 기간 동안 지은이 없이 시(詩)만 쓰여진 채로 독자에게 다가갔다.

그렇게 정지용은 모순된 현실에서 자신의 이념적 가치를 굳게 지키기는커녕 그 가치를 측량할 겨를도 없이 이런 현실을 어처구니없이 맞이하고 말았다. 확장 해석하여 보면 현실세계에서도 이와 비슷한 일들이 왕왕 일어나기도 한다. 안타깝다.

그러나 어쩌랴.

정지용도 현실세계에서 지나가는 바람을 다 막을 수 없었으니 그 바람 다 지나가도록 기다리는 수밖에. 이는 「호수」에서 지은이가 삭제된 닫혀진 체계로의 현실 공간적 체험을 말함의 일종일 것이다.

정지용 자신은 이 상황을 알거나 혹은 몰랐음직도 하다. 그의 최후가 현재에도 우왕좌왕하니 우린 다만 이것들을 가만히 유추해볼 수밖에 없다. 광복 이후의 민족문학 논쟁과 비평은 차후에 다시 거론하기로 한다. 또한 좌익이니 우익이니 이러한 토설도 잠시 쉬어가도록 한다.

정지용이 월북의 굴레에서 자유롭지 못하였던 시절이 있었다. 문학보다 이념이 우위를 점하던 시절, 그때 손거울에 '정지용'이라는 지은이 이름은 삭제된 채 「호수」만 적혀 시중에 판매되고 있었다.

당시 정구관도 「호수」가 아버지 정지용의 시였는지 몰랐다고 한다. 그뿐만 아니라, 구관은 「호수」가 아버지 정지용의 시라는 것을 안 이후에도 정지용의 손자들에게 할아버지 정지용의 시라는 말을 해주지 않았다. 이는 정지용의 월북설이 가족에게 주는 고통이 말할 수 없이 컸다는 것을 짐작하게 해주는 부분이다. (『정지용 만나러 가는 길』, 국학자료원, 2017, 225면 참조.)

「호수」는 1930년 5월 『시문학』 2호에 「湖水」라는 제목으로 처음 발표된다. 이후 『정지용 시집』(시문학사, 1935, 68면.)에 「湖水 1」로 제목을 바꾸어 싣게 된다. 이를 차례대로 당시 표기대로 적어본다. (두꺼운 글씨 표기는 필자 강조.)

湖水

얼골 하나 **야**
손바닥 둘 **로**
폭 가리지 **만**,

보고 시픈 **맘**
湖水 **만 하니**

눈 감을 **박게**.

　　　　　　　　　—『시문학』 2호(1930. 5), 11면.

湖水 1

얼골 하나 **야**
손바닥 둘 **로**
폭 가리지 **만**,

보고 싶은 마음
湖水 만 하니
눈 감을 **밖에**.

　　　　　　　—『정지용 시집』(시문학사, 1935.) 68면.

　『시문학』에 발표한 「호수」는 1행에 5음절씩 모두 30음절로 고정하고
있다. 반면『정지용 시집』에서는 "보고 시픈 맘"이 "보고 싶은 마음"으
로 6음절로 표기되며 1음절이 증가하고 있다. 이 부분은 박용철이 편집
하는 과정에서 의미의 명확성 등을 고려하여 수정하지 않았던지 유추가
가능해질 뿐이다. 다만 정지용이『시문학』에 발표할 당시 30음절로 운
율 등을 고려하여 고정하였던 최초본에 마음이 더 끌릴 뿐이다.

　그토록 독자들의 마음을 아프게 하며 전해진 「호수」는 정지용이 옥천
사람임과 충청도인만이 가지는 여유로움 그리고 조사나 어미를 떼어 씀
으로 음보를 살려 미적 운율을 잘 이끌어 내고 있다.(「정지용의 「호수」
소고(小考)」, 국어국문학회, 2014, 109-130면.)

　이렇게 지은이 정지용을 밝히지 못하고 독자들에게 읽히며 많은 감동

Ⅲ. 시는 동양에도 업읍데다 145

을 불러 일으켰던 「호수」. 그 「호수」는 현재 많은 이들에게 감흥을 주며 읽혀지고 있다. 정지용의 어느 시 보다도 더 독자들을 사로잡으며 가장 기억에 남는 시로 자리 잡고 있는 것이다.

"작품이 읽히지 않는다면 종이와 잉크에 지나지 않"는다는 뿔레(George Pouler)의 말.

그 말처럼 작품 속의 글자를 읽고 내면화할 때, 즉 문학적 경험의 과정을 거칠 때 정지용의 「호수」처럼 비로소 문학으로 성립되는 것이다.

사내대장부가
야간 체조를 좀 했기로서니…

슬픈 일은 피한다고 돌아가지 않는다.

그렇다고 슬픈 소식을 취사 선택하여 들을 수도 없다. 부닥치고 겪으며 헤쳐나가야 만 하는 것이다.

정지용의 1938년, 인생의 겉은 화려하였다. 그는 이 시기에 시와 산문을 다량 발표한다. 시인으로 제 자리에서 제 몫을 단단히 해내고 있었다. 그러나 속으로 곪은 종기들이 밖으로, 밖으로 터져 나오고 있었다.

어느 날 아침 출근하자 모윤숙과 나는 휘문고등 보통학교에 영어 선생으로 있는 J 시인에게 편지를 보냈다. 어젯(제) 저녁 일이 걱정되었기 때문이다.

어젯(제)저녁 일이라 함은 천향원(天香圓)이든가 하는 요리집에서 J 시인이 봉변을 당한 것을 말하는 것인데, 그날 저녁 우리들 10여 명이 그 요리집에 갔었다. (중략) 그들은 그가 우리의 보배로운 시인이라는 것을 조금도 모르고 함부로 다루었다. (중략) 이제 그는 그들로부터 실컷 당할 참인 것이다.
    - 최정희, 「朝光•三千里 시절」, 『韓國文壇 裏面史』, 깊은샘,
                                1983, 207-208면. ( )는 필자 주.

　최정희와 같이 갔던 요리집에서 시인 J는 기생과 싸움을 한판 벌였다. 싸움의 원인은 서술되지 않아 정확한 유추는 할 수 없다.

　그러나 여기서 J 시인은 그의 체면에 손상을 입을 만한 어울리지 않는 싸움을 벌였다는 것이 기이하다. 악을 쓰는 기생과 맞서 그답지 않은 일을 벌이고 만다. 그는 요리집 남자 종업원들에 둘러싸인다.

　최정희와 모윤숙은 최재서가 불러준 택시를 타고 귀가를 한다. 이들은 다음 날 J가 걱정되었다. 그래서 편지를 보낸다.

　J는 답장을 보내왔다.

　"사내대장부가 야간 체조를 좀 했기로서니 대단할 게 있을까보냐"는 회신을 최정희는 받았다. "사지가 온통 부러진 걸로 짐작했던 모윤숙과 나는 피차 크게 웃을 수밖에 없었다"고 한다. 북아현동 살 때 최정희는 정지용의 집과 가까운 곳에 살았다. 그래서 자주 만났다. 그는 술을 마시면 "좋아죽겠다"며 "두 팔을 위로 치켰다 내렸다 하며 펄쩍펄쩍 뛰"던 것이 생각난다고 회상한다(최정희, 같은 책, 208면).

　이렇게 슬픔과 기쁨의 상극점에서 정지용은 그것을 화로 분출하기도 하고 때론 온몸으로 털어내기도 하였다.

　정지용이 북아현동으로 이사를 하던 1937년 8월, 태어난 지 1년도 안 된 구상이 병사한다.

　이때 그는 최정희가 근무하던 『삼천리』에 산문시 「온정」, 「삽사리」와 산문 「꾀꼬리와 국화」를 싣는다.

며느리새의 내력을 알기는 내가 열세 살 적이었다.

지금도 그 소리를 들으면 열세 살 적 외로움과 슬픔과 무섬탐이 다시 일기에 며느리새가 우는 외진 곳에 가다가 발길을 돌이킨다. (중략) 바람에 솔 소리처럼 아늑하고 서럽고 즐겁고 편한 소리는 없다.

    —「꾀꼬리와 국화」 중에서 (『삼천리문학』 창간호, 1938. 1)

「꾀꼬리와 국화」에서 정지용은 열세 살 이야기를 한다.

이는 그가 옥천을 떠나 서울에서 기숙하며 여러 가지 일을 하였다고 전하던 시절의 이야기이다. 그 시절의 기억을, 서른일곱 살의 영어 선생님이 "외로움과 슬픔과 무섬"이라고 서술하고 있다. 그리고 "솔 소리"에 위안을 얻는다.

"우리의 보배로운 시인"으로 화려했던 정지용의 1938년은 외롭고 슬펐다. 그러나 때론 "좋아죽겠"을 때도 있었다. 이 또한 정지용의 선택과 무관하게 또는 우연히 찾아오고 스러져갔던 것은 아닐까?

허튼 생각이 많아지는 날이다.

IV.

내 마흔아홉이
벅차겠구나

일제시대에 내가 제일 깨끗하게 살았노라

"일제시대에 내가 제일 깨끗하게 살았노라"(「새옷」, 『산문』, 동지사, 1949, 149면.) 정지용의 말이다. 그는 '일제강점기'를 '일제시대'라 하여 여기서는 그대로 표기하도록 한다.(한편 「새옷」은 『주간서울』(1948. 11. 29.)에 최초 발표 후 『산문』(동지사, 1949.)에 수록)

노예도 노예 이전에 상전을 선택할 망할 자유를 가지는 수도 있다고, 일제시대에는 일본놈보다 더 지독한 조선놈이 있었다고 한다.

해방이 되고나서는, 채만식 소설 「미스터 방」의 방삼복처럼 민족적 감정이나 민족주의는 발견할 수 없는 경우도 있었다. 오직 자신의 이익만을 추구하는 자들이 있었다고 한다. 해방도 자신의 배를 채워주어야 기쁜 것이었으니……. 하긴 지금도 이런 자들이 왕왕 발견된다.

해방이 갖는 의미도 이러할진대 하물며 일제시대의 민족적 감정이나 민족주의를 향한 조선인들의 생각. 그것은 의미 없이 허공에 흩날리지는 않았을까? 정지용은 이러한 맥락에서 "제일 깨끗하게 살았"다고 하였을 것이다.

정지용이 싫어하는 옷 중 하나가 '모오닝 코오트'란다. 그는 일제시대에 결혼 주례를 한 두 차례 서고, 8·15 이후에 십여 차례 섰다고 한다. 그러나 주례를 설 때는 그가 싫어한다는 '모오닝 코오트'를 입었다. 꽃다운 남녀의 청춘을 위하여 주례를 서는 일이니 그럴 수밖에.

　　정지용은 '모오닝 코오트'를 빌려(대여) 입었다. 덕수궁에서 열리는 결혼식 주례에서 예의를 갖추기 위함이었다. 그런데 결혼식이 끝나고 호기가 발동하여 수원 (당시)읍내, 신랑 집을 방문하기로 한다. 그리하여 젊은 친구 이십여 명과 함께 버스를 타고 수원으로 간다.

　　수원으로 가는 도중 버스 안에서 사발막걸리를 참참이 먹는다. 영등포를 지난다는 명목으로 마시고, 시흥을 지난다는 구실로 마시고, 안양을 지금 통과 중이라고 사발막걸리를 마신다. 그리고 수원읍에 당도하여서는 신랑과 신부를 앉혀놓고 본격적으로 마신다.

　　막걸리를 마시는 사이 밤이 들었다. 신랑 집에서 마신 술은 정지용을 소위 말하는 이차로 이끌었다. 술집에 가서, 4·5인이 당시 4천여 원어치의 막걸리를 마셨다고 한다. 그런데 일행 중 누구의 주머니에도 4천원이 넘는 큰돈인 막걸리 값은 없었다.

　　이때 정지용은 결혼식 주례를 위해 빌려 입었던 '모오닝 코오트'를 막걸리값 대신 저당 잡힌다. 그리고 형제간처럼 여관 한 칸 방에서 잠을 잔다. 정지용의 당시 고생과 호기 그리고 낭만이 함께 그려지는 대목이다.

　　이튿날 서울로 돌아온 정지용은 "완전히 돈이 없"어 문장사 3층을 찾아 날이 저물기를 기다린다. 이 사정을 들은 K양은 "선생님 영화관 캄캄한 속에 숨으셨다가 어둡거든 합승택시로 가시면 좋을까 합니다."라고 제안한다. 영화관에는 「Holy Matrimony-신성한 결혼」을 「속세를 떠나서」라고 번역하여 간판을 붙여 놓았다. 정지용은 "어떻게 저렇게 번역을 했을까?"라고 생각한다. 그의 전공이 영문학이니 당연히 의문을 가질 만하다.

영화관 앞에서 "몸이 코끼리 같은 사투리 쓰는 주정뱅이 놈"이 덤벼든다. "이 건국시에 노동자는 아무리 일을 하여도 먹고 살 수 없으니 여보 녕감 좀 어러케 하라오! 잔치는 무슨 잔치요?"라며.

또 주정뱅이 놈은 K양에게 "찌짜"를 붙인다. 이를 본 영화관 종업원은 주정뱅이를 보기 좋게 땅바닥에 쓰러뜨린다. 정지용은 슬쩍 빠져 영화관 캄캄한 구석으로 스며들어 창피를 면한다. 그리고 "아아 이것도 일종의 계급적 반항의식이라고 하는 것이로구려"라고 말한다.

정지용은 그 주정뱅이의 모습을 "정말 일제시대의 세루 국방복에 미군 장교화를 신고 머릿기름을 빤지르르 바른 어디로 보든지 노동자는 아니"라고 적는다. 그리고 이런 사람이 대개 주정뱅이가 아니고 시인이나 소설가라면 "일제시대에 내가 제일 깨끗하게 살았노라"고 할 사람이 아닐까 한다고 생각한다.

"어떻게 깨끗하게 살았소?"하면 "일본놈과 조선놈들이 보기 싫어서 절간에 가서 살았노라"고 할 것 같단다.

"새옷을 입으면 여덟 아홉 살 때처럼 좋"고, "몸서리가 떨리도록 고독하고 가난하던 소년"이라는 구절을 작품 귀퉁이에 구겨 넣은 정지용의 산문 「새옷」(『산문』, 동지사, 1949, 143-149면.)을 일별하였다.

「새옷」에 등장하는 '모오닝 코오트' 입은 정지용과 '세루 국방복' 입은 주정뱅이 놈을 생각한다. 같은 시대에 대조적인 삶을 살다간 그들을 그려본다. 선택할 수 없는 역사였지만 슬프다.

윤동주와의 만남

정지용과 윤동주의 만남은 운명이었다. 1902년 5월 15일 충북 옥천과 1917년 12월 30일 만주국 간도성 화룡현 명동촌에서 태어난 이들은 생을 마감할 때까지 끊임없이 문학의 세계로 침잠(沈潛)하고 있었다.

송우혜 소설가는 『윤동주 평전』에서 "중학 시절의 그의 서가에 꽂혔던 책 중에서 가장 기억에 남는 것은 『정지용 시집』"이라고 서술하고 있다. 윤동주는 1935년 10월에 발간한 『정지용 시집』을 1936년 3월 평양에서 구입해 정독하며 문학수업에 정진했다. 이숭원(서울여대) 교수는 「정지용 시가 윤동주에 미친 영향」에서 "윤동주의 습작기에 써 놓은 상당히 많은 작품에 정지용 시의 영향이 남아 있다. 윤동주는 습작기에 정지용의 시가 상당히 중요한 역할을 했음을 확인했다. 이것은 정지용의 시가 시인이 되고 싶던 청년문사에게 가장 모범적인 길잡이 역할을 했음을 반증한다"며 "윤동주 외에도 다수의 시인 지망생이 그런 시도를 했을 것이나 그러한 학습의 과정을 기록으로 남긴 사람은 윤동주뿐으로 청년 문사 윤동주의 순정을 드러내는 사례일 것"이라고 주장한다. 라사행 목사는 1939년 윤동주가 연희전문 기숙사를 나와 하숙을 하고 있을 때, 북아현동 1의 64호였던 정지용의 기와집을 윤동주와 함께 방문하곤 했다. 그들은 정지용과 시에 대한 이야기를 나누었다고 라 목사는 기억한다.

1948년 1월에 출간된 윤동주의 유고시집『하늘과 바람과 별과 시』초간본에 정지용은 서문(序文)을 쓴다. 강처중의 부탁으로 서문을 쓰게 돼 정지용과 윤동주의 인연은 계속됐다. 1923년-1929년 정지용은 일본 동지사 대학에서 공부를 하며「압천」,「카페프란스」등의 작품을 썼고, 그를 좋아했던 천상의 시인 윤동주는 1942년 동경 입교대학에서 동지사대학 영문과로 전입학하게 된다. 이들의 운명은 만나서 같은 공간에 머물러 오래 도란거리지는 못했지만 사뭇 '문학이라는 같은 원형질'을 가슴에 지니고 살았던 것이다. 윤동주 연구논문이나 '동주'라는 영화에 그를 민족주의자로 그리고 있다.

이는 정지용의 도덕주의자적 면모의 영향관계를 외면할 수 없을 것이다. 이들의 영향 관계는 필수 불가결했던 것이리라. 정지용의 후기 산문은 시론(時論)형식이라 할 수 있다. 중기 산문에서 보여주던 인간과 자연에의 관심에서 거리를 둔 변주곡을 울린 셈이다. 그의 시론(時論)은 주로 시대적, 사회적 상황을 바탕으로 사회의식과 비판정신이 주로 드러나는 중수필적 요소를 비교적 잘 갖추고 내면적 자아의 혼란스러움을 그려놓고 있었다. 순박하고 소박한 자아의 세계관의 소유자 정지용은 좌우익의 이데올로기가 확실히 정립되지 못한 시대의 혼란스러움을 시론(時論) 형식으로 표명하고 있었던 것이다. 이러한 그의 후기 시론(時論) 작품으로「여적」,「오무백무」,「민주주의와 민주주의 싸움」,「쌀」,「플라나간신부를 맞이하며」,「동경대진재 여화」등이 있다.

이러한 작품을 통하여 정지용은 그의 후기 산문에서 순박한 도덕주의자로 표명되며 솔직한 모럴리스트로서의 면모를 잘 보여주고 있었던 것이다. 정지용의 후기 시론(時論)에 나타난 도덕주의자적 면모는 윤동주의 지식인의 끊임없는 고뇌를 자아성찰적 자세로 애잔하게 그려놓았던 그의 시에 영향을 끼쳤다. 세상에 닮고 싶은 사람이 꼭 한 명이라도 있다면 참 행복한 사람이리라. 윤동주는 정지용을 바라보며 행복한 사람으로 살아가지 않았을까. '연변지용제'를 놓고 갑론을박이 심한 모양이다.

옥천군의 또는 대한민국의 정지용 시를 추진(推進)할 구심점이 약해서인가.

시를 쓰는 것에 대한 내외부의 불편함에서 오는 고뇌인가.

참담한 민족현실에 절규하던, 한국인이 가장 좋아한다는 정지용과 윤동주. 이들을 놓고 혼란을 빚는 것은 마치 중요한 일을 버리고 바쁜 일부터 해나가는 어리석음을 범하는 것과 무엇이 다를까. 목숨만큼이나 소중했던 그들 삶의 깊은 흔적과 도덕주의자와 민족주의자가 흘렸던 눈물의 방향을 지키자. 무게중심이 기울지 않는 굳센 노 하나쯤 흔들리지 않고 저어가는 우리가 되자.

시를 쓸 수도 절필할 수도

정지용의 시론(時論)과 도덕주의자로서의 면모와 윤동주의 영향관계는 무관하지 않다. 그는 윤동주가 민족에게 가지는 소속감이나 애착심 그리고 그것을 강조하는 시인으로 조국과 민족 앞에 한갓 시나 쓰는 부끄러운 자아성찰의 자세를 일깨우는데 일조하였다.

문학평론가 김환태(1909~1944))는 「정지용론」에 "정지용은 아직 우리에게 완성하였다는 느낌을 주는 시인은 아니다. 그는 앞으로 몇 번이나 변모하여 우리를 놀라게 하여 줄는지 모르는 미완성의 시인이다." 라고 서술하고 있다.

정지용은 우리를 그의 시적 감흥에 놀라게 하기도 하고, 그의 삶에 나타난 고뇌에 고개를 끄덕이게도 한다. 특히 그는 1920년대 후반부터 1930년대 중반까지 시를, 1930년대 중반 이후부터는 수필을 주로 발표하게 된다. 그리고 1943년부터 1945년까지는 한 편의 작품도 발표하지 않고, 1946년부터 많은 산문을 발표한다.

이것은 정지용이 처한 현실이 그를 산문적 상황으로 내몰고 있었기 때문이다. 이러한 정지용 수필은 일종의 댄디이즘과도 통한다고 할 수 있다. 전래되어 오던 수필의 범주에서 벗어나고픈 수필의 변주곡을 연주한 셈이다.

정지용 수필의 변주곡은 시론(時論)에서 잘 나타난다. 인간과 자연을 대상으로 그것을 수필화한 것과는 달리 보들레르의 '댄디'에 해당하는 '자연에의 체계적인 반발'을 시도하고 있다. 자연에의 반발이 의미하는 정지용 수필의 해방 후 지향점은 무엇인가? 그 지향점을 찾는 작업으로의 노력으로 그는 시론(時論)이라는 변주곡을 연주하게 된 것이다.

1945년 해방 이후에 정지용이 중수필적 성격을 띤 시론(時論)을 주로 발표하게 된 것은 시대적 현실과도 무관하지 않다. 문학은 현실의 반영물이다. 정지용의 시론도 이 현실의 강력한 반영물이다. 일제강점기라는 긴 터널을 지나고 해방을 맞이하게 된다. 해방 직후는 일제강점하의 식민 잔재의 청산과 새로운 민족 문화 건설을 위한 노력이 활발했던 격동의 시기였다.

해방 직후 조직 활동을 전개해 문단의 주도권을 장악한 것은 좌익 문학가 동맹측이었다. 한때 이들은 전 문단을 석권하는 듯하면서, 공산당의 지령으로 문학을 투쟁의 수단으로 이용하였다.

한편, 민족진영은 순수 문학을 주장하여 청년문학가협회를 결성하여 이에 대항하였다. 이렇게 해방 직후는 이데올로기 대립의 시대였다. 좌우의 이념 대립에 따른 결과물로 문학 작품이 정치적, 사회적인 경향을 강하게 띠게 되었다. 우리 민족은 식민지의 굴레에서 벗어났지만 이념이라는 더 큰 굴레를 쓰게 된 셈이다.

한편, 1950년 6·25 한국전쟁이 발발하면서 우리 민족은 동족상잔이라는 큰 구렁텅이에 던져지고 만다. 정지용도 우리 민족이 처한 이 시대적 현실과 무관할 수만은 없었다. 해방 후 6·25에 이르기까지 정지용 즉, 지식인으로서의 정지용은 정치적 입장과 관련, 심히 더 혼란스러웠을 것이다.

그는 어찌할 수 없는 국가적 현실에 묵인할 수만은 없었을 것이다. 그렇다고 시를 쓸 수도 절필을 할 수도 없었을 것이다. 이때 그가 글쓰기의 한 형식으로 취한 방식이 시론(時論)이었다.

붓으로 견디기

작가란 무엇인가?

정지용을 생각하면 글을 왜 쓰는가에 앞서 작가란 무엇인가에 대한 혼란스러움이 먼저 찾아온다.

특히 대한민국의 특수한 상황인 근대를 살아낸 작가들 앞에서는 어지럼증이 인다. 그들은 일제 강점기와 해방 후 혼란기 그리고 6·25 한국전쟁을 건너며 육체와 정신의 궁기마저 깊어갔다. 그 당시 백성이나 민중으로 살아가기에도 버거웠을 것이라는 생각이다. 그런데 작가로 살아가야 했다는 것, 그 사실만으로도 충분히 가위가 눌렸으리라.

정지용처럼 시를 쓰는 작가로 산다는 것, 그리고 작가로 살아내기, 그것은 인생을 살아가기 위한 한 방편이었을지도 모를 일이다. 작가의 근저에는 사람으로 살아내기가 우선 되어야 했을 것이기 때문이다.

정지용이 사람으로 살아내기 위하여 작품을 창작했을 것이고 그 작품 속에서 분노도 표출하고 위로도 얻었을 것이다. 그러면서 그는 스스로를 견뎌내고 있었다.

정지용이 바라본 암울한 시대와 가난한 현실 그리고 지식인으로서 고뇌는 그 어디에도 해결의 실마리가 보이지 않았을 것이다. 온통 어둠과 좌절 그리고 방황으로 지내던 세월, 그래서 그가 선택한 것이 時論을 쓰는 것이었다. 작가란 1인칭 문학에서 실제작가를 이른다. 정서적인 글쓰기에서 작가는 화자나 서술자와 다른 자아로 불리기도 한다. 그렇다면 작가는 텍스트 의미의 기초가 될 수는 없는가? 나아가 작가는 모든 글쓴이인 동시에, 작가는 신성한 영감의 통로를 갖는 것은 아닌가?

이러한 작가에 대한 깊은 생각은 필자에게 혼동과 동시에 미려하나마 작가를 향한 귀결점에 이르게 한다.

정지용이라는 작가는 그 자체로 존재의미와 가치가 다단계로 뭉쳐져 있었다. 그 결정체가 글을 쓰게 하는 활화산을 분출하게도 하였다. 그가 내뿜은 활화산으로 시론을 쓰고 있었다.

속으로 끓어 그 견딤이 한계에 이르러 터트려진 글, 그것이 진정한 글이고 완숙한 독자들 곁으로 비로소 차분히 다가갈 수 있는 작품이 되는 것이다. 정지용은 그렇게 시론에 다가서고 있었다.

1941년 『백록담』을 문장사에서 발간한다. 여기에 실린 작품은 그의 고단한 여정이 묻어있는 결정체인 시편들이다.

이때 『동아일보』, 『조선일보』 등에서 그의 명성에 걸맞게 앞 다퉈 국토 순례 지원에 나선다. 이러한 기행 여정 체험의 순결체가 『백록담』이다.

정지용은 이후 태평양 전쟁의 여파로 사회 상황이 악화되자 잠시 일제에 협력하는 듯한 시를 내놓기도 한다. 이 시기 정지용은 거의 작품 활동을 중단하고 만다. 붓을 놓았다고 하는 표현이 좀 더 적확하겠다.

그는 붓을 놓고 세상을 바라보았다.

붓을 놓고 밖을 보니 붓을 들고 보았을 때 보이지 않던 것들이 보였다. 그리고 산문인 시론을 쓰기 시작하였던 것이다.

자연의 신비와 경이에 대한 경외심으로 세상을 보며 정지용은 시쓰기를 머뭇거렸다. 그 주춤거림은 일제강점기라는 특수한 상황을 속 깊게 인식한다. 그리고 현실 상황을 떠도는 자의 슬픔까지 담아 時論을 쓴다.

그는 냉정하나 객관적으로 결벽증에 가까울 만큼 투철하였던 민족정신을 도덕주의자의 자세로 표명하고 나섰다.

정지용은 암울하고 가난한 현실 그리고 끝없이 이어지는 지식인의 고뇌를 작가로서 붓의 힘으로 견뎌냈다. 그 붓은 시론을 쓰며 헤쳐 나갔다. 어쩌면 헤쳐 낼 수 없는 것들을 견뎌냈을 것이다.

그는 활화산처럼 분출되던 현실에 대한 분노를 용광로처럼 조용히 끓여 밖으로, 밖으로만 조용히 나르고 있었다.

정지용은 그렇게 서늘하게 안으로 깊이 타는 붉은 노을이었다.

그가 선택한 글쓰기, 시론(時論)

1949년 9월, 중등학교 국어교과서에 실려 있던 10여편의 정지용 작품이 삭제되었다. 국가이념과 민족정신에 반하는 저작물을 정리한다는 문교부의 방침이 내려졌기 때문이다. 정지용에게도 이러한 현실적 상황은 거센 파도가 되어 불어 닥쳤다.

그의 작품이 교과서에서 삭제된 이유를 김문주(영남대학교 국어국문학과)교수는 "반공 전선이 본격적으로 구축·확산되던 당시 상황이 해방 이후 경향파적 성향을 노정하면서 조선문학가동맹에 적을 둔 이력이 작용"하였다고 설명한다.

이는 당시 누구나 그랬듯이 정지용에게도 중대한 현실적 문제였다. 그는 1949년 11월 4일 남로당원 자수 선전주간에 국민보도연맹에 공식적으로 가입한다. 당시 정지용은 동아일보에 「詩人 鄭芝溶氏도 加盟 轉向之辯 心境의 變化」(1949. 11. 5.)에서 공식적인 입장을 밝힌다.

나는 소위 야간도주하여 38선을 넘었다는 시인 정지용이
다. 그러나 나에 대한 그러한 중상과 모략이 어디서 나왔는지

는 내가 지금 추궁하고 싶지 않은데 나는 한 개의 시민인 동시
에 양민이다. 나는 33년이란 세월을 교육에 바쳐왔다. 월북했
다는 소문에 내가 동리 사람에게 빨갱이라는 칭호를 받게 되
었다. 그래서 나는 집을 옮기는 동시에 경찰에 신변보호를 요
청했던바, 보도연맹에 가입하라는 권유가 있어 오늘 온 것이
다. 그리고 앞으로는 우리 국가에 도움 되는 일을 해볼가 한
다.

정지용이 살았던, 아니 살아내야만 하였던 일제말기는 핍진하고 표독
스러웠다.

1937년 중일 전쟁, 1941년 태평양 전쟁을 일으킨 일본은 전시 총력체제
의 구축에 따라 1939년 10월 '조선문인협회'를 결성, 친일 문인단체를 조직
하게 된다. 이들은 조선어 사용 금지, 창씨개명, 신사참배 강요 등 민족말
살정책을 펴며 침략정책 합리화를 위한 정신무장의 일환으로 국민문학론
을 내세웠다. 문학계도 이러한 혼란의 시대가 비껴가지 않았던 것이다. 피
해갈 수 없었던 슬픈 현실이다.

인간은 불합리하다고 자각하면서도 현실에 처한 관념이나 행위에 사
로잡힐 때가 있다. 이때 대부분의 인간은 자신의 힘으로는 도저히 억제
할 수 없는 일이라며 침묵하거나 떠나버린다.

해방은 많은 문학인에게 기쁨과 환희의 대상은 아니었다. 그것은
그들에게 고단했던 일제강점말기의 과오를 청산해주길 바랐기 때문
이었다.

해방공간에서 문학인은 비틀거리며 푸대접 받던 우리 문학을 바로 잡아
일으켜 세우는 일에 집중하여야만 하였다. 그러나 현실은 그들에게 역사적

과거에 대한 자신의 과오 비판을 요구하게 되었다.

이때 이광수는 자기변명으로, 최재서는 침묵으로, 유진오는 문학과 절연하고, 채만식은 작품을 통해 자기비판을 감행하게 된다.

여기에서 간과해서는 안 되는 것은 자기비판이다. 1945년 12월 김남천의 사회로 「문학자의 자기비판」이라는 좌담을 진행한다. 만일 태평양 전쟁에서 일본이 지지 않고 승리했다고 생각해보는 순간 우리는 무엇을 생각했고 어떻게 살아가려고 생각했느냐가 자기비판의 근원이 되어야 한다. 승리한 일본과 타협하고 싶은 마음을 입 밖에 내기도, 글로 쓰기도, 행동으로 표시될 리도 없다. 그러니 남이 알 리 없으나 나만은 이것을 덮어두고 갈 수 없는 것을 자기비판의 양심이라 한다며 겸허의 필요성을 주장한다. 남도 나쁘고 나도 나쁘고가 아닌 남은 나보다 다 착하고 훌륭한 것 같은데 나만 가장 나쁘다고 긍정하는 힘 이것을 양심의 용기라 하였다.

이 무렵 정지용은 「윤동주 시집 序」에서 '붓을 잡기가 죽기보다 싫'은, '천의를 뒤집어 쓰'고, '병 아닌 신음을 하'고 있다. '才操도 탕진'하고, '용기도 상실'하고, '8·15 이후에 부당하게 늙'어간다고 서술하고 있다.

이 서술은 극도의 정치적 혼란 속에서 현실적 고통과 무력감을 아무런 역사적 전망을 갖지 못한 채 견뎌내던 정지용의 고백에 가깝다. 폭죽 같은 찬란한 담소로 황홀하게 정신을 빼앗고 말던 사교계의 왈패꾼 정지용은 가혹한 현실 앞에서 붓을 잡기가 죽기보다 싫은 한계에 도달한다. 그리고 재조도 탕진하고 용기도 상실한 병 아닌 신음을 뱉어내며 나약하게 늙어갔다. 정지용의 겸허한 양심의 용기는 무엇이었는가? 생각이 많아진다.

내 마흔아홉이 벅차겠구나

6·25를 맞이하던 1950년, 정지용의 나이 마흔아홉.

정지용은 『새한민보』에 '詩三篇'이라는 큰 제목 아래 「내 마흔아홉이 벅차겠구나」라는 자신의 인생을 예언한 듯한 시를 발표한다.

선택하였든지 선택을 당하였든지 '조선 문학가 동맹'으로 심란했었을, 이후 정지용의 정서를 일정부분 반영하였을 이 작품을 근래에 정독하였다. 필자는 'writer'로의 정지용보다 생활인으로의 정지용으로, 그를 바라보았다. 그리고 이 시를 감상하여 보기로 한다. 그만큼 정지용의 고뇌가 무거웠을 것이라고 짐작하면서. 당시 이념과 생활 그리고 그가 처한 환경 사이에서 그 혼란의 경계를 건너는 것의 곤궁에 머리가 흔들린다.

> 헐려 뚫린 고개
> 상여집처럼
> 하늘도 더 껌어
> 쪼비잇 하다

누구시기에
이 속에 불을 키고 사십니까?
불 디레다 보긴
낸 데
영감 눈이 부시십니까?

탄 탄 大路 신작로 내기는
날 다니라는 길이겠는데
걷다 생각하니
논두렁이 휘감누나

소년감화원 께 까지는
내가 찾어 가야겠는데

인생 한번 가고 못오면
萬樹長林에 雲霧로다·········
　　　　　　　　－「내 마흔아홉이 벅차겠구나」
　　　　（『새한민보』 제4권 1호, 1950.2, 111-113면.）전문

　　해방을 맞이하였지만 "상여집"처럼 "껌"고 "쪼비잇"한 세태 속에서 불을 켜고 살아가는 이는 누구인가? 시적 화자는 스스로에게 자문하고 있다. 나, 즉 조선인의 해방인데 그 해방의 길을 걷다보니 외세와 이념이 끼어들어 "휘감"고 있는 것이 아닌가. 그러나 그 길은 내가 찾어 가야만 한다. 그러나 인생이란 무상하여 한 번 가면 다시 오지 못하는 구름과 같은 것이라고 화자는 말끝을 흐리우고 있다. 마치 자신의 미래를 예측할

수 없다는 듯이. 아니 미리 자신의 미래를 명확히 견지하고 있었던 듯이.

이렇게 정지용이 석연치 않은 마흔아홉 해를 마무리 하는 것은 일제 강점기와 관계를 하고 있다. 그러나 그보다 더, 해방은 그를 걷잡을 수 없는 소용돌이에 집어넣고 만다.

그러면 정지용의 문학을 좀 더 이해하기 위하여 당시 정지용 관련 문단 상황을 개괄적으로 짚어보도록 한다.

해방 직후 문단의 시급한 과제는 친일문학 청산과 민족문화 방향 정립 그리고 문단의 정비에 있었다. 일부 문인들의 친일적 문학행위가 규탄의 대상이 되었고 문학인들에게도 현실의 혼란이 수습의 대상이 되었다. 이 혼란을 수습하기 위해서는 정신적인 이념의 정립이 필요하였다. 그리하여 조선총독부 통치권이 소멸되면서 '조선건국위원회'가 결성되었다.

해방을 맞이하고 하루가 지난 1945년 8월 16일 종로 한청빌딩의 '조선 문인 보국회' 간판이 내려졌다. 이러한 행위로 일제 침략세력에 동조하였던 문인들은 친일문학이라는 부끄러운 이름을 남기게 되었다. 그리고 그 자리에 '조선 문학 건설 본부'(임 화, 김남천, 이태준 등)라는 간판이 걸린다. 이후 음악, 미술, 영화 등을 연합하여 '조선 문화 건설 협의회'(서기장 : 임 화)를 발족(1945. 8. 18.)한다.

그러나 일제강점기 카프의 문학적 공과에 불만을 가진 일부 문인들은 '조선 문화 건설 협의회'를 마땅치 않게 생각하였다. 이에 변영로, 오상순, 박종화, 김영랑, 이하윤, 김광섭, 이헌구 등이 '조선 문화 협회'(1945. 9. 8.)를 발족한다. 후에 양주동, 김환기, 이선근, 유치진 등이 합세하여 적선동 성업회관에 사무소를 차리고 『해방 기념 시집』을 발간한다.

당시 문학계는 사상이라는 혼란이 가중되며 비틀거렸다.

일제강점기에는 조선의 적이 일본이라는 단일한 것이었지만 해방을 맞이하고 보니 주변의 모든 것들이 적으로 존재하였던 것이다. 참 슬픈 일이다. 같은 민족에게 총을 겨누고 의심하며 등지고 살아야하던 세월. 그들은 그렇게 슬픈 역사의 강을 건너고 있었다.

가람의 오른편에 앉을 이가 아즉 없다

  가람 이병기와 정지용의 인연은 가람이 시조집을 발간하면서부터 더욱 돈독해진 것으로 보인다.

  정지용은 1940년 「가람시조집에」라는 평론을 『삼천리』 134호에 최초로 싣는다(후에 『산문』에 재수록). 그는 "청기와로 지붕을 이우고 파아란 하늘과 시새움을 하며 살았으며 골고루 갖춘 값진 자기에 담기는 맛진 음식이 철철히 남달랐으리라 생각된"다며 "세기에 부조된 시조 시인의 자세는 고봉(高峯)과 같이 수려하고, 면앙정(俛仰亭)·송강(松江)·진이(眞伊) 같은 이들! 당대수일(當代隨一)의 가람 같은 이!"(『산문』, 동지사, 1949, 263-264면)라고 적고 있다.

  이는 정지용이 가사 문학의 대가였던 송강 정철과 자신이 영일 정씨 자손으로 인척 관계였음을 인지하였거나, 송강의 작품에 경외심을 가졌었던 것이었음을 알 수 있게 해주는 부분이다. 또 가람 이병기 작품의 강경하고 전통적이고 참신한 시조 예술에 대한 추켜세움의 일면으로도 볼 수 있다. 그리고 황진이도 거론한 것으로 보아 정지용이 황진이의 시조도 인정한 것으로 보인다.

또한 「가람시조집 발(跋)」에 "송강 이후 가람이 솟아오른 것"이라며 가람의 시조는 "완벽"하다고 말한다. 글자 하나도 비뚤게 놓이는 것을 용납하지 않았던 정지용이고 보면 가람의 시조가 마음에 꽉 들어찬 모양이다.

> 시조를 사적(史的)으로 추구한 이, 이론으로 분석한 이, 비평에 기준을 세운 정녕(丁寧)한 주석가(註釋家)요 계몽적으로 보급시킨 이가 바로 가람이다.
> 시조 제작에 있어서 양과 질로 써 가람의 오른편에 앉을 이가 아즉 없다. (중략)
> 마침내 시조틀이 시인을 만나서 시인한테로 돌아오게 되었다. 비로서 감성의 섬세와 신경의 예리와 관조의 총혜를 갖춘 천성의 시인을 만나서 시조가 제 소리를 낳게 된 것이니 가람시조가 성공한 것은 시인 가람으로서 성공한 것이라 결론을 빨리하면 시인으로 태어나지 않았던들 아이예 시조 한 수 쯤이야……하는 부당한 자신을 가질 수 없었던 것이다. (『산문』, 같은 책, 265-269면) - 당시 정서를 그대로 전하기 위하여 대부분 원문의 표기법에 따랐으며, 꼭 필요한 한자는 ( )안에 병기하고, 대부분의 한자는 독자의 편의를 위하여 한글로 바꾸었다(필자 주).

"가람의 오른편에 앉을 이가 아즉 없"다는 정지용의 이러한 거론은 전통 언어 예술인 시조의 기원과 발육을 기대한 서술이라고 생각된다. 그의 일본 유학 시절, 조선에는 돌아갈 문예사조나 시적 갈래가 없다고 고민한 흔적에서 엿볼 수 있듯이 말이다.

경성 하숙집

「향수」의 시인 정지용(1902-?)이 1940년대 중반, 조벽암(1908-1985)이
운영하던 건설출판사에서 하숙을 했다는 증언이 나왔다.

조벽암의 조카인 조성호 수필가는 "정지용이 이화여전 교수 시절 건
설출판사에서 하숙을 했다"며 "당시 아침에 청소하려 들어가면 정지용
하숙방에는 쓰다버린 원고지 뭉치와 비과(과자 종류) 껍질이 수북하였
다"고 전했다. 이어 "당시 문인들이 건설출판사를 아지트 삼아 드나들었
다. 그 중 오장환이 가장 자주 다녀갔다"고 말했다.

정지용은 1923-1929년 일본 동지사대학에 유학했다. 휘문고보 교비유
학생이었던 그는 애초 약속대로 대학을 졸업하고 휘문고보 영어교사로
취임했다. 그해 그는 가족을 솔거해 옥천에서 서울 종로구 효자동으로
이사를 한다. 이후 서울 낙원동, 재동, 북아현동 등으로 가족들과 이사를
다녔다.

그런데 1944년 2차 세계대전 말기 일본군 열세로 연합군 폭격에 대비
하기 위해 서울 소개령이 내려졌다. 이때 정지용은 부천군 소사읍 소사
리로 가족과 함께 이사를 한다. 1945년 8·15 해방을 맞는다. 정지용은

이때 휘문고보를 사직하고 그해 10월 이화여전 문과 과장이 된다.

이 당시는 교통편이 지금처럼 여유롭지가 못했던 듯하다. 소사에서 이화여전까지 출퇴근하는데 소요되는 시간이 꽤나 되었을 것이다. 불편한 교통 상황과 시간을 절약해야하는 정지용은 서울에서의 하숙을 선택한 것으로 보인다. 그래서 정지용은 1946년 성북구 돈암동으로 이사를 올 때까지 하숙생활을 하였던 것이다.

정지용의 생애 또한 한국의 20세기 역사처럼 굴곡진 삶을 살았다. 일제 식민지의 지배에서 벗어나려나하는 기대감으로 1945년 해방을 맞이하였다. 그러나 해방은 좌우익의 소용돌이 속에서 맥을 못 추고, 1950년 6 · 25 한국전쟁을 치른다. 이 와중에 정지용의 생사는 미궁으로 빠져들고 말았다.

행여 정지용은 그에게 불어올 거센 풍랑을 예지했음인지 「나비」(『문예(文藝)』 8호, 1950. 6)를 발표한다. 이 「나비」는 그가 남긴 거의 마지막 무렵의 시이다.

　　　내가 인제
　　　나븨 같이
　　　죽겠기로
　　　나븨같이
　　　날아왔다
　　　검정 비단
　　　네 옷 가에
　　　앉았다가
　　　窓 흰 하니
　　　날라 간다

40음절의 「나비」는 죽음이 다가오는 듯한 서늘함이 안겨온다. 나비처럼 날아와 나비같이 죽겠기로, 검정 옷에 앉았다가 이승과 하직함을 유언처럼 박아 놓는다. 이 글은 지워지지 않는 판화가 되어 지금도 우리 곁을 서성인다.

정지용이 건설출판사에서 하숙을 하였다는 사실은 그의 전기적 연구에 도움이 된다. 뿐만 아니라 그의 작품세계 연구에도 큰 도움이 될 것이다. 또한 한국문학사의 사적 전개에도 영향을 미칠 것으로 생각된다.

새로 밝혀진 이 부분은 정지용의 당시 생각과 다른 문인들과의 상호 관계에도 영향이 미쳤으리라고 본다.

"한민당은 더러워서 싫고 빨갱이는 무시무시해서 싫다"(민현숙·박해경, 한 가람 봄바람에-梨花100년野史』)던 정지용.

그가 1930년 10월 『학생』 2권에 노래하던 「별똥」이 오늘밤에도 정지용 생가 마당가에 가득 떨어져 내릴 것만 같다.

정지용의 문학을 기리는 '지용제' 30주년을 맞아 그의 혜음(惠音)을 받아보고 싶어지는 밤이다.

나는 「별똥」을 가만히 불러본다.

별똥 떨어진 곳, / 마음에 두었다 / 다음날 가보려, / 벼르다 벼르다 / 이젠 다 자랐소

굴곡진 삶의 표징

밤뒤를 보며 쪼그리고 앉았으랴면, 앞집 감나무 위에 까치 둥어리가 무섭고, 제 그림자가 움직여도 무섭다. 퍽 치운 밤 이었다. 할머니만 자꾸 부르고, 할머니가 자꾸 대답하시어야 하였고, 할머니가 딴데를 보시지나 아니하시나하고, 걱정이 었다.

아이들 밤뒤를 보는 데는 닭 보고 묵은 세배를 하면 낫는 다고, 닭 보고 절을 하라고 하시었다. 그렇게 괴로운 일도 아 니었고, 부끄러워 참기 어려운 일도 아니었다. 둥어리 안에 닭도 절을 받고, 꼬르르 소리를 하였다.

별똥을 먹으면 오래 산다는것이었다. 별똥을 주워 왔다는 사람이 있었다. 그날밤에도 별똥이 찌익 화살처럼 떨어졌었 다. 아저씨가 한번 모초라기를 산채로 훔켜잡아온, 뒷산 솔 푸데기 속으로 분명 바로 떨어졌었다. (_는 필자 주)

『별똥 떨어진 곳
마음해 두었다

다음날 가보려
벼르다 벼르다
인젠 다 자랐소.』

―「별똥이 떨어진 곳」전문
(『문학독본』, 박문출판사, 1948, 20~21면)

「별똥이 떨어진 곳」에서 우리는 정지용의 고향, 옥천과 맞닥뜨리게 된다. 그가 작품에 부려놓은 방언들이 그의 시적 발상의 한 모델로 노정되고 있었던 것이다. 이에 우리는 '밤뒤', '둥어리', '치운 밤', '모초라기', '솔푸데기', '마음해' 등의 향토적 색채가 짙은 방언에 집중하게 된다.

'밤뒤'는 '밤에 잠을 자다가 밤중에 뒤를 보는 것'을 의미한다. '밤뒤'와 '별똥'이라는 소재 선택을 우연이라고 치부해 버리고 마는 것은 어리석은 일이다. '별똥'과 '밤똥', 이 둘의 관계는 동화적인 해학으로 고향의 저 언덕너머로 멀리 사라져간 차라리 처연하기 조차한 그리움으로 우리를 초대하기도 한다. 이렇게 그가 마당 가득 뿌려놓은 서정적 분위기는 우리 모두에게 온통 하얗게 내려앉고 있음을 독자들은 감지하고 나설 것이다.

'둥어리'는 '새나 날짐승이 새끼를 위해 지은 집, 즉 새집 종류'를 뜻한다고 한다. '둥어리'라는 향토색 어린 방언을 사용하여 '둥지'의 짧고 단순한 어감보다는 훨씬 정감어린 표현에 도달하게 되는 것이다. '둥어리'라는 3음절의 어휘가 주는 친화력은 표준어인 '둥지'가 갖는 어느 말솜씨와도 겨룰 수 없는 응전력을 지닌다. '둥지'가 지닌 짧은 어감보다 '둥어리'가 보여주는 지속력 있어 보이는 어휘는 '따글 따글한', '주둥이가 반짝이며 맑아서' 감나무 위 까지 둥어리에서 금방이라도 '쨱째글' 거리며 수선을 피울 듯이 다가오게 한다. 그러나 화자는 "까치 둥어리가 무섭고, 제 그림자가 움직여도 무섭다"고 서술하고 있다. 이것은 바로 다음 문장에서 '치운 밤'으로 형상화해 놓고 있음과 무관하지 않다고 보여진다.

'치운 밤'은 '추운 밤과 그 추위로 인해 또는 어둠으로 인하여 무섭게까지 느껴지는 밤'을 이르는 말이라고 한다. 하물며 '퍽 치운 밤'이라는 즉, '무척이나 매우'라는 의미를 수반하는 부사어 '퍽'이라는 수식어를 동반하고 있는 '치운 밤'이다. 이 밤은 일제강점기의 암울한 밤일 수도 또는 작가 자신의 굴곡진 삶의 표징일 수도 있을 것이다. 그러나 곧 그는 고향과도 같은 할머니를 부르며 확인을 한다.

그런데 그는 어머니가 아닌 할머니를 부르는 것이다. 그것도 '자꾸 부르고' 할머니는 의례적으로 불평 없이 '대답'하여야 하였다. 뿐만 아니라 할머니는 '딴 데를 보아도 아니' 되었다. 할머니가 선사하는 의미는 어머니가 주는 그것과는 작품을 이끄는 바가 사뭇 다르다고 할 수 있다.

어머니는 모든 생산의 근원이며 원류이고 주체일 수 있는 반면 할머니는 포용의 상징이라 할 수 있을 것이다. 그만큼 어머니는 「별똥이 떨어진 곳」에서 사소한 낭만적인 발로까지 용이하게 수긍하기는 할머니보다는 거리감이 있어 보인다. 그리고 할머니와 아버지, 나의 수직적 계보는 어머니보다 훨씬 낭만적 어리광에 대한 포용 정도의 진폭이 할머니쪽이 넓다는 것도 자명한 사실이라 할 수 있다. 그는 그가 살아낸 스산했던 시대와 그의 내면에 도사리고 있던 불안증을 할머니와 같은 고향에 의지하며 치유하고 싶었으리라. 그래서 그의 산문에서 할머니를 상정해 놓고 있었던 것으로 보인다.

할머니는 밤뒤를 보는 특효약으로 닭에게 절을 하라고 이른다. 이에 "닭 보고 묵은 세배"를 하고, 닭은 절을 받고 "꼬르르" 답례를 한다. 그러나 이것이 "괴로운 일이 아니" 되었다. 이것은 촌로와 어리석은 손자가 벌이는 우화처럼 보일 수 있다. 그러나 여기에는 실제 이야기인 사실성과, 이 이야기가 내포하고 있는 진실성이 살아있다. 즉, 할머니와 화자의 밤뒤 병에 대한 치유를 비는 소망이 "꼬르르"라는 답으로 귀결점을 찾고 있었다.

정지용의 「별똥이 떨어진 곳」에 나타난 방언은 옥천군 동이면 적하리 정수병 옹(80세), 옥천군 옥천읍 삼청리 생 곽순순(73세) 옹의 구술에 의한 것임을 밝힌다. ( )는 구술당시 연세. 방언조사에 도움주신 분들께 감사의 인사를 드린다.

서러운 마흔아홉의 노래

정지용의 마흔아홉은 온통 흔들렸다.

원하든 원하지 않든지, 어딘가에는 서있어야 했고 어딘가에는 소속되어야만 하였다. 정지용처럼 한국문학을 움직일 수 있는 유명세를 타던 인물은 더욱더……. 그의 방향 설정에 이목이 집중되었다. 그러나 정지용도 지구를 딛고 서있어야지 지구를 들고 물구나무 설 수는 없지 않겠는가?

해방 후의 문학계는 사상이라는 혼란이 가중돼 비틀거렸다. 일제강점기 조선의 적은 일본이라는 단일한 것이었다. 그러나 해방을 맞이하고 보니 주변의 모든 것들이 적으로 존재하였다. 슬프다. 같은 민족에게 겨눈 총은 부메랑이 되어 자신의 가슴팍을 후벼 팠다.

정지용은 그러한 세월을 살았다. 옥천군 기자실에서 만난 연합뉴스 박 기자는 당시 "문학인들의 향유문화는 괴로움과 술이 병행하였고 그것의 결과로 병을 가져왔"다며 그것은 바로 그들을 "단명하게 만들었"다고 특유의 서글서글한 눈망울을 굴리며 농담처럼 한마디 건넨다. 그럴 수 있다. 일제의 잔재와 이념의 소용돌이가 남긴 괴로움의 잔여물이 빚은 찌꺼기에 당치도 않게 문학인들이 병들어 죽어갔다.

그 속에서 정지용이 관여하였다는 '조선 문학가 동맹'이 탄생한다. 일본 제국주의 잔재 소탕, 봉건주의 잔재 청산, 국수주의 배격, 진보적 민족문학 건설, 조선 문학의 국제문학과의 제휴라는 강령을 선포하며 조직된 '조선 문학가 동맹'. 정지용은 자의든 타의든 이 동맹의 중앙 집행 위원회의 아동문학부 위원장(행사 참여는 장남 구관이 하는 등 소극적이었다고 연구되고 있음)으로 이름을 올린다.

그러나 정지용처럼 순수 문학인이 짊어질 세계의 정세는 단순치 않았고 사상의 계열은 복잡하였다. 1946-1947년 조선 문학가 동맹의 문단 세력은 절대적 확산을 이루기도 하였다. 그러나 '화무십일홍'이라고 홍명희, 홍 구, 박아지, 이태준, 오장환 등이 월북하였다. 이후 안회남, 정지용, 김동석, 설정식 등이 조선 문학가 동맹을 지탱하였다. 그러나 남한만의 단독 정부 수립이 기정사실화 되었다. 그리고 1947년 겨울-1948년 안회남, 김동석, 박팔양, 조벽암 등이 월북하면서 조선 문학가 동맹의 아성이 무너졌다.

정부 수립 후까지 남아있던 설정식, 이용악, 박태원 등은 6·25때 월북하고 유진호, 이 흡은 지리산으로 도망가 빨치산으로 남아 있다가 사살 되었다. 그리고 정지용, 김기림은 정부 수립 후 자신들의 문학에 새로운 전환을 시도하였으나 6·25 당시 납북 당(권영민 편저, 『한국문학50년』, 문학사상사, 1995, 444-454면.)하였다는 결론에 이르고 있다.

그러나 이는 많은 궁금증을 유발하며 그에 따른 수많은 가설을 생산하고 있다. 남북의 문화교류와 왕래가 자유롭다면 또 다른 증빙 자료들이 발견·첨가되어 바른 문학사의 정립에 도움이 되지 않을까하는 생각이다.

정지용은 그가 맞이한 마지막 해(우리가 잠정적으로 그렇게 정리해 알고 있는)에 「倚子」라는 시를 발표한다. 이 시는 인생의 황금기였던 청춘에 대하여 노래하고 있다. 때로는 고요하게, 이따금 황량하기 그지없게.

너
앉았던 자리
다시 채워
남는 靑春

다음 다음 갈마
너와 같이 靑春

(중략)

香氣 담긴 靑春
냄새 없는 靑春

비싼 靑春
흔한 靑春

고요한 靑春
흔들리는 靑春

葡萄 마시는 靑春
紫煙 뿜는 靑春

(중략)

아까
네 뒤 딸어
내 靑春은
아예 갔고
나 남었구나

—『彗星』 창간호, 1950, 32-33면

이렇게 '청춘'마저도 믿고 싶지 않았던 세월과 흔들리던 청춘. 그 속에
유린당했던 정지용의 서러운 시간은 냉동된 채로 역사 속에 보관되어
있다.

하도 붓을 잡아 본 지 오래 되어

정지용은 1946년 8월 26일 『현대일보』에 「尹石重童謠集「초생달」」을 실으며 "하도 붓을 잡아 본 지 오래 되"었다고 말한다.

그렇다.

정지용은 해방 전후 거의 절필을 한다. 1942년에 「窓」, 「異土」, 1945년 「산 넘어 저쪽」, 1946년 「애국의 노래」, 「그대들 돌아오시니」, 「追悼歌」 등의 단출한 시를 발표할 뿐이다.

시적 언어제조기였던 정지용에게 해방 전후는 시를 쓸 수 있는 여유로운 환경이 조성되지 않았다. 그것은 생활에서 오는 궁핍과 비교조차도 할 수 없는 이념의 갈등과 혼란 그리고 계급적 표방들이 그를 괴로움에 휩싸이게 하였다.

1945년 8월 15일 조선인이 원하던 해방이 되었다. 그러나 그 해방이라는 공간은 "식민지하의 문학 특히 친일 어용문학의 잔재를 청산하는 일이 가장 큰 과제이면서 동시에 새로운 민족 문학의 건설이라는 어려운 문제에 직면"(김재홍, 「역사적 굴곡과 대항 논리의 시」, 『한국문학 50년』, 문학사상사, 1995, 53면)하게 되었다.

이숭원은 「민족의 시련과 서정시의 맥락」(위의 책, 79면)에서 당시 상황을 이렇게 재고하고 있다.

　　온 민족이 만세의 절규로 맞이한 해방은, 미국군과 소련군의 주둔에 의한 국토의 분단, 이념의 대립에 의한 민족의 분열, 그것의 연장인 동족간의 처절한 싸움으로 이어졌다. 우리에게 다가온 광복의 환희는 그 안에 민족의 시련과 고초를 이미 내장하고 있었던 것이다. 해방의 그날부터 정치 세력은 자기들 조직의 간판을 내걸기 시작했고 문인들도 여기서 예외가 아니었다. 일제의 억압에서 풀려 난지 한 달도 안 되어 문단은 좌우의 두 패로 나누어졌으며, 문인들은 자의건 타의건 어느 단체의 일원으로 소속되는 형식을 취하지 않을 수 없었다. 해방 이듬해가 되면 이 두 집단은 '조선 문학가 동맹'과 '전 조선 문필가 협회'로 양분되어, 전국적 규모의 집회를 열고 공식적인 단체로서의 체제를 갖춘다.

그리고 김외곤은 「해방 공간의 민족 문학 논쟁과 카프의 문학 이념」(위의 책, 360-361면)에서 당시의 뒤숭숭한 상황을 다음과 같이 정리하고 있다.

　　당시의 정치 운동이 다양한 세력으로 나누어져 분열상을 드러낸 것처럼 문학 운동 역시 단일한 단체를 이루지 못하고 여러 조직으로 분열되어 있으면서 각기 다른 민족 문학론을 주장하게 된다. 여러 문학 단체 가운데 제일 먼저 조직된 것은 해방 다음날인 8월 16일에 결성된 '조선 문학 건설 본

부'(이하 '문건')이다. (중략)

문학 이념에서도 확인할 수 있듯이, 이 단체는 임 화, 김남천 등의 '카프(KAPF)' 출신이 중심이 되어 이태준·김기림·정지용 등 소위 순수 문학인들까지 포함된 광범위한 문학인들의 연합체였다. 그러나 바로 이러한 연합체적 성격 때문에 이 단체는 곧 다른 문학인들로부터 비난을 받게 된다. 비난 세력은 주로 같은 카프 출신이면서도 문건에 가담하지 않은 사람들이었는데, 이들은 문건의 이념이 지닌 연합작 성격의 타협적인 면을 비판하고 그 대신 프롤레타리아의 독자적 계급성을 표방하였다. 그리하여 문건이 결성된 지 한 달 만인 9월 17일에 따로 '조선 프롤레타리아 문학 동맹'(이하 '프로 문맹')을 결성하기에 이른다. (중략)

문건과 프로 문맹의 분열은 논쟁의 과정을 거치면서 박헌영이 중심이 된 조선 공산당의 적극적 중재하에 '조선 문학가 동맹(이하 문학가 동맹)'으로의 통합 과정을 밟는다.(중략)

그러나 두 단체의 통합에도 불구하고 프로 문맹의 핵심 분자들은 대부분 문학가 동맹에 가담하지 않고 월북의 길을 택하게 되는데, 무엇보다도 문학가 동맹의 이념에 공감할 수 없었기 때문이다.

선택할 수 없었던 역사 앞에서 붓마저 자유롭게 들 수 없었던 정지용.
월북의 굴레를 씌워, 족쇄를 채워 놓았던 세월.
그의 최후에 대한 궁금증은 세월이 갈수록 커져만 간다.

이루지 못한 소망
'침유루(枕流樓)'

정지용은 서재이름을 '침유루(枕流樓)'라고 짓겠다고 하였단다.

그러나 정지용은 끝내 그런 이름을 지닌 서재 하나 갖지 못하고 흔적 없이 사라졌다. 아쉽고 안타까울 따름이다.

1941년 7월에 『삼천리』지에서 문단에 영향력이 있는 문인들에게 'enquete'(의견조사를 위해 질문지를 작성, 회답을 구함)를 냈다. 정지용의 답변(『식민지시대의 문학연구』, 깊은샘, 1980, 90면)을 당시 표기 그대로 적어본다.

問 : 書室을 하나 가지게 되면 이름을 무엇이라 짓겠읍니까?
　　또는 현재 무엇이라 지으셨습니까?
答 : 枕流樓. 시내물 지줄거리는 向으로 벼개를 높이하고 자기
　　위하야.

정지용은 '枕流樓'라는 매우 동양적인 서실이름을 짓고자 한다고 대

답한다. 그는 '시냇물 지줄거리는 방향으로 베개를 높이고 자기'위함이라 하였다. 이는 두보의「客夜」에 '高枕遠江聲'이라는 구절을 떠올리게 한다. '베개를 높이고 먼 곳의 강물소리를 듣'는다는 구절이다. 그러나 두보와의 영향관계에 대한 이야기는 다음으로 미루어둔다. 그리고 이런 답변을 하였던 해에 발표한「비」를 감상하기로 한다.

돌에
그늘이 차고,

따로 몰리는
소소리 바람.

앞 섰거니 하야
꼬리 치날리여 세우고,

종종 다리 깟칠한
山새 걸음거리.

여울 지여
수척한 흰 물살.

갈갈히
손가락 펴고.

멎은듯
새삼 돋는 비ㅅ낯

붉은 닢 닢
소란히 밟고 간다.

－『백록담』, 1941, 28-29면.

「비」는『문장』23호(1941. 1, 116-117면)에 발표되고 그 해 9월 문장사에서 발간한『백록담』에 재수록하게 된다.

1연과 2연의 "돌에 / 그늘이 차고 // 따로 몰리는 소소리 바람. //"에서 비가 오려는 징조를 보인다. 정지용은 '구름이 몰려오고 바람이 분다.'라는 직설적 언어를 사용하지 않는다. 즉 구름이 끼여 날씨가 음침한 상황에 소소리 바람까지 불어온다는 시적 상상력을 1, 2연에서처럼 형상화하고 있다.

3연과 4연의 "앞 섰거니 하야 / 꼬리 치날리여 세우고, // 종종 다리 깟칠한 / 山새 걸음거리. //"에서 소소리 바람에 앞선 새가 그 바람에 꼬리가 위로 치날린다. 여기서 '깟칠한'은 '까칠하다'의 '윤기가 없고 매우 거칠다'거나 '부드럽지 못하고 매우 까다롭다'의 사전적 의미와는 좀 거리가 있어 보인다. "애가 뭘 못 먹었는지 까칠해졌다"라는 예에서 보듯이 "마른 혹은 수척한"의 뜻에 가깝다고 할 수 있다. 즉 다리가 마른(가는) 형태의 새가 비 올 조짐에 종종거리는 모습으로 해석함이 좋겠다.

5연과 6연에서는 "여울 지여 / 수척한 흰 물살, // 갈갈히 / 손가락 펴고. //"로 산골짜기 물이 흐르는 모습을 "수척한", "손가락 펴고"라고 의인화하고 있다.

7연과 8연에서는 "멎은듯 / 새삼 돋는 비 ㅅ낯 // 붉은 닢 닢 / 소란히 밟고 간다. //"라며 가을비가 "붉은 닢 닢"을 "소란히 밟고 간다."고 비가 내리는 모습을 형상화하고 있다. 참으로 기가 막히다.

이렇게 깊은 산골짜기에 비가 오기 위한 준비과정과 실제 비가 내리는 모습을 감각적이고 섬세하게 표현하였던 정지용. 그의 섬세함과 천재적 감각이 원하였을 "枕流樓". 그는 이루지 못한 소망을 안고 시를 노래하였다. 그 노래는 영원히 우리에게 회자될 것이다.

V.

빨갱이 누명만
벗게해 달라

정지용과 박열 그리고 가네코의 '파랑새'

가네코 후미코(1903-1926)의 독립유공자 인정.

그녀에게 2018년 11월 17일 독립훈장 애국장을 서훈한단다.

정지용과 동갑나기인 박열(1902-1974)의 일본인 아내였던 가네코 후미코.

불우한 가정사에 핍진(乏盡)한 가네코는 1919년 충북 부강의 3·1만세운동에 감화된다. 그 후 박열과 가네코는 일본 천황 암살을 모의하다 발각, 1926년 사형선고를 받는다. 이에 가네코는 감옥에서 의문사, 박열은 1945년 석방, 1948년 귀국하여 6·25한국전쟁 때 납북된 것으로 알려졌다.

이들과 당시 공간적 생활 반경이 비슷하였던 정지용은 「숨쉬내기」를 1927년 2월 『조선지광』 64호에 최초 발표한다. 이 작품은 「숨ㅅ기내기」라는 제목으로 『정지용 시집』(시문학사, 1935, 123면)에 재수록 한다.

날—ㄹ 눈 감기고 숨으십쇼.
잣나무 알암나무 안고 돌으시면

나는 삿삿치 차저 보지요.

숨쬐내기 해 종일 하며는
나는 스러워 진답니다.
스러워 지기 전에
파랑새 산양을 가지요.

쎠나온제 가 오랜 시고을 다시차저
파랑새 산양 을 가지요.
　　　　－「숨쬐내기」전문, 『조선지광』64호(1927. 2.)

　시적화자인 '나'는 단순한 '숨쬐내기'를 하는 것 같지는 않다.

　상대(일제로 보임)에게 "눈 감기고" 숨으라고 한다. 아마 눈을 감아도 보이는 사회의 불합리함과 만행, 이것들을 화자는 삿삿이 찾는다. 이렇게 피곤하고 곤궁한 '숨쬐내기'를 종일 하는 화자는 "스러워"진다.

　화자는 '스러워'지기 전에 '파랑새' 사냥을 간다. '시고을'로 간다. '시고을'은 정지용 자신의 가슴이고 고향 옥천이었으며 그의 조국 조선이었을 것이다. 이렇게 정지용은 식민지 지식인으로의 고뇌를 표출하였다. 정지용에게 '파랑새'를 찾는 작업은 나라 잃은 지식인의 고뇌를 해소하려는 노력의 일종이었다.

　2016년 「박열」이라는 영화가 개봉되며 아나키스트였던 그들의 사랑 이야기가 한국에 알려졌다. 「개새끼」라는 박열의 시에 반하였다던 가네코. 사형선고가 내려질 박열의 시신 인도를 위하여 옥중 혼인 신고를 하였던 그들.

　가네코가 우쓰노미야 형무소에서 의문사하였다. 박열은 형에게 부탁

했다. 고향 문경의 선산에 가네코를 묻어 달라고. 가네코의 한 많은 23년의 흔적은 문경에 잠자고 박열은 1974년 북한에서 생을 마감하였다. 그리고 1990년 건국훈장 대통령장에 추서되었다.

정지용도 이 당시 일본에서 유학 중이었다. 1926년 한국인 청년의 사형 선고. 그것도 정지용과 동갑인 박열. 정지용은 알았을까? 알고 있었다면 얼마나 심장이 터질 것 같았을까?

자정을 넘긴 이 시간에 명치끝이 시큰거리고 아리다.

영화 '박열'을 보았을 때의 충격. 그것은 일제강점기를 조선인으로 살아야했던 치열한 삶의 위태로운 난간이었다. 아니, 더 이상 물러날 수 없는 칼날의 끄트머리였을 것이다.

이때 정지용은 시를 쓰며 견디었다. 박열은 또 다른 방법으로 일제와 맞섰다. 그리고 가네코는 「개새끼」에 감동하여 일본인이 아닌 정의로운 사람의 길로 들어섰다. 그리하여 우리 가슴에 기억되고 있는 가네코.

정지용과 박열 그리고 가네코는 동시대를 살면서 각각의 '파랑새'를 찾고 있었다.

그 '파랑새'는 「숨쎅내기」에서 승리를 하였는지 아님 진 게임이었는지 모를 일이다. 사람은 누구나 '파랑새' 하나쯤은 가슴에 깊이 간직하고 싶으니. 그 '파랑새' 어디쯤 날아오고 있는지. 쓸 데 없이 생각이 많아진다. 그들에 대한 그리움이 밀려온다.

돌아오지 않는 남편, 그를 기다리던 여인

1971년 3월 21일 서울시 은평구 역촌동에는 돌아오지 않는 남편을 기다리다 간 여인이 있었다. 그 여인은 정지용과 12살에 결혼하였던 송재숙이다. 6·25 한국전쟁은 단란하였던 정지용의 가정을 풍비박산 내고 말았다.

정지용은 서울시 은평구 녹번리(현재 그 집터에는 정지용이 살았었다는 표지가 붙어있다.) 초당에서 서예를 즐기며 비교적 마음을 가다듬고 있었던 것으로 보인다. 그런데 몇 명의 젊은이들이 찾아온 날이 있었다. 그날 정지용은 "잠시 다녀오겠다."는 말(정지용의 장남 구관은 7월 그믐께로 기억)을 가족에게 남기고 녹번리를 나섰다.

그러나 정지용은 영영 돌아오지 않았다. 뿐만 아니라 둘째 구익과 셋째 구인(후에 구인은 북한에 생존해 있는 것으로 확인)도 이때 어디로 갔는지 종잡을 수 없었다.

끝없이 밀려오고 밀려가고 처참한 전쟁은 지속되었다. 이는 미소강대국의 분쟁으로 확대되어 민족적 차원에서 해결할 수 없는 그러한 전쟁이었다. 즉 우리민족은 불행하게도 혹은 재수 없게도 세계의 커다란 이념에 휘말려 희생만 당하였다.

생사조차도 모르는 정지용을 기다리던 그의 가족은 피난길에 오른다. 충남 논산에 살던 이복 누이동생 계용의 집이었다. 이들은 논산에 피난했다가 휴전이 되자 고향 옥천에서 가까운 청주에 임시로 정착하게 된다.

정지용의 부인은 돌아오지 않는 남편과 생사를 알길 없는 두 아들을 기다렸다. 얼마나 슬펐겠는가. 어쩌다 들려오는 남편의 소식은 자진월북이라는 불도장을 찍었다. 누가 만들었는지도 모를 이런 소문은 여러 곳으로 회자되며 사실처럼 굳어졌다. 그러나 "당시 가족들은 생업에 몰려 이러한 문단의 상황을 들을 수가 없었다"고 한다. 정지용이 "가족을 솔거하여 월북한 것으로 오도되어 모두 그렇게 쓰고"(김학동, 『정지용 연구』, 민음사, 1997, 218면.)들 있었다.

만약 송재숙이 이러한 불편한 소문들을 들었다면 얼마나 괴로웠을까. 그러나 송재숙은 장남과 함께 사회의 헛소문에 신경 쓸 겨를 없이 생업에만 몰두하였다. 잃어버린 두 자식과 남편을 기다리던 여인. 그녀는 그렇게 한 생을 마감하고 말았다.

작가는 자신이 바라보는 삶을 공개하는 위치에 서 있다. 또한 독자에게 다른 삶을 바라보게 하는 방향을 결정하게도 하는 위치에 서기도 한다.

정지용(1902~?. 충북 옥천 생)은 50여년도 채 안 되는 세월을 살고 갔을 것으로 추정한다. (아직까지 이렇다 할 생사에 대한 정확 또는 명확한 근거가 없어서 필자는 이렇게 적기로 하였다.) 그러나 그의 삶은 이미 많이 공개되었다. 아니, 거의 공개되었다고 해도 과언은 아닐 것이다.

독자들은 그의 글을 읽은 후 글에 매료되었다. 그의 작품을 읽은 후 삶의 위치를 바꾼 독자도 있다. 삶의 방향 설정이 급회전하거나 우회전한 독자의 경우도 종종 있다. 필자의 주변에서도 왕왕 그러한 이야기들을 듣게 된다. 이러한 이야기는 한 사람의, 단 하나의 작품이 독자에게 미치는 영향이 얼마나 큰 것인가? 그것이 지니는 담론은 인생이라는 거대한 '전체'라는 생각에 이르게 된다.

정지용이 '현대 시단의 경이적 존재'(양주동, 「1933년도 시단년평」, 『신동아』, 1933. 12, 31면.)인 것은 알 만한 사람은 다 아는 사실이다. 그는 '최초의 모더니스트'(김기림, 「모더니즘의 역사적 위치」, 『인문평론』, 1939. 10, 84면.), '한국문학사의 한 획을 긋는 역할'(박용철, 「병자시단 일년성과」, 『박용철전집1』, 시문학사, 1940, 99면.), '조선 시 사상 선구자'(김기림, 『시론』. 백양당, 1947, 83면.), '현대시의 전환자'(조지훈, 「한국현대시사의 반성」, 『사상계』, 1962. 5, 320면.), '천재 시인'(김학동, 『정지용 연구』, 민음사, 1987, 4면.) 등의 무수한 미적 수식어들을 동반하고 다닌다. 이렇게 훌륭한 정지용이 필자가 살고있는 충북 옥천에서 태어난 것이 무척 기쁘다.

송재숙! 정지용의 부인. 그 여인의 한 맺힌 이야기를 이렇게 몇 줄에 줄이는 것에 대하여 죄송한 마음이다. 그 여인의 자식 잃은 슬픔이 오직 힘들었으랴. 하물며 한 시대를 짊어졌던 문학인 남편에게 이데올로기라는 족쇄를 채워 가둬버렸으니……

그야말로 그 여인은 헛짚으며 헛디디며 한 많은 세상을 살다갔으리라.

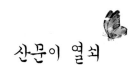

산문이 열쇠

정지용을 아는 사람은 그에게 가까이 가고 싶을 것이다. 필자도 그러하였다. 정지용 곁에 머물고 싶은 사람들이 일별하였으면 좋을만한 내용을 살펴본다.

정지용의 산문은 그의 문학에서 상당한 분량을 차지함에도, 시에 비해 상대적으로 그 연구가 소홀해왔다.

정지용은 1919년 12월 『서광』지 창간호에 소설 「삼인」을 첫 소설으로 발표한 이후 그의 행적이 묘연해진 1950년까지 4권의 작품집을 간행하였다. 굴곡진 삶을 살다 간 정지용은 2권의 시집과 2권의 산문집을 간행한 셈이다.

필자는 그의 작품집을 『정지용 시집』 시문학사, 1935. 『백록담』 문장사, 1941. 『정지용 시집』(재판 간행), 건설출판사, 1946. 『지용시선』을 유문화사, 1946. 『지용시선』에는 「유리창」등 25편의 작품이 실려 있는데 이들은 모두 『정지용 시집』과 『백록담』에서 뽑은 것이다) 『백록담』(재판 간행), 백양당과 동명출판사, 1946. 『문학독본』 박문출판사, 1948. 『산문』 동지사, 1949. 이렇게 연도별로 정리하여 보았다.

이와 같이 정지용은 여러 권의 작품집을 간행하였다. 그러나 재판된 것들과 『정지용 시집』이나 『백록담』에서 작품을 뽑아 간행한 『지용시선』을 제외하면 4권이 되는 셈이다. 한편, 정지용의 연보와 관련, 아래 저서들의 사실과 다른 오기(誤記)부분이 발견되어 이를 바로 잡고자 한다. 이는 선행연구자들을 흠집 내거나 비방하려는 것이 아니다. 오히려 이들의 연구에 감사하며, 독자들이 올바로 알기를 바라는 마음에서 서술하는 것이다.

ⓐ 1949년 1월에 동지사에서 간행한 『산문』은 ① 김학동, 『정지용 연구』, 민음사, 1997(1판 1쇄는 1987에 펴냄), 370면. ② 김학동 편, 『정지용 전집 2 산문』, 민음사, 2005, 620면. ③ 최동호, 『정지용 사전』, 고려대학교 출판부, 2003, 615면. ④ 이석우, 『현대시의 아버지 정지용 평전』, 충청북도 충북개발연구원 부설 충북학연구소, 푸른사상사, 2006, 262면. ⑤ 최동호, 『그들의 문학과 생애, 정지용』, 한길사, 2008, 187면. ⑥ 박태상, 『정지용의 삶과 문학』, 2012, 285면 등에서 1949년 3월에 간행된 것으로 오기(誤記)되어 있었음을 밝혀둔다.

ⓑ 1948년 2월에 간행된 『문학독본』은 ① 박현숙 편, 『정지용 시와 산문 -달과 자유』, 깊은샘, 1994, 371면 ② 『한국 현대시의 아버지 정지용 문학포럼』, 옥천군·옥천문화원·지용회, 2002~2012 (2002년, 166면, 2012년, 226면처럼 연도 별로 각 면의 차이 있음)에서는 1949년에 출간된 것으로 오기(誤記)되어 있음을 밝혀 둔다.

그의 첫 번째 산문집은 1948년 2월 박문출판사에서 발행한 『문학독본』(표지에는 『문학독본』으로, 간기(刊記)에는 『지용문학독본』이라 되어있다). 두 번째 산문집은 1949년 1월 동지사에서 발행한 『산문』이라 하겠다.(정지용의 산문집 『문학독본』에는 「사시안의 불행」등 37편의 평문과 수필, 기행문 등 61편이 수록되어 있으며, 그의 또 다른 산문집 『산문』에는 평문, 수필, 휘트먼의 번역시 등 총 55편(시와 언어 1~7은 1편으로 봄)이 실려 있다. 이 밖에 산문으로 『문장』에 추천사나 선후평 형식의 짧은 글들과 『정지용시집』에 2편과 『백록담』5부에 8편이 실려 있다. 이 밖에 신문, 잡지 등에 발표한 것도 상당수이며, 아직 발견되지 아니한 작품도 많을 것으로 추측된다).

이처럼 정지용이 남긴 산문의 수량이 많음에도 불구하고 우리는 그를 '시인 정지용'이라 많이 부른다. 시인으로서 정지용은 당대 문인들에게도 적지 않은 영향을 끼쳤다. 청마 유치환은 지용의 시에 반해 시를 쓰기 시작했다고 고백하였다. 이양하는 1920년대 동경제국대학 시절에 지용의 시 「카페 프란스」를 읊고 그가 한국인임을 자랑스럽게 생각했다고 한다. 일본 동경대학 문학부장인 이마미찌 도모노부는 정지용의 시에 대해 '한국 현대시의 절창'이라 평하였다. 또 동시대인이었던 박용철은 정지용을 '30년대의 릴케'로, 이양하는 '한국의 발레리'로 보았다. 정지용은 다시 우리 시대를 일으킬 문학의 희망으로 소생한 것이다.(원형갑, 「서문」, 박현숙 편, 『정지용 시와 산문 -달과 자유』, 깊은 샘, 1994.)

그는 우리 현대문학사에 중추적인 역할을 하였을 뿐 아니라 후배 문인들에게도 커다란 영향을 끼친 인물임에 틀림없다. 그러나 정지용에 대한 지금까지의 연구사적 흐름은 대개 작가론 내지 시론(詩論)에 편중되어 왔으며 심도 깊은 논문이 많이 나온 것도 사실이다.

그러나 우리가 정지용의 문학 작품 발표 시기를 눈여겨보면 1935년 첫 시집인 『정지용 시집』이 간행된 이후, 시보다는 산문을 주로 쓰고 있었다는 것을 알 수 있다. 1941년 두 번째 시집인 『백록담』을 간행하면서 산문 창작이 소강상태처럼 보였으나 1942년부터 다시 활발한 산문 창작을 하고 있었음을 알 수 있다.

이 시기에는 서양시 번역 이외에는 눈을 돌리지 않았던 것이다. 해방 후에는 "그는 시에 손을 대지 못하고 산문만을 주로 썼다."((유태수,「정지용 산문론」,『관학어문연구』6집, 서울대학교, 국어국문학과, 1981, 163면.)고 평하기도 하였다. 그러나 필자가 살펴본 결과 해방 이후에도 몇 편의 시를 발표하였다. 다만 산문을 주로 쓴 것이다. 유태수는 같은 논문 163면에서 "이러한 시의 침묵과 산문 지향은 겉으로 드러나는 그의 시적 편력으로서만이 아니라 의식의 변화 양상을 드러내는데 중요한 몫을 차지"한다고 말하며 정지용이 산문 지향주의로 의식이 옮겨갔음을 제시하기도 한다. 그는 정지용의 작품에 대한 해금도 이루어지지 않은 상황에서 용감하게 주장하고 나섰다. 참 고마운 일이다. 불안할 때 자신의 소리를 낸다는 것은 어렵고 힘든 일임을 알기 때문이다.

이렇듯 정지용이 산문 창작을 많이 하였지만 정작 정지용의 산문에 대한 연구는 시에 비하여 활발하지 못한 것이 사실이다. 몇몇 논자들이 정지용의 산문에 대한 본격적인 접근을 시도하였으나, 정지용 산문의 전반적인 특성을 규명하기 위해서는 보다 총체적이고 세부적인 고찰이 요구된다.

이러한 시 중심의 문학 연구 태도는 정지용의 문학에 대한 폭넓고 깊이 있는 접근을 어렵게 할 뿐 아니라 그의 문학세계를 편향되게 바라보게 하는 오해를 불러 올 수도 있기 때문이다.

정지용을 바로보고 그에게 더 가까이 가고자하는 자는 그의 산문이 열쇠를 쥐고 있으니 산문에 관심을 쏟아보기를 권한다.

납본 필증

정지용 작품에 대한 납본 필증은 해금보다 먼저 이루어졌다. 작품연구에 대한 부분도 이보다 훨씬 전(1978년 3월 13일: 월북 및 재북작가 작품의 문학사적 연구를 순수학문의 차원에서 용인, 1987년 10월 19일: 순수학문차원에서 상업출판수준으로 폭 넓힌 조치로 '論'의 상업적 출판)에 열어놓고 있었다. 지난주 한 신문에서 "정지용은 6·25 발발 와중에 행방불명되고 정부는 그를 월북작가로 분류해 그의 작품 모두를 판금시키고 학문적인 접근조차 막았다"고 발표한다. 1988년 해금되기 전에는 학문적인 연구마저도 할 수 없었던 것처럼 되었기에 바로알리고자 한다. 물론 현재처럼 자유롭지 못한 부분은 있었다.

1988년 1월 『정지용 시와 산문』(깊은샘 출판사)이 당시 문공부의 납본필증을 받았다. 이를 계기로 출판계는 "실질적 해금이다."라고 반응하였다. 그러나 문공부는 "출판 사실 확인에 불과하다."고 맞받아쳤다.

이 공방전이 계속 되어오면서 시중에는 민음사에서 『정지용 전집』이 발간되었으며 심설당에서 『김기림 전집』이 해금과 무관하게 출간되었다. 따라서 정부도 정지용과 김기림을 규제할 명분을 찾기 어려워졌다

(기형도, 「40년 불구 '한국문학사' 복원 첫걸음」, 『중앙일보』, 1988. 4. 2. 14면.).

이에 대하여 깊은샘 출판사 박현숙 사장은 지금도 그때의 기쁨에 대해 자주 이야기하곤 한다. 이 부분을 이야기할 때면 그녀는 다소 격양되거나 흥분된 어조로 말이 빨라지거나 거침없이 상기되곤 한다. 납북시인 정지용의 작품집 『정지용 시와 산문』의 납본필증이 교부됨으로써 정지용은 실종 38년 만에 문학사에서 제 위치를 찾게 된 것이었다.

다음은 '납본필증'과 관련하여 1988년 2월 『일간스포츠』에 발표한 정지용 장남 구관 씨의 인터뷰 내용에서 당시 상황을 느껴보자. (인터뷰 장소: 깊은샘 출판사 편집실)

(전략)아버지 정지용의 문학 해금을 위해 분주히 뛰어다니던 장남 구관 씨는 뛸 듯이 기쁘면서도 아직 아버지에 대한 공식적인 해금 발표는 미루어지고 있어 애를 태우고 있다.
(중략)
– 이번에 『정지용 시와 산문』에 처음으로 납본필증이 나온 것을 축하드립니다. 그동안 해금 운동을 하시느라 고생 많으셨는데 지금 심정이 어떠세요?
▲ 납본필증이 나왔다고 집으로 전화가 와서 알았지요. 그래도 믿기지 않았어요. 아버지의 작품 해금을 둘러싸고 웃지 못 할 일들이 꽤 있었거든요. 지난 83년만 해도 해금된다고 신문사마다 찾아와서 저를 인터뷰하고 법석을 떨었지만 결국 무산된 기억이 났기 때문입니다.
그러니까 그때가 바로 추석 전날이었어요. 민정당에서 각 신문사 정치부장들을 불러 빅뉴스가 있으니 준비하고 있으

라고 했는데 그게 바로 납북 작가들의 해금 문제였어요. 신
문사마다 발칵 뒤집혔던 모양이에요. 추석날 시골에 가려던
기자들이 계획을 모두 취소하고 저희 집에 와서 소감을 묻
고 가족들도 취재해 갔어요. 그런데 바로 추석날 기사가 무
산되고 말았어요. 유보한다고 결정이 났다는 거예요. 이번에
도 그런 일이 있을까봐 해금이 실감되지는 않았어요. (하략)
－ 이 남, 「납본필증 기쁘지만 하루 빨리 완전 해금을」, 『일간
스포츠』, 1988. 2. 8, 15면. －

이렇게 석연치 않은 해금 아닌 해금이 '납본필증'이라는 형태로 먼저
이루어졌었다. 그 당시 사람들은 한국 시문학사가 바로 잡히길 바라며
완전 해금이 되길 희망하였다.

그러니까 정지용의 장남 정구관마저도 아버지 작품집에 '납본필증'을
붙여준 것을 반신반의 하였던 모양이다. 1983년에도 한차례 해금이 된
다고 법석을 떨었던 기억. 그 기억으로 구관은 또다시 실망의 언저리에
앉혀지기를 두려워하였던 것이다.

김학동은 1982년 초봄, 수소문 끝에 정지용 유족을 만난다. 자진월북
이라는 떠도는 소문에 유족을 만나는 것조차도 매우 조심스러웠다고 한
다. 그러나 유족을 만나면서 정지용은 월북이 아니라 납북이라는 사실
을 알았다. 그래서 해금 관계 기관에 진정(김학동, 『정지용 연구』, 민음
사, 1997, 223면)키로 한다.

김학동은 장문의 진정서를 들고 가족을 앞세워 학계와 문단 원로들을
찾았다. 당시 정지용과 문단활동을 같이 하였던 작가들인지라 흔쾌히
서명(한편, A시인은 "정지용을 모른다", B교수는 "주의인물로 눈총을 받

고 있으니 양해해 달라"며 "해금에 전적으로 동의는 한다"며 애석함을 토로하였다고 한다)을 하였다. 이는 정지용의 행적이나 성격을 잘 알고 있었기 때문이다. 그해 늦여름 관계 기관에서 해금 진정에 관한 회신이 왔다. "해금의 필요성은 인정되나 시기가 적절치 않(김학동, 위의 책, 224면)"다는 것이었다. 이리하여 교정보던 정지용 연구서와 전집은 중단을 맞게 되었다.

5년이 지난 이후, 납본 필증이 나왔고 몇몇을 제외한 납·월북 문인들이 전면 해금을 맞게 되는 대서사시가 완성되었다.

해금에 대한 진정

1982년 6월 관계당국에 「정지용 선생의 저작 복간에 관하여」라는 제목의 진정서를 보낸다.

진정인은 문인협회 조경희 회장, 문화예술진흥원 송지영 원장, 학술원 이병도 원장, 국제 펜클럽 모윤숙 회장, 예술원 김동리 원장, 김춘수 국회의원 등으로 되어있다.

시인 정지용이 남긴 문학이 우리 문학사에 미친 영향은 지대하다. 그의 시사적 위치는 매우 중요하다. 1920년대 『학조』와 『조선지광』에 수십 편의 시작품을 발표하며 시단에 등장한다. 1930년에는 박용철, 김영랑과 함께 시문학 동인으로 활동하여 한국 현대시의 전환점을 이룩한 중요한 시인이다.

정지용의 시를 제외하면 1930년 전후 한국 시사를 확립할 수 없다. 그러므로 국문학계의 정지용 시 연구는 물론 중·고등학교에서 그의 시를 전혀 교육하지 않음은 너무 피상적인 교육이다.

『문장』지에 박두진, 박목월, 조지훈 등 청록파 시인과 이한직, 박남수, 김종한 등 많은 시인들을 추천 등단시켰다.

6·25 한국전쟁 이전 국어교과서에 정지용의 시가 실려 청소년의 정서교육에 크게 이바지한 것은 그 시대에 학교를 다닌 사람은 누구나 안다. 정지용의 전 작품을 통하여 이념적 색채가 있는 작품은 단 하나도 없다. 오직 순수문학으로 일관한 그의 시작(詩作) 생활이 전부이다.

그 작품의 시어의 다양성과 이미지의 형상화를 새로운 차원으로 열어 보인 것은 누구도 추종할 수 없는 커다란 업적이다. 오직 정지용만 할 수 있었던 큰 업적이다.

이제까지 이북에서 정지용에 대한 연구는 나타나지 않았다. 그의 유작이 자유롭게 간행되지 못하는 것은 민족적인 손실이다.

하루 빨리 교과서에 실어 국민교육과 정서함양에 보탬이 되자.

유족이 중심이 되어 정지용 복권을 위한 진정서를 당국에 제출한다기에 문단 및 학계에서도 잠자코 있을 수가 없어 진정하기로 뜻을 모았다

정지용의 저작들이 햇빛을 보아 후손들이 마음대로 읽고 연구하여 민족의 자랑스러운 유산이 더욱 빛나게 해주시길 바라며 진정한다고 진정서에는 서술하고 있다.

한편, 1986년 정지용의 장남 구관은 한국 원로문인이나 명사인 조경희, 송지영, 이선근, 박두진, 서정주, 이병기, 구상, 모윤숙, 김팔봉, 박화성, 김동리, 김춘수, 피천득, 김정옥, 방용구, 이희승, 한갑수, 최정희, 조풍연, 윤석중, 백락청, 백철, 김학동, 양명문, 이봉구, 이헌구, 이영세, 강경훈, 이석곤, 김갑석, 김소동, 김연옥, 김세영, 이숙례, 이봉순, 문덕수, 노기남, 황동규, 황정훈, 김현자, 김정한, 김지수, 안석자, 정희택, 이태희, 나영균 등 100여 명과 함께 정지용 시인 저작물의 해금과 복간운동에 나섰다.

문단과 학계 인사들이 진정서에 서명을 하였다. 주소를 쓰고 도장도 찍었다. 이렇게 작성된 진정서에 서명한 것이 여러 장이었다.

이들은 납월북 작가의 해금에 왜 그렇게 목말라 하였는가.

한국 근대 문학사를 살펴보자. 그러면 납월북 작가들을 꼭 만나게 된다. 그리고 그들을 제외시킨 채로 한국문학사를 쓴다면 그것은 올바른 문학사이겠는가? 개화기로부터 이어진 문학사는 1930년대에 이르러 정지용과 김기림 등과 마주서게 된다. 당시 그렇게 많던 납월북 작가들. 그들을 건너뛰고 쓴 한국문학사를 생각하여 보았는가. 납월북 작가의 대부분이 금기시 되고 있었다. 그렇기에 한국문학사 정리는 불가능하였다는 생각이다. 설령 그들을 빼고 정리를 하였다고 가정하여 보자. 이는 한국문학사 전체를 불구로 만들고 마는 사태가 벌어지고 만다. 그렇기에 그토록 그들의 해금을 바라왔던 것이다.

이들의 해금으로 한국문학사를 바로 정리할 수 있었다. 우리는 바른 문학사를 후손에게 물려주어야만 한다. 그리하여 후손들이 장래에 더 많은 문학적 유품을 정리·보관하여 유산으로 물려줄 수 있기 때문이다.

해금, 그의 고향사람들도 나섰다

1988년 3월 '월북설'에 휘말려 공허한 세월을 보냈던 정지용에 대한 해금이 이루어졌다. 조국의 분단과 이데올로기라는 거대담론에 갇혀 매장되었던 정지용. 그의 해금에 고향사람들도 일조하였다는 증언이 구술되었다.

이로 영원히 매몰될 위기의 한국현대문학사 복원 과정에 정지용 고향인 충청도 사람들의 언급이 필요하게 되었다. 뿐만 아니라 정지용 전기적 작가론의 일부에도 고향사람들의 이야기를 일부 기록하여야 하겠기에 이 부분에 주목하게 되었다.

지금까지 월북의 굴레에서 자유롭지 못했던 정지용 해금과 관련 중앙 중심의 학계, 문학계, 가족 등의 노력만 부상되었다. 그들의 중요성과 기여도 등은 이미 널리 알려져 있으므로 여기서는 거론하지 않고 정지용 고향에 집중하기로 한다.

해마다 열리는 '지용제' 축사에서 자신도 "해금에 일조"하였다고 짧게 전하는 김영만 옥천군수께 자세한 증언 구술을 어렵사리 부탁하였다.

고려대학교를 졸업한 수재였으나 "스쳐가는 심부름꾼"이라며 겸손해하는 김 군수는 1980년대 대통령 단임제, 민주적인 실천, 사면복권, 광주 문제의 올바른 정립을 내세우며 정계에 진출하고자 하였다. 이후 1984년 신념이 비슷한 박준병 의원과 만나게 되고 1985년 국가정책조정위원장이었던 박준병 의원의 보좌관으로 발탁된다. 당시 이화여자대학교를 졸업한 김해영(김승룡 옥천문화원장 누나) 비서관과 같이 근무하게 되었다.

국책조정위원회가 시작되기 전 이들은 사무실에서 의원자료 정리, 문서분류, 보고서류 작성 등으로 분주하였다. 이때 '정지용 해금' 관련 서류와 마주한다. 정지용의 고향 사람들이 국회 사무실에서 마주한 정지용 관련 서류는 'ㅇ, △, ×' 등의 기호화된 일련의 처리 과정도 있었다. 정지용은 '△'로 분류되었다. '△'는 해금을 주저하는 입장이었을 것이고 'ㅇ'로 격상할 수도 있지만, '×'로 전락할 위험도 안고 있었다. 김 군수는 '정지용은 사상성과는 거리가 있는 순수 시인이고 월북할 아무런 이유가 없으며 일상이라는 질곡에 구속된 상황에서 행방불명되었다. 다만 해방 이후 시론(時論)에서 시대적, 사회적 상황을 바탕으로 사회의식과 시대비판 정신이 드러나는 중수필적 요소를 비교적 잘 갖춘 내면적 자아의 혼란스러움을 그려놓고는 있었다. 순박하고 소박한 세계관의 소유자이기도한 정지용은 좌우익의 이데올로기가 확실히 정립되지 못한 시대의 혼란스러움을 시론으로 표명하고 있었던 것이다. 오히려 이는 솔직한 도덕주의자로서의 면모를 잘 보여주고 있다'고 설득하였다. 이로 '△'가 'ㅇ'로 격상할 수 있었다. 그래서 정지용의 해금은 조금 시기가 이르게 되었고 그의 작품은 세상의 빛을 더 일찍 볼 수 있었다.

물론 "심부름꾼"을 자청한 김 군수를 향한 조력자들도 있었다. 해금은 조력자들의 도움으로 갈등해결의 실마리를 제공받게 된다. 동양일보 조철호 회장, 전옥천문화원 박효근 원장, 안철호 회장, 고 양무웅 등 정지용 고향 사람들이 "심부름꾼"에게 정지용에 대한 한국문학사적 위치와 문단의 중요성 그리고 그 역사적 의의 등에 대하여 쉼 없이 조언하였다는 것이다. 그리고 그들의 노력은 헛되지 않았다.

당시 상황은 지금의 블랙리스트와는 비교도 안 될 정도였을 것이며 해금을 거론하기는 녹록치 않았을 것이다. 더구나 월북설이 나돌아 국어교과서에서마저 시가 모두 삭제되는 불우하고 굴곡진 삶을 맞이했던 정지용이 아니었던가. 정치 상황이나 사회 분위기가 월북설이 나돌던 한 사람의 작가를 기존과는 다른 시각으로 바라보게 한다는 것. 그것은 때론 신변의 위협과 주변의 따가운 눈초리도 감내하여야만 하였을 것이다.

필자는 정지용 해금과 관련된 원고를 쓸 때마다 당시 애써주신 여러분에게 고맙다는 생각이 든다. 그리고 숙연해진다. 그들의 노력이 헛되지 않게 정지용 연구에 매진하여야겠다는 한 보따리의 사념(思念)이 불면증을 몰고 온다. 정지용이 해금된 지 30년을 지났고, 31회 지용제가 그의 고향 옥천에서 막을 내렸다.

어색한 자리, 복자(覆字) 표기

1988년 3월 31일.

정지용이 월북이라는 굴레를 벗어던진 날이다. 그리고 납북 시인이라는 사실상의 명찰을 달고 정지용 작품이 해금됐다. 김기림의 작품과 함께 해금되었다는 말이다. 두 시인 모두 사상성과는 거리가 있었다. 그럼에도 불구하고 이들은 순수문학의 본령을 지키기가 힘들었다.

진실은 영원히 묻혀지지 않는다.

정지용은 납북이라고 잠정결론을 맺게 되었다. 그리고 그의 저작들은 해금되어 본격적으로 발간되기 시작하였다. 인쇄물에서 내용을 밝히지 않으려고 일부러 비운 자리에 'ㅇ, ×'따위로 표를 찍어 복자(覆字)로 표기되었던 정지용. 한국문학사에 정지용은 그렇게 어색하게 자리 잡고 있었던 것이었다.

그러나 최근 신상성(용인대 명예교수 · 소설가)은 『주간문학신문』 403호(2019. 5. 29, 8면) 「미당과의 문학적 인연」에서 "북에는 정지용, 남에는 서정주"라는 발언을 하고 있다. 안타깝다. 진실과 사실의 거리에서 필자는 비틀거릴 수밖에 없다.

역사는 그런 것인가 보다. 본질은 가끔씩 빛을 잃고, 숨기도 하고 숨겨지기도 하는 것인가 보다. 이런 경우가 매우 안타깝지만 필자는 어쩔 수 없는 일이다. 다행히 진실은 항상 밖으로 드러나기 마련이기에 안도의 숨을 내쉴 뿐이다. 그것이 다소 시간이 오래 걸릴 때 답답하긴 하다. 그래도 기다린다. 오래 기다리면 언젠가는 진실이 사실로 드러나기 때문이다. 정지용의 해금처럼.

이 날, 정지용과 김기림이 해금된 날은 역사에 기록된 날이다. 한글의 아름다움을 살린 이들의 작품이 반세기만에 다시 빛을 본 날이다.

기쁘다.

우선, 정지용의 해금과 관련된 이야기를 쓰면서 그의 해금을 위하여 노력해 주셨던 분들께 감사의 인사를 올린다.

당시 상황은 현재보다도 훨씬 녹록치 않았음을 짐작하게 된다. 정치 상황이나 사회 분위기가 납북 혹은 월북설이 나돌던 한 사람의 작가를 기존과는 다른 시각으로 바라보게 한다는 것. 그것은 어느 날 갑자기 자신의 성(姓)이 바뀐 혼란과 비슷한 혼동을 가져올 수도 있게 하기 때문이다.

정지용의 해금을 추진하였던 사람들은 때론 신변의 안전과 주변의 따가운 눈치도 살펴야 하는 경우도 있었으리라는 생각이다.

그래도 누군가는 하여야 하는 일이고 해내야 하는 일이었을 것이다. 그래서 정지용과 그의 작품들이 우리 곁에 머물게 되었다. 그래서 그의 작품들은 현재 한국 사람들의 사랑을 받고 있다. 그리고 일본어, 독일어(졸고, 「정지용의 「湖水」 소고(小考)」, 『국어문학』 제57집, 국어문학회,

2014, 122-125면.), 영어로 번역되어 세계로 나아가 세계인들의 품에 안기고 있다.

여러 가지 언어 형태와 다양한 언어 체계를 통해 작품을 구사하였던 정지용은 많은 이들에게 의구심(疑懼心)을 갖게 하였다. 그리하여 이러저러한 이야기가 많았던 것도 사실이다.

덕분에 정지용을 연구하는 연구자들도 많아졌다. 그 연구자들이 할 이야기도 그만큼 더 많아질 수밖에 없었다. 그리하여 수백의 연구 논문들이 쏟아져 나왔다. 그래도 아직까지 연구할 가치가 여전히 존재하기에 정지용 연구에 매달리는 학자들이 부지기수이다.

이렇게 어마어마한 정지용의 작품세계 연구를, 여기서는 문학연구자들의 몫이라 차치(且置)해 두자. 정지용의 삶과 관련, 그는 6·25 이후 생사가 불분명하였다. 생사가 불분명한 이후 그의 작품은 금서가 되었다. 이렇게 금서가 되었던 정지용의 작품이 우리 곁으로 돌아왔다.

다음에서 정지용과 금서들이 해금되기까지의 과정과 '지용제'에 대하여 미력하나마 가만가만 되짚어 보고자 한다. 해금과 관련된 상당수의 자료는 깊은샘 박현숙 사장의 제공이 있었음을 밝힌다. 그동안 소중히 자료를 모아온 노고와 제공에 감사드린다.

해금의 단계

해금은 하루아침에 이루어지지 않았다. 납·월북 작가의 해금은 한국 문학사의 새로운 지평을 열며 대략 4단계의 과정을 거치며 지루한 길을 걸었다.

그동안 철저히 금기되어 바른 한국문학사의 정립에 파행을 자초하였던 작가와 작품들. 이들에 대한 일종의 부채로 국문학도들은 큰 짐을 지게 되었다.

누구나 자신에게 주어진 삶을 살다가게 된다. 그리하여 자신이 현재 살고 있는 시대의 역사, 이를 우리는 잘 가꾸어야만 한다. 진실이 외면된 채 국민의 희생을 강요하거나 문학인과 문학작품에 족쇄를 채우는 어리석음은 더 이상 자행되지 않기를 바란다.

정부가 월북 작가와 관련된 조치를 취한 것은 몇 단계(김윤식, 「월북 작가 해금은 문학사 새 전기(轉機)」 - 7·19 해금에 붙여, 『동아일보』, 1988. 7. 20, 8면)로 나누어 볼 수 있다.

첫째, 1978년 3월 13일 조치이다. 이는 월북 및 재북 작가 작품의 문학사적 연구를 순수학문의 차원에서 용인한다는 것이었다.

둘째, 1987년 10월 19일 조치이다. 이것은 순수학문의 차원에서 상업 출판의 수준으로 폭을 넓힌 조치였다. '정지용 연구'라든지 기타 월북 작가 '론(論)'의 상업적 출판의 길이 열리게 된 것이었다.

셋째, 1988년 3월 31일 조치이다. 정지용, 김기림의 작품 자체를 해금한 것이다.

넷째, 1988년 7월 19일 조치이다. 이 조치는 '월북문인의 해방이전 작품 공식 해금 조치'는 1920년대 이후 해방에 이르는 20여년의 문학사 공백을 40여년 만에 복원, '총체적 문학사'를 정립하는 계기가 되었다.

이는 지금까지 이미 실재했던 문학사실을 매장시켜 왔던 정치적 기준을 문학사적 영역에서 제거시킴으로써 우리 민족문학의 정통성을 확립하는 전기(轉機)를 마련하였다.

이 해금조치의 배경은 정지용, 김기림 해금을 전후로 걷잡을 수 없이 쏟아져 나오고 있는 현실적인 월북 문인들의 작품집 출간 붐을 막을 명분이 없어 출판정책의 부재현상을 빚고 있었다는 데서도 찾아진다(기형도, 「20여년 문학사 공백 복원(復元)」, 『중앙일보』, 1988. 7. 19.)고 중앙일보의 기형도 기자가 제일 먼저 물고를 튼다.

다음은 간략하게 일간스포츠 기사 일부를 인용하여 본다.

정부는 7·7특별선언의 후속조치의 하나로 지난해 10월 19일 출판 활성화 조치 때 보류된 월북 작가 1백 20여명의 해방 전 문학작품에 대해 출판을 허용키로 했다. 정한모 문공부 장관은 19일 상오 기자 회견을 갖고 민족 문학의 정통성 확보를 위해 박태원, 이태준, 현덕, 백석, 임화, 이용악, 김남천 등 한국문학사 정립에 중요한 인물로 거론 되었던 월북 작가들의 8·15 해방 이전 문학작품을 공식적으로 출판 허용키로 했다고 밝혔다.

그러나 월북 작가 중 북의 공산 체제 구축에 적극적으로 협력 활동하였거나 현재 현저한 활동 등을 함으로써 북한의 고위직을 역임한 홍명희, 이기영, 한설야, 조영출, 백인출 등 5명에 대해서는 이번 조치에서 제외됐다. - 이 남, 「월북 작가 120여명 해방 전 작품 해금」, 『일간스포츠』, 1988. 7. 20. 중에서

1988년 7월 20일 ⓐ『일간스포츠』(「월북작가 120여명 해방 전 작품 해금」), ⓑ『동아일보』(「월북 작가 해금은 문학사 새 전기」, 「월북작가 해금의 의미」), ⓒ『조선일보』(「월북작가 백여명 해방 전 작품 해금」, 「문학사 "20년 공백" 전기」, 「주요작품 대부분 음성적 출간」), ⓓ『중앙일보』(「월북작가 작품 전면 해금」) 등 주요 일간지에서 앞 다퉈 발표하였다.

이렇게 끊이지 않을 것만 같았던 불편한 진실은 탈을 벗고 세상 밖으로 나서게 되었다.

해금의 의미

　조국의 분단과 이데올로기라는 거대 담론에 갇혀 매장되었던 혹은 영원히 매몰될 위기에 처했던 소중한 문화유산이 우리 곁으로 돌아왔다.

　정지용은 한국문학사에 공헌한 바가 지대하였다. 그러함에도 불구하고 '월북설'에 휘말려 공허한 세월을 보내야만 하였다. '월북설'이 나돈 이후로 40여 년 가까이 작품은 물론 이름조차 제대로 표기될 수 없었다. 정지용(김기림 포함)에 대한 해금은 1978년 '연구개방원칙' 시사 아래 문단 및 학계, 유가족, 매스컴 등의 거듭된 해금 촉구가 이어진 지 10년 만에 실현되었던 것이다.

　정지용, 김기림은 북한에서조차 '자본주의 퇴폐 반동 작가'로 규정, 남북한 모두에게서 배척당함으로써 이른바 '휴전선 문인'이라는 서글픈 대접을 받아왔다.

　이 해금은 문학을 이데올로기로 단죄해온 정부가 우리문학사의 정통성을 확보하려는 노력에 있다. 즉, 북한보다 먼저 주도권을 행사하겠다는 의지 표명으로 받아들일 수 있다.

이는 문공부가 정지용, 김기림 외에 나머지 납·월북 문인들의 작품도 단계적으로 해금하겠다는 사실에서도 뒷받침되고 있다. 그러나 "이번조치는 정부의 '해금 단행'이라는 적극적 태도보다는 '해금 인정'이라는 소극적 태도에 불과하다는 반응이 지배적"(기형도, 「40년 불구 '한국문학사' 복원 첫걸음」, 『중앙일보』, 1988. 4. 2. 14면.)이라고 적고 있다.

정지용은 김기림과 함께 1988년 3월 31일 납·월북 문인들 중 먼저 해금을 맞게 된다. 이때 지금은 작고하신 정지용의 장남 구관의 「아버지 해금 탄원이 나의 지난 10년 삶의 전부」(위의 신문, 같은 면)와 김기림의 장남 세환 씨의 인터뷰 내용을 차례로 전한다.

"한을 풀지 못하고 돌아가신 어머님이 살아 계셨더라면 얼마나 기뻐하셨겠습니까……. 지난 10년간은 아버님 납북자료수집 및 해금 탄원을 위해 뛰어다닌 것이 제 삶의 전부였습니다."

정지용의 장남 구관 씨(60·인천시 북구)는 38년 동안 그토록 기다려왔던 완전 해금이 이루어지자 눈시울을 붉혔다.

"53년쯤인가 충청도에서 피난살이를 할 때 아버님의 시가 교과서에서 사라지고 이름도 정O용 등으로 표기되는 것을 보고 월북 누명을 쓰게 된 사실을 알았지요."

정 씨는 부친의 해금이 우리 문학사의 복원을 이루는 계기가 되도록 모든 노력을 기울이겠다고 말했다.

"지난 2월 아버님의 전집이 출간됐을 때는 정부의 공식 해금이 이루어지지 않은 상태여서 마음 한구석이 허전했었습니다. 그러나 이제는 아버님이 완전히 명예를 회복하셨습니다." 김기림의 장남 세환 씨(56 · 서울)는 소식을 듣고 어머니 김원자 여사(76)를 끌어안고 기쁨의 오열을 터뜨렸다. 38년간 쌓인 한이 풀리는 순간이었다. "50년 6월 28일 곧 돌아오겠다며 외출하시던 아버님의 마지막 모습이 눈에 선합니다. 이제 아버님이 월북의 누명을 벗었으니 여한이 없습니다." 김 씨는 지난 10년간 부친의 해금 탄원을 함께 해준 문단, 학계, 매스컴에 깊이 감사드린다고 전했다."

정부의 해금 조치에 대해 학계에서는 이미 재평가 작업이 마무리에 들어간 정지용, 김기림 두 시인에게만 국한시켰다는 점에 대해 비판의 시각을 보냈다. 우리 한국문학사의 복원작업에 두 시인만의 해금으로는 별다른 도움을 주지 못한다는 것이었다.

학계의 반응은 이러하였다. 해금이 '상징적 효과'에 치우친 감이 있었다. 그러나 앞으로의 우리문학사 복원작업을 위한 숨통을 텄다는 점, 청소년들이 애송할 수 있도록 교과서에 이들의 시가 실릴 수 있다는 점 등은 크게 기뻐할 일이라고 그 당시 상황을 말하고 있다.

해금 당시 정지용, 김기림의 해금으로 납 · 월북 작가에 대한 연구가 더욱 확대 · 심화될 것으로 전망하였다.

당시 기형도 기자는 "120명에 달하는 것으로 추산되는 납, 월북 문인 중 이번 검토대상에 포함됐던 이태준, 박태원, 안회남, 백석, 오장환 등 26명 전원만큼은 조속한 시일 내에 해금해야 한다는 것이 문단 및 학계의 한결같은 바람이다. 뿐만 아니라 최근 미술계에서도 추진 중인 납 · 월북 화가 해금 문제를 비롯, 모든 학 · 예술 분야의 납 · 월북 문인의 순수 창작물을 해금하여야 한다는 견해도 받아들여져야 한다."(기형도, 위의 신문, 같은 면)고 쓰고 있었다.

정지용, 김기림, 백석, 오장환⋯⋯. 하물며 이 기사를 썼던 기형도 기자도 우리 곁에 없다. 사람은 떠났으나 그들이 남긴 글은 영원히 살아 있다.

얼룩백이와 칡소 논란

정지용 「향수」의 '얼룩백이 황소'는 '칡소'가 아니다. 더 깊은 논의(졸고, 「정지용 문학 연구」, 우석대학교 박사학위 논문, 2021, 258-261면)가 뒤이어 따르겠지만 적어도 '얼룩백이 황소'를 '칡소'라고 단언하는 것은 위험한 발상이다.

왜냐하면 학계나 문헌을 통한 고증과 비판의식 없이 '~일 것'이라거나 '~라더라'라는 남이 '바담풍'하니 우리도 '바담풍'하며 무조건 따르는 우를 범할 수 있기 때문이다.

지난달 모 언론에 "정지용 「향수」에 나오는 '얼룩백이 황소'를 '칡소'로 해석, 칡소를 육성"하려한다는 기사를 읽었다.

깜짝 놀랐다.

바로 관련 기자와 관계자 등에 언지를 주었다. 잘못된 것이니 다시 살펴보기를 바란다고.

수선스럽게 진행된 잘못된 사업들과 간혹 마주할 때가 있다. 이런 사업들이 초래하는 주민들의 혼란은 생각보다 컸다. 이후 그들이 사업의 관계성과 정지용 시 해설의 잘못 등으로 다시 제자리로 돌아가기에는 많은 행정력과 노력 등이 이미 소모된 후일 것이다. 그러니 행정력 낭비와 경제적 가치를 재는 재화의 손실이 많았던 경우와 종종 맞닿아 있을 때가 있다.

서울대학교 축산과를 졸업한 김진수(『칡소를 묻다-토종 얼룩소에 대한 왜곡과 진실』, 도서출판 잉걸, 2015, 164~165면)에 의하면 "고구려 안악3호분 벽화의 얼룩소는 '칡소'가 아니라 적갈색 몸체에 두드러진 하얀 얼룩을 가진, 말 그대로 그냥 얼룩소. 얼룩소가 칡소로 둔갑 → 1938년 일제가 '조선우심사표준' 제정 조선우 모색은 적색 → 2006년 농촌진흥청이 가축유전자원 발굴보존 프로젝트의 일환으로 '칡소'와 '흑우' 주목 추정"된다고 주장하고 있다.

그는 "고구려 안악 3호분의 '얼룩소'뿐만 아니라 박목월의 '얼룩 송아지'와 이중섭의 작품에 나타난 '소' 그리고 정지용 「향수」의 '얼룩백이 황소'도 '칡소'라고 주장하고 있는데 이런 황망함에 '칡소' 탐색 과정에서 목도한 현실은 불편"하였다고 토로한다.

박목월은 한양대 국문과 교수시절에 펴낸 『동시의 세계』(배영사, 1963)에서 "시가 우러나오는 근원은 고향을 그리워하는 애절한 그리움"이라며 "「송아지」에 나오는 송아지는 바로 자기 자신이며 그의 아우들"이라고 피력했다. 이후 그는 "뒷산에는 목장의 얼룩박이 젖소가 한가로이 풀을 뜯고 있었다"(『동시의 세계』, 서정시학, 2009, 214면)며 계성고보 시절 지은 「송아지」의 송아지는 스스로 '젖소'라고 밝혔다.

또 이중섭의 소를 담은 작품은 "울부짖고, 떠받고, 싸우고, 피투성이가 돼 몸서리치게 만드는 처절함에 더해 화면마저 꽉 채워 그린 소. 그런 소는 이중섭의 고뇌와 번민, 회의와 절망 속에 마음의 여유조차 용납하지 않겠다는 치열한 헌신"일 것이며 "그의 모진 삶과 함께 야수파적 표현주의 화가"로 부르는 근거를 마련하였다고 한다.

하물며 '조선의 자연과 조선인의 감정'을 시로 표현한 시어 제조기 정지용이 겨우 칡소를 '얼룩백이 황소'로 표현하고 말았을까? 정지용이 시 이외에도 산문이나 평론 등도 많이 썼다. 그러나 아직 '얼룩백이'에 대한 단서는 찾지 못하였다. 정지용도 박목월처럼 '얼룩백이'에 대한 실체를 구분 지어줬으면 좋았으련만 그는 그런 일련의 작업 없이 홀연히 떠났다.

그래도 정지용의 '얼룩백이 황소'를 '칡소'로 속단하는 것은 과도한 비약으로 보인다. 이는 1930년대 이미지즘 등에 심취해 있던 정지용의 시적 작법에 크게 누가 되는 행위일 수도 있기 때문이다.

필자는 감각적 이미지를 중시하였던 정지용의 시풍과 관련 '얼룩백이 황소'는 정지용의 궁극적인 언어처리 작업의 일환으로 보고자 한다. 이를 선명한 이미지 광폭의 큰 손짓으로 귀결 지어 정지용 연구에 매진하고자 할 따름이다.

빨갱이 누명만 벗게 해 달라

"아버지 정지용, 빨갱이 누명만 벗게 해 달라(『동양일보』회장 조철호 증언 구술)."던 정구관의 목소리가 들려오는 듯하다. 정구관은 지용생가 가 완공된 날에도 생가마당에 털썩 주저앉아 울었다고 한다.

역사는 이렇게 슬프고 안타까운 일들로 그늘을 드리운 채 그렇게 지 나고 있었다.

2016년 겨울. 종로세무서 근처에 있던 깊은샘 출판사가 이사를 하였 다. 그곳에는 역사를 대변하듯 전시물들이 출판사 곳곳에 붙어있거나 놓여있다.

정지용의 해금에 대한 자료를 찾고, 박현숙 사장에게 정지용과 구관 그 리고 해금에 대한 이야기를 듣고 있다. 자료를 꼼꼼히 모아 정리해 놓으 신 모습에서 그녀의 정지용 사랑을 느낄 수 있었다.

고맙다.

정지용의 고향 옥천에서 또는 옥천인이 먼저 하였으면 좋았을 일들 을⋯⋯. 어찌되었든 이렇게 자료들이 남아있음을 감사하게 생각하며 설명을 들었다. 그때 당시 어려웠던 모습이 영상으로 지나가는듯하다.

안타깝다.

정지용의 해금과 관련하여 가장 가슴이 탔던 사람은 장남 구관이었지 싶다.

그가 가장 좋아하는 아버지 정지용의 시는 「호수」, 「향수」, 「임종」, 「유리창」을 꼽았다. 그는 살아생전 옥천에 가끔 내려왔을 때 필자도 본 적이 있다. 구관은 항상 웃는 것인지 우는 것인지 알 수 없는 입모양을 하고 있었다. 무엇인지 할 말이 항상 많아 보이기도 하였다.

정지용의 장남 구관은 음력 1928년 2월 1일 옥천군 옥천면 하계리에 서 태어난다. 정지용의 생가에서 태어난 장남 구관은 아버지 정지용과 어머니 송재숙 사이에서 3남 1녀 중 장남이다.

구관은 1945년 카톨릭계인 서울 동성상업고등학교를 졸업하였다. 아 버지 정지용의 실종 후 가계를 이끄느라 고생이 심하였다. 여러 가지 사 업에 손을 댔고 한때는 광산업을 하기도 하였다.

아버지 정지용에 대한 해금 운동은 사실 1950~1960년대는 식솔을 거 두느라 신경을 못 썼다.

1978년 고 선우 휘, 이어령 씨 등 문인들을 중심으로 문학사 바로잡기 운동이 펼쳐지면서 아버지 정지용의 납북 증명자료를 수집하기 시작하 였다.

1982년 자료를 찾아 관계 당국에 진정서를 냈으나 "시기가 적당치 않 다."는 답변을 얻었다.

1985년 납북시인 김기림의 장남 세환 씨를 만나 2차 탄원서를 제출하 였으나 아무런 답변을 듣지 못하였다.

1987년 11월 전두환 대통령, 이용희 문공부 장관, 노태우 민정당 총재 앞으로 3차 탄원서를 제출하였다. 3차 탄원서에 대한 답변은 "앞으로 출판 허용 문제와 관련, 검토시 참고하겠다."는 회신이었다.

1988년 1월 납본 필증(『향수신문』, 2019. 9. 4, 4면 참조) 교부 소식이 있었다.

정지용 작품 실종 38년 만에 햇빛을 보게 된 것이다. 정구관은 "어머니 살아생전 해금 되었더라면 큰 효도가 되었을 텐데…."라며 눈시울을 붉혔다고 전해진다.

정지용의 해금과 관련, 각계의 노력이 있었으리라 본다.

월북의 굴레에서 자유롭지 못하였던 정지용 해금과 관련하여 문단, 지용회, 문학계 관계자와 교수들, 정계와 문화계 인사, 유족, 지역 인사 등의 눈물 나는 고생이 따랐다.

깊은샘 박현숙 사장은 당시의 어려움을 필자에게 전하였다. 여기에 쓰는 내용은 필자가 듣고 본 것들만 서술하도록 하였다.

해금과 관련된 이야기를 혹시 필자가 미처 듣지 못하거나 보지 못하여 또는 들었어도 기억해내지 못하여 다 서술하지 못할 수도 있다. 이러한 이유로 정지용 해금과 관련하여 수고를 해주신 분들께 서운함을 자아내게 할지도 모른다.

서운하거나 불유쾌한 점이 혹여 있다면 필자의 부족함의 소치를 탓하며, 양해를 바란다.

속절없이 세월은 가고

정지용은 "1950년 7월 그믐께 집을 나간 후 소식이 없"다. 정지용의 장남 구관은 아버지 모습의 최후를 이렇게 기억하였다.

당시 녹번동 자택으로 찾아온 "제자들과 대화를 나눈 후 옷도 갈아입지 않"고 나갔다. "문안에 갔다 온"다는 마지막 말을 남기고 집을 나섰다고 한다.

돌아오지 않는 아버지 정지용을 찾겠다고 둘째 구익과 셋째 구인이 나섰다. 그런데 당시 아버지를 찾겠다고 나섰던 두 아들도 행방불명되고 말았다. 슬픈 일이었다. 후에 구인이 북한에 살고 있음이 확인되고, 2000년 남북이산가족 2차 상봉 때 남쪽에 살아있던 형 구관과 만난다. 그러나 둘째 구익의 안부는 지금까지도 알 수 없다.

정지용의 「향수」는 고향을 노래, 겨레의 숭고한 사상과 감정을 담고 있어 북한에서도 널리 애송되었다. 이에 김정일은 구인의 환갑에 잔칫상을 차려주며 정지용을 애국시인이라 칭송하였다고 한다. 이는 구인이 남한의 형 구관에게 전한 말이다.

정지용의 고향에 살고 있는 필자는 지용제에 참석하는 구관과 자주 마주쳤다.

아버지 정지용에 대한 질문에는 항상 목소리를 높여 답변해 주시던 모습이 떠오른다. 그때 필자는 쭈뼛거리느라 가까이 가서 많은 것을 여쭤보지 못하였다. 먼발치에서 구관의 소리를 조용히 들을 뿐이었다. 지나고 보니 후회스럽다.

구관은 평생 연좌제라는 굴레에서 자유롭지 못하였다. 그는 보따리 장사를 하고 탄광을 떠돌았다. 그러면서 금서로 묶였던 아버지의 작품에 해금이라는 빛을 찾아주려 납북 확인을 받으러 다녔다. 관계부처에 진정을 내고 자료를 찾는데 10여 년의 세월이 걸렸다고 한다.

정지용의 작품이 해금되기 몇 달 전, 어느 신문사 주관 시낭송대회에서 한 여고생이 「향수」를 낭송해 봉변을 당했다고 한다. 웃지 못 할 일이다. 해금되기 전 월북 시인에게 건넨 족쇄의 무게는 이렇게 힘겹고 버거웠다.

1940년대 말부터 정지용의 시가 교과서에서 사라지고 이름도 정O용 혹은 정OO으로 표기되었다. 월북 누명을 썼기 때문이다.

1988년 정지용문학이 해금되기 전, 구관은 문학을 잘 아는 한 기자를 찾았다. 그리고 청주에 사는 그 기자와 친해졌다. 밤새 술을 마시고 울었지만 돌아오지 않는 아버지였다. 그는 기자를 붙들고 "아버지, 정지용이 빨갱이 누명만 벗게 해달"라고 애원을 하였다. 그리고 또 술을 마셨다. 그렇게 구관은 수십 년을 견뎌냈다.

간절히 원하면 이루어진다던가.

장남 구관의 바람은 영혼을 담고 흔들렸다. 그 흔들림은 정지용이 오롯이 우리 곁으로 귀환하고 있음을 알렸다.

1982년 깊은샘에서 『정지용 시와 산문』을 발간한다. 그러나 납본 필증이 없어 판매하지 못하였다. 이렇게 6년간 창고에 쌓아두었던 『정지용 시와 산문』은 1988년 납본 필증을 받았다. 발간해 놓고도 시중에 나설 수 없었던 『정지용 시와 산문』은 납·월북작가 해금도서 1호로 기록된다.(2016년 겨울, 종로구 깊은샘 출판사에서, 필자와 박현숙 사장의 담화 내용)

이는 사실상 정지용의 해금을 의미한다고 언론과 문화계는 받아들였다. 우리문학사 복원에 숨통을 텄다고. 그러나 당시 문공부는 '출판 사실 확인에 불과'하다고 맞받아쳤다.

북한의 구인은 남한에 있는 정지용을 찾는다고 이산가족 상봉신청에 적었다. 북한으로 갔다는 정지용. 그러나 북한에 살고 있던 정지용 아들 구인이 모른다니. 이것은 얼마나 아이러니한 일인가? 더구나 북한에 있지도 않은 정지용을 월북이라고 한 세월을 몰아세웠으니. 그들의 슬픔과 한은 오죽하였겠는가.

여기서 현대를 사는 우리는 분명히 일정부분 빚을 짊어지고 있다는 것을 알아야 한다. 일제강점기 우리말을 노래하며 민족의 정서를 아름다운 모국어로 구사하던 정지용을 해금이 되기 전까지 이름조차 거론하지 못하게 족쇄를 채웠다는 것. 그 족쇄를 반세기 동안 지속한 큰 빚은 무엇으로 대신할 수 있을까.

난감한 좌절감이 밀려든다.

이제 돌아오지 않는 아버지 정지용을 기다리던 장남 구관도 가고, 장녀 구원도 2015년 떠났다. 사실상 정지용의 자녀는 남한에 더 이상 없다.

북한에 있다는 구인의 생사 확인은 자유롭지 못하다. 그도 벌써 졸수(卒壽)를 오르내리고 있다.

　돌아오지 못하고 살기도 하고 돌아오지 않고 살아가기도 하는 사람들. 그들 속에서 돌아오지 않는 정지용을 기다리며 속절없이 세월을 보내고 애만 태운 이들도 있다.

『산문』호화장서판 발견

'향수'의 시인 정지용(1902~?)의 산문집인『산문(散文)』의 호화 장서판이 인사동의 한 경매장에서 발견됐다. 깜짝 놀랐다. 1949년에 발간된 이 책은 지금까지 보지 못했던 표지화에 덤으로 길진섭의 그림이 하나 더 알려지게 되었기 때문이다.

새롭게 발견된 '산문'의 표지화에는 연꽃이 세 송이 피어있는 비교적 화려한 모양이 그려져 있다.

여기에는 '헨리 월레스와 계란과 토마토와', '산문' 등 49편의 작품이 수록됐다. 부록으로 월트 휘트먼의 역서 '평등무종(平等無終)의 행진' 등 12편이 수록됐다.

이 책의 장정은 길진섭(1907~1975) 화백이 맡아 문학계와 미술계에 큰 의미로 다가오기에 충분하다. 더군다나 발간된 지 60년을 훌쩍 넘는 세월동안 숨어있다 발견된 희귀본이기 때문에 그 가치가 더욱 크다고 할 수 있다.

연꽃이 그려진 것과 달리, 지금까지 세간에 알려진 '산문' 표지화는 국화 두 송이가 피어있는 그림이 그려져 있다. 그리고 표제화는 봉숭아가 피어있는 것으로 보이는 그림을 그렸다. 목차는 책 앞쪽에 놓고 목차 뒤에 '장정·길진섭'이라 표기했다. 책등에는 저자 표기 없이 '산문'이라고만 깔끔히 정리했다.

표지화가 다른 두 책 모두 1949년 1월 20일 명진인쇄소 인쇄, 30일 동지사에서 발행했다.

발행일이 같은 책인데 표지화가 다른 경우는 드문 예이다. 그러면 왜 이렇게 표지화를 길진섭이라는 작가가 한 책에 두 가지로 나눠 그렸을까? 의구심이 일었다.

이는 후에 누가 거짓으로 표지화를 농락하였을 경우도 완전 배제할 수는 없다. 그런데 인사동의 이곳은 경매로는 역사도 깊고 유명한 곳인데 이런 가벼운 장난을 할 이유는 희박하다고 보인다.

필자는 또 다른 이유를 찾아 기웃거렸다. 책의 서문격인 '머리에 몇 마디만'에서 그 실마리가 보였다. 그는 교원노릇을 그만두고 틈틈이 모은 원고를 정리해 한 권의 책으로 묶어 스마트한(인지도가 높은) 동지사에서 발간한다. 정지용은 아들 장가들인 비용을 이것으로 장만하였다고 서술하고 있다.

이로 미루어보면 책의 판매량에 신경을 쏟아야 했고, 그것에 관심을 두었을 것이다. 당시 판매량을 높이기 위한 노력의 일종으로 표지화를 제작하였을 것이다. 그래서 변화롭게 표지화를 두 가지로 구분하여 그린 것은 아닐까?

이러한 노력에 힘입어서인지, 필자의 질문에 이숭원(서울여대) 교수는 "실제로 그 당시 이 책은 꽤나 많이 팔렸다"고 답변한다.

1940년 평양, 의주, 선천, 오룡배를 정지용과 함께 기행 했던 길진섭도 당시 인기 있던 화가였다. 당시 '산문'은 최고의 시인과 화가가 만든 책이었다. 그러니 이들의 결합에 힘입어 판매부수가 많을 수밖에 없었을 것이다.

1948년 8월 해주에서 열린 남조선인민대표자대회에 남한의 미술계대표로 밀입북 참가하고 나서 북한에 정착한 길진섭은 영영 정지용과 만나지 못하였다. 이들은 '산문'이라는 책으로 지금까지 같이 묶여져있을 뿐이다. 더구나 길진섭이 북으로 간 다음해 '산문'은 발간됐다. 이는 그가 정지용의 '산문'을 위해 남쪽에 남기고 간 거의 마지막 작품일 것이다.

길진섭은 정지용의 '산문' 외에도 '문학독본'(1948), 이육사의 '육사시집'(1946), 최명익의 '장삼이사'(1947) 등을 장정하며 당시 미술계에서 두각을 나타내던 인물이다.

혹자는 표지화가 다른 것 하나 발견됐다고 무슨 호들갑이냐고 눈을 흘길 것이다.

그러나 표지화의 장정은 장정가, 저자, 출판사의 생각과 그것이 만들어진 시대적 상황과 경제적 여건을 총체적으로 반영한다.

한 권의 책은 그 시대의 문화, 경제, 예술, 역사를 반영한 귀중한 산물인 동시에 독립된 예술품이다. 그러므로 책의 장정은 허투루 넘겨서는 안 된다.

특히 정지용의 '산문' 표지화는 문학과 미술의 역사며 시대의 증인이므로 눈여겨보고 연구되어져야 한다. 그리고 그의 고향 옥천에 자리한 정지용문학관에서 이러한 귀중한 자료를 볼 수 있기를 기대한다.

VI.

다시
정지용을 찾아

다시 정지용을 찾아

정지용은 1950년 5월 『국도신문』에 「남해오월점철」을 남긴다. 청계 정종여와 함께 남해 기행을 떠난 것이다.

필자는 정지용의 기행산문 여정을 따라 『정지용 만나러 가는 길』을 준비하며 부산, 통영, 여수, 진주, 제주도, 오룡배, 교토 등을 다녀왔다. 그런데 아직도 정지용의 발자취를 다 더듬어보지 못한 것만 같다. 그래서 지난 7월에 일본 교토, 8월 초에 제주도를 다시 다녀왔다.

제주도의 한라산에 오르고 싶었지만 더위가 기승을 부리고 일행에게 미안하여 다음으로 미루기로 하였다. 가는 발자국마다 정지용의 흔적을 생각하지 않을 수 없었다. 아직도 정지용에 대한 고질병이 완쾌되기에는 먼 것만 같다.

다시 부산으로 기행을 떠나며 졸고를 남기고자 한다.

1950년 당시 정지용은 부산에 도착한다. 그 일행은 이중다다미 육조방의 삼면을 열어놓고 사랑가, 이별가는 경상도 색시 목청을 걸러 나와야 제격이라며 술을 마신다. 싱싱한 전복, 병어, 도미, 민어회에 맑은 담지국에 "내일부터 안 먹는다. 오늘은 마시자!"라며 호기롭게 술을 마신다.

이들은 어찌 드러누웠는지 기억에 없고 술이 깨자 가야금 소리처럼 빗소리가 토드락 동당거린다. 이 소리를 들은 정지용은 "청계야! 청계야! 비 온다! 비 온다!"며 반갑게 비를 맞이한다.

청계는 경남 거창에서 태어나 오사카미술대학에서 공부한 동양화가 정종여(1914~1984년)를 가리킨다. 그는 해방 이후 성신여자중학교, 배재중학교, 부산 대광중학교에서 재직하였으며 1950년 월북한 것으로 알려졌다. 1988년 해금되어 정지용과 같이 우리에게 소개되기 시작하였다.

이들의 인연은 참 기묘하다. 이렇게 여행을 다니며 즐거웠던 이들은 같은 해에 청계는 월북, 정지용은 행방이 묘연해졌다. 소설 속 주인공들 같지만 역사의 소용돌이로 운명이 결정된 이들을 생각하니 창밖의 빗소리마저 부질없이 슬픈 가락으로 울려온다.

정종여는 월북할 때 남한에 두고 간 자녀들을 그리며 '참새'라는 작품을 창작하였다. 참으로 비극적인 역사를 살다가며 자식을 그리워하였을 정종여를 생각하니 가슴 한 켠이 아려온다.

정종여와 정지용은 한국화단과 한국문학사에 한 획을 그었다. 정종여는 붓으로 마음을 그리는 화가였고 정지용은 청신한 감각과 독창적 표현으로 시어를 개척한 시인이었다.

이 둘은 '일제'라는 혼돈과 핍박 그리고 궁핍의 혼란스러운 시대를 살다갔다.

그러나 그들이 남겨놓은 예술작품은 지금까지 보는 이들의 마음을 움직인다. 그들의 작품은 우리에게 살아가는 의미로 감동을 주고 있다.

원고 정리를 하는 이 밤.

창밖으로 비오는 소리가 차분하게 들려온다.

금방이라도 단비를 반기는 정지용의 소리가 빗속을 뚫고 들려올 것만 같다.

부산에 가면 지금까지 행방이 묘연한 『낙타』도 찾아야 하고 "「나비의 풍속」 대사 연습을 표준어로 한"다고 신기해하던 정지용의 모습도 그려 볼 일이다.

그리고 "정지용의 여자 친구는 단 한 명"이었다고 전하는 정지용 연구 가도 만나야할 일이다.

비는 아직도 차분히 통당 거리며 지구를 연이어 방문하고 있다.

『낙타』의 운명은 어디에서 쇠하였는지 혹은 영영 만날 수 없는지. 정지 용의 마지막 행적과 함께 여전히 의문으로 남는 부분이다.

이번 여행에서 빈손으로 터덕거리고 돌아올지도 모른다는 불안감이 먼 저 안부를 전하는 밤이다. 비는 여전히 굳세게 내리고 있다.

교토에서 조선인 정지용을 만나다

새벽부터 분주하다.

교토로 1920년대 조선인 정지용을 만나러 가야하기 때문이다.

7시. 치쿠고나고야역으로 이동하기 위하여 숙소를 나왔다.

이른 아침임에도 불구하고 하쿠슈 생가·기념관 관계자(Kyoko Takada, Eriko Nisbida 등)가 배웅을 나왔다. 그들의 인정에 많은 생각이 지나간다. 어쩔 수 없었던 과거와, 미래로 가는 시간, 그것은 역사라는 명찰을 달고 있다. 현재에 살고 있는 나 그리고 우리의 미래. 그러나 희망을 버리지 않으련다.

8시. 교토로 이동하는 신간센에 몸을 실었다. 실내는 넓고 깨끗하였다. 1945년 윤동주가 생을 마감한 감옥이 있었던(현재는 후쿠오카 외곽으로 이전) 후쿠오카. 그리고 필자의 아버지가 일제강점기에 징용을 갔던 후쿠오카. 이곳에 오면 아니 생각만하여도 울화통이 치밀다가 가라앉기를 반복한다. 뭉툭한 쇳덩이가 명치끝에 달린 듯 더부룩하다. 후쿠오카를 떠난다니 개운하고 밍밍한 묘한 감정이 교차한다. 김선이 시낭송가와 옆자리에 앉았다. 정지용에 관한 이야기를 나눴다. 시간이 금방 지났다.

12시. 교토역에 도착하니 키가 큰 가이드가 기다리고 있다. '조상'이라 하였다. 그녀의 안내를 받으며 윤동주의 하숙집이 있던 교토조형예술대학으로 향했다. 박세용 교수는 윤동주와 강처중 그리고 윤일주 등에 대하여 설명한다. 윤동주, 정지용, 박세용은 교토 동지사대학 동창이다. 그러니 박세용 교수는 윤동주나 정지용에 대한 감정이 보통 사람보다 더 애틋할 것이라 예상된다. 실제로 정지용 문학을 연구할 때 당시 상황이나 일본어에 대한 질문을 하면 촘촘하고 세세하게 답변해 준다.

김승룡 문화원장은 정지용의 하숙집도 곧 찾을 것이라는 희망의 메시지를 전한다. 필자는 정지용의 하숙집이 교토식물원 근교에 있었다는 문헌을 찾은 적이 있다. 증언 구술자가 사라지기 전에 정지용에 관한 흔적들을 바르게 정리해야만 한다. 마음만 바쁘다.

해가 저물어갔다. 정지용이 거닐었을 '압천'에도 뿌연 어둠이 가라앉고 있다. 다리 위에서 '압천'을 바라보며 정지용이 유학을 시작한 "1923년 7월 京都鴨川에서"라는 창작 시점을 밝히고 있는 「鴨川」을 떠올려 전문을 싣는다. 당시 정서를 느껴보기를 권하며 1927년 『學潮』 2호의 표기법에 따랐다. 띄어쓰기나 시의 해설은 지면 사정으로 다음 기회로 미루어 두기로 한다.

鴨川 十里 벌 에
해는 점으러. 점으러.

날이 날마닥 님 보내 기,
목이 자젓 다. 여울 물 소리.

찬 모래 알 쥐여 짜는 찬 사람의 마음.
쥐여 짜라. 바시 여라. 시연치 도 안어라.

역구 풀 욱어진 보금 자리,
쏨북이 홀어멈 울음 울 고,

제비 한 쌍 써엇 다,
비마지 춤 을 추 어.

수박 냄새 품어 오는 저녁 물 바람.
오렌쥐 껍질 씹는 젊은 나그내 의 시름.

鴨川 十里 벌 에
해는 점으러. 점으러.
　　　　　　　　　　一一九二三 · 七 · 京都鴨川에서
　　　一『學潮』2호, 1927. 6, 78-79면. 최동호 엮음,『정지용 전
　　　　　　　　　집』1, 서정시학, 2015, 95면 재인용.

'압천' 어딘가를 걸었을 정지용. 2019년, 그의 고향사람이 1923년의 정
지용을 생각한다. 거의 100여년의 세월이 흘렀다. 무심하다. 어디 무심
한 것이 세월뿐이겠느냐마는 자꾸만 가슴이 헛헛해진다. '나그네'의 설
움 말고도 정지용이 이마를 벽에 부딪칠 만큼 서러웠을 시간들을 생각한
다. 저절로 눈물이 흐르는 것은 그의 고뇌가 미진하게나마 전해오는 까
닭이다.

　　그리고 '카페-프란스'(교토 등록 유형문화재로 지정)로 간다. 이곳은

정지용이 유학시절(1923-1929)에 들렀던 곳으로 알려져 있다. 실제로 필자가 2006년 이곳에 들러서 들었던 일화의 기록을 소개하도록 한다.

> 필자는 정지용이 동지사 대학에 입학한 지 83년 후인 2006년 9월 4일에 교토에 있는 동지사 대학에 갔다. (중략) 그는 경성이라는 낯선 곳과 일본이라는 적지를 만나면서, 또 다시 그곳을 떠나면서 비로소 문학적 감성이 견고해졌으리라. 그리고 박춘옥, 박희균, 박세용, 통역학생의 안내를 받으며 압천을 따라 「카페프란스」의 실제 모델이 되었던 '카페프란스'에 갔다. (중략) 이곳은 정지용이 다니던 그 당시의 주인의 딸(할머니가 되어 있었다)과 그 딸의 며느님이 운영하고 있었다. 의자와 탁자는 그 당시에 사용하던 것을 계속 사용하고 있었고, 그 당시 사용했던 벽난로는 흔적만 남아 있었다. 이 카페를 운영하는 할머니와 며느님은 정지용의 유학시절을 탐방 취재 중이라는 옥천문화원측의 설명에 깊은 호의를 보여주었다. 이 호의 속에서 유학생 정지용의 외로움과 그리움, 방황, 꿈, 낯섦 등이 함께 묻어났다.
> ─ 졸고, 「정지용 산문 연구」, 우석대학교 교육대학원 석사학위 논문, 2013, 각주 33번 중에서.

이때 할머니는 "정지용을 안다"고 말하였다. "(정지용은)키가 작고, 친구들이랑 자주 왔다"고도 하였다. 할머니의 기억이 옳았거나 아니면 다른 사람과 착각하였을 것이라는 추측도 완전히 배제할 수 없는 부분이다. 그리고 몇 년이 지나고 다시 찾은 '카페프란스'에는 주인의 딸이었던 할머니가 돌아가시고 안 계셨다. 여전히 벽난로는 자리를 지키고 있었다. 그리고 또다시 몇 년이 지났다. 다시 찾은 이곳에는 벽난로의 흔적마저 없었다. 변하고 사라지는 것이 극히 자연스러운 이치겠지만 필자는 그 이후로 '카페프란스'에 가면 밖에서만 서성거리다 발길을 돌린다. 2019년에도 마찬가지였다. 필자의 내면적 자아가 정지용의 흔적이 지워지고 있는 현장을 애써 외면하고 있는지도 모를 일이다.

지난해 여름에 필자가 다녀간 교토의 '히에이산' 쪽을 가늠해본다. 정지용이 여학생과 걸어서 갔다는 '히에이산'. 정지용은 당시 징용으로 교토에 머물고 있는 조선인 노동자들과 만난다. 조선에서 유학 온 학생이라는 정지용의 설명에 후하게 대접을 해주는 조선인 노동자들. 그들은 히에이산에서 구한 고사리와 산나물을 갈무리하여 조선식으로 요리를 해준다. 여학생과의 관계를 묻는 조선노동자들에게 정지용은 '사촌'이라고 대답한다. 정지용과 여학생은 조선인 노동자들의 위로 섞인 덕담과 조선밥상을 대접받았다.

이때 조선인 노동자들은 히에이산 케이블카 공사를 하였다고 한다. 케이블카가 우리나라의 것과 좀 다른 열차형태로 되어있다. 이것은 아찔한 급경사를 오르내린다. 조선인 노동자들의 애환과 고통이 함께 실려서 오르고 내리기를 반복한다. 히에이산 케이블카는…… 슬픈 생각에 잠기다 보니 귀가 멍멍해진다. 그래도 '히에이산 케이블카'는 한 번 타볼 일이다. 그리고 히에이산 정상에 오르는 길에 엔랴쿠지에 들를 일이다. 그곳에서 고사리 들어간 우동을 먹어보길 권한다. 정지용과 당시 조선인 노동자들을 생각하며…… 목울대가 따갑다.

'기온거리'를 지난다. 일본의 옛 거리와 상점이 그대로 있다는 이곳. 정지용도 이 길을 걸었을 것이다. 호기롭게 혹은 갈등과 번민에 녹초가 되어……. 기모노를 입고 지나는 사람들 사이로 힐끗힐끗 1920년대가 날름거리는 듯하다. 그 사이로 박팔양과 정지용이 떠오른다. 박팔양에게 '압천' 이야기를 하였다는 정지용. 그 이야기를 듣고 교토까지 정지용을 찾아갔다는 박팔양. 이들은 압천을 거닐며 생각이 깊었을 것이다.

19시. 동지사대학 한국 유학생회와 교류를 가졌다. 지용제 행사를 위해 일본을 방문한 한국인과 한국 유학생회의 교류가 있었다. 동지사대학 유학생 회장과 부회장 등이 참석하였다. 석식만찬 자리에서 필자의 테이블에는 동지사대학 2학년과 3학년 여학생이 함께 하였다. 아르바이트와 공부를 병행하며 분주히 살고 있었다. 그 분주한 모습이 참 아름다웠다. 긴 머리를 뒤로 묶은 부회장은 철학을 전공한다고 하였다. 이번학기를 마치면 한국에 들어가서 군입대를 할 예정이란다.

현실은 때때로 발목을 잡고 멈추게 하거나 쉬어가게 한다. 원하든지, 원하지 않든지……, 선택할 수 없는 경우가 더러 있다. 그러나 기약할 내일이 있음에 안도의 호흡을 고르기로 한다.

비과를 찾아서 Ⅰ

2019년 정월.

전에 들어두었던 정지용의 '비과'를 찾아 떠났다. 정지용 '비과' 사랑의 구술을 채록 · 정리하기 위해서다.

한국에서는 찾을 수 없다는 '비과'. 혹시 일본에 '비과' 흔적이 남아있을까? 일본 역사를 전공하신 김다린 선생님을 통해 찾아보았던 노력은 헛수고였다.

그래서 직접 나섰다. 가장 비슷한 형태의 '비과'를 먼저 찾기로 하였다.

언젠가는 '비과'에 대해 구술하여줄 사람조차도 만나지 못할 것이라는 생각. 그 생각은 필자를 급하게 현장으로 내몰았다.

정지용도 밤새 원고를 쓰던 날이 있었다.

한 줄 원고를 정리하여 본 사람이면 안다. 필자의 경우 또한 밤을 새우지 않고 한 편의 글을 완성하기는 참 힘들다. 이렇듯 정지용도 밤새 원고를 썼다고 한다. 정지용의 그 흔적을 찾아 발걸음을 재촉하였다.

약사 출신의 조성호(1942년생) 선생님을 청주시 용암동 롯데마트에서 만났다. 조 선생님 댁이 그 인근이기도 하였지만 그곳에 가면 다양한 종류의 물건들을 만날 것이라는 기대를 걸었기 때문이다. 또랑또랑하시던 조 선생님도 세월은 비켜갈 수 없었나 보다. 팔을 벌리고 반가워하시는 조 선생님은 다리가 좀 불편해 보였다. 조 선생님과 함께 식료품 진열대를 모두 둘러보았다.

　　빠스락 투명 비닐로 양 옆을 묶었어요. (비과)색은 갈색보다 좀 연해요.
　　'비과'와 비슷한 '유가'라는 것이 있었는데 그것(유가)은 (비과보다)우유를 더 넣어서 만든 거예요. 그래서 (우유 빛으로)하얗죠.
　　시장에 가면 더 쉽게 찾을 수 있으려나....
　　('비과' 크기에 대해 묻는 필자에게) 요거(계피맛 사탕)보다 길었어요.
　　이것도 아니고..... 젤리처럼 물렁거리지는 않았어요. (사탕처럼) 딱딱한 촉감이었어요. 여느 사탕과 맛은 비슷해요.
　　(비과를 직접 드셔 보셨는지요?)
　　그때는 먹을거리가 그다지 많지 않아서 그런(비과 같은) 거(것)밖에 없었지. 송진껌이나 엿 그런 거(것). 엿보다는 가늘고 갈색......
　　"왜 그렇게 '비과'에 집착 하?"
　　조 선생님께서 질문하신다.
　　"문헌에는 기록되어 있지 않지만 밤새 글 쓰며 드셨을 '비과' 껍질이 수북할 정도면, 정지용 선생님이 참 좋아하셨던 간식이었잖아요. 잘 정리해 두어야 해요."라고 대답하였다.

조 선생님은 연신 필자의 질문에 대답하시며 진열대를 살펴보셨다. 작은 것도 놓치지 않으려고 세심히 관찰하셨다.

조 선생님의 말씀을 참고하여 '계피맛' 사탕을 사들었다. 그리고 조성호·김다린 선생님과 함께 인근 '동궁 염소탕'으로 향했다. 이곳에서 정지용 선생님 이야기를 더 듣기로 하였다.

사실 다 듣지 못한 부분은 전화로 다시 여쭤보았다. 15일 옥천 장날 '유가' 한 되를 샀다. '비과'와 비교하기 위하여.

건설출판사 근무(1945-1947년 사이)를 마치고, 후에 교사의 길을 걸었던 조중협(1918-2010)의 장남인 조성호 선생님의 구술을 들었다. 조중협은 당시 건설출판사를 운영하였던 조벽암(1908-1985, 시인·소설가)의 동생이다. 조중협은 1946년 건설출판사에서 근무를 하였고 정지용은 같은 해 이곳에서 『정지용 시집』 재판을 발행하였다. 이런 인연으로 정지용 이야기를 조 선생님으로부터 들을 수 있었다.

1944년 2차 세계대전 말기 일본군 열세로 연합군 폭격 대비를 위해 서울 소개령이 내려진다. 이에 정지용은 부천군 소사읍 소사리로 가족을 솔거해 이사하여 살다가 1946년 서울 성북구 돈암동으로 다시 이사를 오게 된다.(졸저, 『정지용 만나러 가는 길』, 국학자료원, 2017, 238-239면) 이로 정지용의 건설출판사 하숙은 부천군 소사읍으로 이사하였을 때라는 유추가 가능해진다.

이 구술은 두고두고 좋은 자료가 되길 바란다. 불편하신 몸을 이끌고 구술하여 주신 조성호(2019년 작고) 선생님께 고마운 마음 전한다.

비과를 찾아서 II

정지용은 이화여전 교수, 시집의 재발행 등으로 매우 분주하였다. 당시 아버지 조중협으로부터 전해들은 이야기를 조성호 선생님은 이렇게 회상하신다.

정지용은 건설출판사에서 하숙(기거)을 하였어요. 아마 1945-1946년 이화여대에 근무하던 때 일거예요. 당시 건설출판사를 하였던 조벽암(1908-1985)이 (조성호 선생님의) 큰아버지예요. 우리 아버지 조중협(1918-2010)은 평양사범학교를 나와 1945년 남쪽으로 내려와요.

그런데 아마 큰아버지 조벽암이 출판사 일을 같이 하자고 꼬셨겠지.(웃음) 하여튼 이때부터 아버지는 건설출판사 일을 하게 되었어요. 건설출판사에 근무하던 시절, 아버지는 정지용을 만나게 되었지요.

건설출판사 2층에 정지용의 방(집필실)을 따로 하나 주었어요. 그런데 밤새 정지용이 글을 썼어요. 다음날 식모(가사 도우미)가 (그 방에) 들어가 치우면서 투덜, 투덜거렸다고 해요.

아버지가 들으니까 식모가 투덜거리더라는 거였지요. 그
것도 그럴 것이……. 방안이 온통 원고지를 구겨서 버린 파지
와 '비과'를 까먹고 버린 빠시락 비닐이 널려있었으니.
(아버님으로부터 언제 그러한(정지용 관련) 이야기를 들으
셨나요?)
늘상 얘기 했지. 모여 앉으면. 건설출판사 얘기할 때.
그때 건설출판사에 여류작가 박화성(1904-1988), (정지
용 휘문고보 제자였던)오장환(1918-1951) 등 굵직한 작가
들도 많이 드나들었어요.
1946년에 건설출판사에서 재판을 발행한 『정지용 시집』
의 표지화(당초무늬)를 이주홍이 그렸지요. 아버지는 이 시
절 원고도 받으러 다니시고…….

물론 이러한 구술 채록은 기억에 의존하는 바가 커서 사실과 혼동되
거나 변이될 가능성은 여전히 있다. 그러나 정지용의 전기적인 연구와
견주어 보아도 조 선생님의 정지용에 대한 '하숙집과 비과'에 대한 구술
은 상당히 신빙성이 있다.

이를 뒷받침하는 ⓐ당시 소사읍에서 서울 이화여대까지 출퇴근 거리가
만만치 않았을 것 ⓑ1946년에 『정지용 시집』 재판과 『지용시선』 그리고
『백록담』을 재판한 것 ⓒ이러한 서적의 재판과 시선을 선정하는 것은 정
지용 자신에게도 숨 막히게 바쁘게 진행되었을 것 ⓓ아울러 출판사 관계
자나 여러 문인들과의 교류도 만만치 않게 분주하였을 것 ⓔ1946년, 정지
용은 44세, 조중협은 28세로 조중협은 그때 일을 소상히 기억하고 있었을
것 ⓕ조 선생님은 1942년생으로 아버지의 이야기를 비교적 젊은 나이부터
들어 기억하기 용이하였을 것 등은 기억의 퍼즐이 잘 들어맞는 부분이다.

정지용이 하숙집에서 밤새 원고를 정리하며 먹었던 '비과'. 그것은 연한 갈색의 손가락 2마디만한 크기로 여느 사탕과 비슷한 맛이었다.

경제적 효과를 낼 수 있는 '비과'와 같은 주전부리.

정지용의 「향수」에 감흥을 일으키듯 '비과'를 맛이나 재미로 혹은 심심풀이로 사람들마다 입에 넣고 그것을 그리워할 날을 기대한다.

* 이 구술을 끝으로 2019년 여름, 유명을 달리하신 조성호 선생님께 감사드리며 그의 명복을 빈다.

우산을 편 사내

- 芭蕉立夏 -

정지용의 흔적이 거제도에 남아있다. 깜짝 놀랐다. 반가웠다. 눈앞이 환해졌다.

> 芭蕉立夏
> 庚寅五月O 靑馬宅
> 靑谿(낙관)
> 지용 題(낙관)

'芭蕉立夏'. 청계(화가 정종여의 호)의 그림임을 한눈에 알아볼 수 있는 큼직한 선과 굵은 농담이 화면에 가득하다. 아주 과감하고 호탕한 그림이다.

오른쪽에 파초를 화폭 가득 채우고, 왼쪽 아랫부분에는 병아리 두 마리를 그렸다. 병아리 한 마리는 선명하게 다른 한 마리는 희미하게 처리하였다. 왼쪽 윗부분에 위의 내용이 적혀 있다. 물론 모두 세로쓰기를 하였다.

정지용의 낙관은 양각으로 "지용"을 세로로 새겨 찍었다.(출처:거제시 둔덕면 청마 기념관 1층 전시실. 'O'는 글자 모양을 확신할 수 없어 'O'로 표기)

청마는 통영에 청마문학관이 있어서 통영 출생으로 생각되기도 한다. 그러나 경남 거제시 둔덕면 방하리에서 태어나 2살 때 충무로 이주하였다. 이곳에 청마 기념관과 생가가 있다.

청마 기념관에는 "정지용의 시에 감동을 받던 무렵(22세), 청마는 유치진과 함께 회람지 『소제부』를 발간"하였다고 적고 있다. 청마는 평양에서 사진관을 운영(1932)하고 정지용과 인연을 맺었던 조벽암의 주선으로 화신연쇄점(1934)에서 일하였으며 통영협성상업학교(1937), 통영여자중학교(1945) 교사로 취임하기도 하였다.

실제로 1940년대 후반 조벽암의 건설출판사에서 정지용이 하숙(졸고, 「정지용의 하숙집」, 『옥천향수신문』, 2017. 5. 18, 11면 참조)할 때 유치환이 이곳을 자주 드나들었다는 구술(조성호 1942-2019)이 있었다. 정지용의 시를 좋아하였고 그를 따랐던 청마는 1950년 5월 정지용과 청계를 맞는다.

정지용은 청계와 함께 1950년 5월 7일부터 6월 25일 부산, 통영, 진주를 여행한다. 이 여정에서 정지용은 기행록을 쓰고 청계는 삽화를 그려 『국도신문』에 총 18편의 글을 싣게 된다. 이 기행의 여정 중, 정지용은 청계와 함께 통영에 있는 청마의 집을 방문한다.

청마는 정지용의 시를 좋아하였다. 그러니 청마는 기뻐하며 정지용과 청계를 문화유치원 2층 서재로 모신다. 당시 청마의 부인이 문화유치원을 운영하였고 청마는 이 문화유치원 목조건물 2층에서 작품을 쓰기도 하고 사진 작업을 하기도 하였다고 전한다. 정지용은 이때 청마의 안내를 받으며 제승당, 충렬사, 미륵산 등을 둘러보며 6편의 기행문을 쓴다.

> 술은 내일부터 안 먹는다. 오늘은 마시자! 어찌 두(드)러누웠는지 불분명하다. 술 깨자 잠도 마저 깨니 빗소리가 토드락 동당 거린다. 가야금 소리 같은 빗소리…. "청계야! 청계야! 비 온다! 비 온다!"
> - 「남해오월점철」(『국도신문』, 1950. 5. 12) 중에서, ( )와 문장부호(. 마침표)는 필자 주.

기행 중 정지용은 빗소리를 듣는다. "가야금 소리" 같은 빗소리가 "토드락 동당"거리며 내려앉는다. 그는 특유의 목소리로 청계를 부른다.

"청계야! 청계야! 비 온다! 비 온다!".

이 소리가 그립다. 정지용의 목소리를 듣고 싶다.

청마 기념관과 생가를 분주히 오가는 사이.

"김묘순! 김묘순! 비 온다! 비 온다!"

우산을 편 사내가 있었다. 고마운 사람이다.

굵은 빗방울이 함석지붕에 알밤 떨어지는 소리를 내며 청마 생가에 안전하게 착지한다.

그 빗소리 속에 정지용이 청마를 부르는 소리와 한 사내가 여인을 부르는 소리가 섞여 흐른다.

芭蕉立夏!

여름 문턱에 서 있는 파초처럼 우리는 광합성 할 수 있는 날을 꿈꾼다.

후쿠오카에 부는 바람

2017년 2월 16일 후쿠오카 하카타항은 어둠을 걷어내고 아침이 시작
되었다.

이곳은 한국인이 가장 좋아한다는 시인 윤동주와 6년 전에 내 손을 마
지막으로 잡으셨던 아버지의 쓰라린 흔적이 있는 곳이다. 마음이 무겁다.

가고시마의 시로야마 공원에 갔다. 벚꽃 명소로 유명한 이곳에 때 아닌
눈이 내렸다. 안개가 가득하다. 온천이 흐르는 주차장 옆에서 족욕만 하
고 내려왔다. 기리시마의 에비노 공원은 사슴을 만날 수 있다고 한다. 그
러나 사슴도 만나지 못하고 흔들리는 갈대의 추억도 가다듬지 못하였다.

가고시마의 상징인 화산섬 사쿠라지마에서 된장 항아리만한 무를 보
았다. 아리무라 용암전망대에서 사쿠라지마의 활화산을 바라본다. 가슴
이 저 화산처럼 탄다. 심란하다.

뒤숭숭한 마음으로 찾은 이케다 호수에는 유채가 만발하였다. 2월 유
채꽃이 핀 걸로 미루어 확실히 이곳은 남쪽임이 틀림없다. 호수에서 사
냥을 하는 물오리가 기특하다. 이곳 가게에서 말하는 강아지를 만났다.

사람들에 치여 살다보니, 내말을 그대로 따라 해주는 강아지 인형한테 차라리 정감이 어린다. 말 따라하는 강아지에게 칭찬의 말을 건넨다.

가고시마현의 이부스키 마을에 도착하였다. 검은 모래찜질로 유명한 곳이다. 시간이 두서없이 흐른다.

바닷가 모래밭에 사람들이 얼굴만 내밀고 누워있다. 검은 모래밭은 경지정리 해놓은 논과 흡사하다. 발을 마주하고 사람들이 죽 누워있다. 바다바람이 분다. 춥다.

검은 모래 사이로 김이 올라온다. 바닥으로 온천이 흘러 그렇단다.

인부는 모래를 고르더니 한 명씩 지명해 누우라고 한다. 머리에 수건을 두르고 누웠다. 그는 삽으로 몸을 덮기 시작한다. 제법 묵직한 모래의 무게가 느껴진다. 무섭다.

바람이 분다. 이마가 시리다. 어제 불던 바람도, 1945년 2월 16일에 불던 바람도 이와 같이 이마를 시리게 하였겠지. 윤동주가 후쿠오카 감옥에서 숨을 거두던 날, 그날 불던 바람. 그 바람은 이 모래처럼 검은 바람이었을 것이다. 검게 불던 바람, 73년째 불던 그 바람이 오늘도 불어오고 있다.

교토 동지사대학을 다니다 연행되었던 윤동주. 그는 후쿠오카 감옥으로 이송된 후 숨을 거뒀다. 이렇게 검은 바람만 부는 쓸쓸한 하늘 아래에서.

이부스키에서 아소로 갔다. 이글루처럼 생긴 아소 팜 빌리지에서 자고 일어났다. 먼 데 산이 빡빡이다. 나무가 없는 민둥산이다. 풀이 자라있다. 아침 메뉴로 우유를 마셨다. 이곳은 목초가 많아 우유 생산이 많단다. 아소 팜 빌리지에 뜬 햇살에 눈이 부시다. 먼 데 산이 걸어온다. 햇살을 등에 지고 사진을 찍었다.

후쿠오카로 다시 달렸다. 왔던 길을 되돌아가고 있다. 후쿠오카, 기리시마, 가고시마, 이부스키, 사쿠라지마, 이름이 거기서 거기 같다.

일본 남부 어디쯤일 것이다. 아버지가 일제강점기에 강제노역을 왔던 곳. 아버지의 이야기를 따라 가본다. 밀감나무가 정자나무만 하였다. 그래서 밀감을 따려면 나무를 흔들어 따곤 하였다. 아버지는 그때 이야기를 그렇게 추억하고, 얼마 후 이승을 떠나는 기차를 탔다. 그리고 이내 돌아오지 않았다.

「어느 포로의 손목시계」의 주인공이었던 아버지와 미군 포로와의 이야기를 떠올린다.

일제강점기에 아버지는 노무자로, 미군장교는 포로로 일본에 잡혀와 있었다. 포로보다 노무자의 대접이 조금 나았다. 아버지는 배고픈 포로에게 먹을 것을 일본인의 눈을 피해 날라다 주었다. 해방이 될 것을 하루 전에 알고 있었다던 미군 포로. 1945년 8월 14일, 아버지는 먹을 것을 숨겨서 미군 포로에게 갔다. 이때 포로는 아버지에게 미국으로 같이 가자고 제안하였다. 가봐야 가난이 기다리고 있을 대한민국. 그러나 아버지는 고개를 가로로 흔들고 한국으로 돌아왔다. 가족의 품으로 귀환한 것이다. 이때 포로가 손목시계를 풀어 아버지에게 건넸다. 그러나 시계는 아버지 보다 포로에게 더 소중한 물건이다. 어찌 될지 모르는 긴박한 흐름 속에서 고향에서부터 함께 해온 포로의 시계. 그렇게 아버지와 미군 장교였던 포로는 행복을 빌며 헤어졌다.

아버지는 머나 먼 세월의 강을 건너셨다. 그 포로도 같은 강을 건넜을 것이다.

후쿠오카 하카타항으로 돌아오는 길은 길고 지루하였다. 좁은 의자에

등받이가 없는 것처럼, 목이 뻣뻣해진다. 어깨도 결린다. 자꾸만 이브스키 마을의 바닷가 검은 모래밭이 그려진다. 그리고 그곳에서는 반갑지 않은 검은 모래바람이 인다. 그 검은 바람이 이내 살 속을 헤집고 파고든다.

탑박사 나이토 타츄의 마지막 작품이라는 하카타 포트 타워에 올랐다. 하카타만과 후쿠오카 시내를 내려다보았다. 눈으로 윤동주와 아버지가 지났을 법한 길을 따라가 본다. 허사였다. 스산한 바람만 살을 파고든다.

근처의 작은 상점을 기웃거렸다. 그곳에 양말이 있었다. 실로 짜서 만든 양말이다. 아버지는 징용 때 양말이나 셔츠를 실로 떠 만들었다고 하였다. 양말을 두 켤레 샀다. 양말 속에서 실처럼 엉켜있던 아버지의 삶이 꾸물거린다.

자신의 삶을 마음대로 선택할 수 없었던 시절. 그 시절을 움쩍거리지 못하고 살아내야만 하였던 아버지. 그를 떠올린다. 실로 짜낸 양말에서 눈물이 솟았다. 그때의 아버지 눈물이 그칠 줄 모르고 솟아났다. 나는 오래도록 그 자리에서 입을 앙다물고 눈물을 삼켰다.

윤동주는 1917년 12월 30일 만주국 간도성 화룡현 명동촌에서, 아버지는 1917년 5월 25일 전북 진안에서 태어났다. 둘은 동갑나기이다. 그들은 지금부터 1세기 전에 태어났구나. 세월이 무심하다. 방금 지나간 바람이 스산스럽게 되돌아왔다.

윤동주는 후쿠오카에서 29살의 젊은 시절에 돌아올 수 없는 강을 건넜다. 그러나 아버지는 2011년 11월 11일 그 강을 따라 건넜다. 이들은 아무 관련이 없는 듯하다. 그러나 그들은 동갑나기이며, 일본이라는 공통 운명과 마주하게 된다. 윤동주는 유학을 하고, 아버지는 징용을 당해 일본이라는 서로 같은 공간에서 지내게 된다. 그리고 생을 마감할 때까지 또 그 후에도 끊임없이 대한민국이라는 세계에서 마주친다.

미국 장교 포로도 일본이라는 공간에서 같이 만난다. 이들의 기이하고 굴곡지고 애잔한 세월이 검은 모래바람으로 한차례 거세게 지난다. 그 바람 속에서 우리는 방향 잃은 키를 쥐고 걸어가고 있다. 텔레비전 화면에 소설가 김동리의 아들인 김평우 변호사의 모습이 지나간다. 태극기를 들고 있다.

후쿠오카를 다녀와 남편은 일행의 동영상을 제작하였다. 여행의 장면을 담은 영상 속에서 '블루나이트 요코하마~'라고 코맹맹이 노래가 흘러나온다. 그곳에서도 검은 모래바람이 여전히 불고 있다.

정지용과 윤동주의 온전히 정리되지 않은 시간과 거리에서 아직도 서성거리고 있다. 나는.

최정희의 증언과 슬픈 단어들

최정희는 모윤숙과 '다또상'이라는 소형 자동차를 탔다.

어느 날 입원하고 있는 이광수의 문병을 다녀오는 길이었다. 그런데 그 '다또상'에서 킬킬거리며 웃다가 '다또상' 운전사에게 쫓겨났다. 그리고 그들은 그날 집까지 걸어가야만 했다.

운전사는 소형 자동차인 '다또상'을 업신여기는 사람에게 차를 태워 줄 수 없다며 호통을 치고 화를 내며 길에다 차를 세웠다. 그들을 꼼짝없이 '다또상'에서 내릴 수밖에 없었다.

이들이 차에서 내려야 했던 이유는 「정지용, 1938년 – 사내대장부가 야간 체조를 좀 했기로서니…」(『옥천향수신문』, 2020. 8. 20, 4면)에서 연유되었다. 그들은 '다또상'(정지용 별명)을 부르며 '야간 체조'에 대해 이야기하며 킬킬거렸다. 그런데 운전사는 그들이 탄 '다또상'을 업신여기며 비웃는다는 생각에 화를 냈다. 당황스러운 오해가 발생하고 말았던 것이다.

정지용의 별명 '다또상'과 그들이 탄 자동차인 '다또상'이 같기에 벌어진 해프닝이었다. 그들은 이렇게 일제강점기라는 어두운 시대를 '웃음으로 눈물 닦기'를 하고 있었는지도 모른다.

최정희는 『삼천리』문학 편집을 하며 정지용과 가까운 사이가 되었다. 그리고 그들의 인연은 정지용이 사라졌던 시기까지 이어졌다.

6·25 한국전쟁 당시 정지용은 정치보위부에 자수하려고 갔다. 그러나 그 이후 그는 끝내 세상 밖으로 드러나지 못하는 운명을 맞는다. 어딘가에 그에 관한 자료가 숨어있거나 사라졌을지도 모르겠다. 답답하다.

최정희는 당시를 아래와 같이 증언한다.

> (중략) 강압적으로 나오는 남자의 태도를 어디서 보았던지 정지용 시인이 불쑥 튀어 나섰다. 『강아지 같은 사람이 뭘 잘못했다고 자수하라는 거요. 대한민국에서 가장 백지같이 산 사람일거요.』
>
> 정지용 시인은 나를 감싸주었다. 정지용 시인은 이십 명 가까운 동료들과 자기는 자수하러 나서면서도 날더러는 그냥 있으라고 당부했다. 그러던 정시인은 돌아오지 못했다. 정시인은 자수하러 가면 돌아 못 오는 일이 있을 것을 미리 알고 있었던 모양이다.
>
> ―『찬란한 대낮』,
> 문학과 지성사, 1987, 264면.

이는 정지용이 월북이 아니라는 사실을 뒷받침하는 중요한 단서가 되었다.

현재 월북과 납북으로 추정되는 자료들이 다수 남아있다. 그들 나름대로 설득력도 있다.

그러나 정확한 내막은 여전히 안개에 가려져 볼 수가 없다.

답답하다.

정지용은 이데올로기와 무관한 한국의 현대 시인이다. 그는 일제강점하에서도 우리말을 지키려 노력하였고 언어의 중요성에 대하여 가장 깊이 성찰하였던 인물이다. 그처럼 우리말을 지키기 위하여 우리말을 갈고 닦았던 조선어의 달필가는 드물 것이다.

글이 요지를 잃고 흔들린다.

가끔 정지용에 대한 글을 서술하려면 마음에 균열이 심하게 생길 때가 있다.

최정희가 정지용을 지칭하는 용어도 다르다. 1983년에 발간한 『한국문단이면사』에서는 "J시인"으로, 1987년에 발간한 『찬란한 대낮』에는 "정지용"으로 밝히고 있다.

"J시인"은 월북과 관련돼 정지용을 밝히기가 좀 껄끄러웠을 때 표현으로 보인다. 그러면 "J시인"이 정지용이라는 것의 유추는 어찌 가능한 것인가? 이는 "J시인"이 "휘문고보 영어 선생"이라는 것, 최정희가 『삼천리』문학 편집 당시 북아현동에 같이 살았다는 것, 그들의 친분이 두터웠던 것 등으로 미루어 짐작할 수 있다.

1983년과 1987년. 두 시기 모두 정지용에 대한 해금이 이루어지지 않았다.

그러나 1983년과 1987년의 온도 차는 있었다. "J시인"을 "정지용"이라 부를 수 있는 환경이 조금씩 조성되고 있었던 것이다.

이렇게 우리는 대한민국의 슬픈 역사를 안고 살아가고 있다.

"정지용"을 "J시인"이라 부를 수밖에 없었던 시대도 있었다.

그리고 최정희는 "소설가·기자·친일반민족행위자(한국민족대백과)"로 평가받고 있다.

모두 시대가 만들어낸 슬픈 단어들이라는 생각이다. 그냥 웃으며 눈물을 닦을 일이다.

오래된 길에서 새로운 길로

2019년 일본 지용제는 한국인뿐만 아니라 일본과 일본인이 먼저 놀라고 호응하였다. 그리고 한·일 양국의 매끄럽지 못한 상황으로 순수민간 문화교류로 이루어져 정지용 문학의 국제적 위상을 높였다는데 그 의의를 찾을 수 있었다.

문화 즉 예술은 국가나 이념을 초월하는 것이다. 특히 문학은 서로가 다소의 영향관계를 맺으며 형성된다. 이런 맥락에서 일본 지용제를 보면 한·일문학과 더 나아가 아시아·세계문학도 본래 한 가지에서 나고 자랐다는 인식이 억지가 아님을 말해주는 듯하다.

필자는 이번 일본 지용제의 모습을 보며 긴장과 환희 그리고 희망을 보았다(물론 여러 각도에서 다르게 볼 수도 있음을 인정하며 그 가능성도 열어두고자 한다). 이 희망적인 행사의 모습을 비교적 소상히 묘사하되 독자의 이해를 돕기 위하여 시간적 순서와 장소의 이동에 따른 순행적인 구성방식으로 서술하도록 하겠다.

11월 13일 새벽 3시.

입시한파가 여지없이 기승을 부렸다. 옥천문화원 광장에 지용제 관계자들이 모여서 인천국제공항으로 향한다. 끊임없이 긴장이 된다. 한·일 간의 긴장된 구도 속에서, 일본 현장의 상황에 대한 걱정이 앞선다.

그러나 민간교류의 중요성과 필요성을 어렴풋이 가늠하는지라 일본 지용제의 성공을 마음속으로 빌고 또 빌었다.

정지용 문학을 기리는 성공적인 행사를 위하여 마음이 복잡하다. 동행한 참여자들도 필자처럼 성공적인 행사를 위하여 최선을 다하겠다는 의지가 있었을 것이다. 그러니 이 행사를 총괄하는 분의 심적 부담감은 이루 말할 수 없으리라는 생각이 앞섰다. 슬프다. 한편으론 뿌듯하기도 하였다. 이러한 역설적인 감정과 상황이 일본 지용제 내내 따라다녔던 것은 사실이다.

정지용을 연구하는 필자는 그의 문학이나 옥천에 미력하나마 도움이 되었으면 좋겠다는 생각에 잠겼다. 후쿠오카 국제공항에 도착하였다. 입국수속 후, 1시간 40분이 소요되는 야나가와시로 이동하였다.

14시. 기타하라 하쿠슈(北原白秋 이하 하쿠슈) 생가·기념관 관계자들이 마중을 나와 있다. 지난 5월 옥천 지용제에서 만난 낯익은 이들의 환한 웃음에서 어두운 그림자를 다소 걷어낼 수 있었다. 한층 마음이 가벼워졌다. 하쿠슈 생가·기념관으로 이동하였다.

그곳에는 하쿠슈의 발자취와 김소운의 행적이 주로 나타나 있었다. 한편 정지용의 작품이 실려 있는 『근대풍경』과 '옥천 지용제' 관련 자료들이 전시되어 있다. 필자의 정지용 동시 (해설)집 『보고픈 마음, 호수만 하니』(북치는마을, 2019)도 진열되어 있었다. 외국문학관에서 뜻밖에 만난 자료들이 무척 반가웠다.

기본적으로 작가는 자신이 처한 상황이나 환경을 감옥과 같은 답답함과 불안함으로 인식한다. 그 인식은 현실과 치열하게 대결할 수밖에 없으며 항상 갈등할 수밖에 없는 존재이다. 또한 시대와 국가를 초월하여 작가는 갈등을 겪을 수밖에 없다. 이러한 갈등 해결을 위하여 작가는 늘 고민할 수밖에 없는 존재이다.

정지용의 글쓰기. 그것은 특수한 창작환경에 처한 그가 작품에서 현실을 어떻게 포착할 것인가에 대한 일반적인 '몸부림'이었다. 시인은 시를 쓸 때 자신이 처해있는 상황에 갈등하는 사람이다. 이 갈등을 시어로 포착하기 위하여 몸부림치는 사람이 시인이다. 이러한 창작의 고통을 느끼면 느낄수록 훌륭한 시를 쓸 수 있다.

한국인과 일본인이라는 대립구도 속에서도, 인간은 다 같은 사람이기에 자신이 처한 상황에 대한 갈등과 고민을 시어로 포착하기 위해 몸부림친다. 이것이 시인의 일반화된 논리이다. 정지용도 시인이다. 정지용의 끝나지 않은 갈등과 몸부림 그리고 고뇌가 한꺼번에 밀려온다.

18시. 포럼이 끝나고 하쿠슈 기념관 관계자, 문학포럼 참여자, 야나가와시 관계자, 한국인 유학생과 교장 선생님 등이 교류회(한국 옥천문화원 일행 환영 축하회)를 열었다. 깜짝 놀랐다. 야나가와시 관계자들(야나가와시 공무원·도의원·시의원 등)이 50여 명이나 참석하였다. 정지용의 「압천」을 한국어와 일본어로 낭송(손기연·김선이)하였고 '아리랑' 등의 연주를 하며 한·일 문화교류를 하였다. 관계자 모두 환하게 웃으며 반가워하였고, 후하게 대접해 주었다.

고마웠다. '오래된 길에서 새로운 길로' 희망의 빛이 내리길 바라며….

조선인 정지용과 「압천」

2019년 12월의 새벽.

분주하다. 교토로 1920년대 조선인 정지용을 만나러 가야하기 때문이다.

7시. 치쿠고나고야역으로 이동하기 위하여 숙소를 나왔다.

이른 아침임에도 불구하고 하쿠슈 생가·기념관 관계자(Kyoko Takada, Eriko Nisbida 등)가 배웅을 나왔다. 그들의 인정에 많은 생각이 지나간다. 어쩔 수 없었던 과거와, 미래로 가는 시간, 그것은 역사라는 명찰을 달고 있다. 현재에 살고 있는 나 그리고 우리의 미래. 그러나 희망을 버리지 않으련다.

8시. 교토로 이동하는 신간센에 몸을 실었다. 실내는 넓고 깨끗하였다. 1945년 윤동주가 생을 마감한 감옥이 있었던(현재는 후쿠오카 외곽으로 이전) 후쿠오카. 그리고 필자의 아버지가 일제강점기에 징용을 갔던 후쿠오카. 이곳에 오면 아니 생각만 하여도 울화통이 치밀다가 가라앉기를 반복한다. 뭉툭한 쇳덩이가 명치끝에 달린 듯 더부룩하다. 후쿠오카를 떠난다니 개운하고 밍밍한 묘한 감정이 교차한다.

12시. 교토역에 도착하니 키가 큰 가이드가 기다리고 있다. '조 상'이라 하였다. 그녀의 안내를 받으며 윤동주의 하숙집이 있던 교토조형예술대학으로 향했다. 박세용 교수는 윤동주와 강처중 그리고 윤일주 등에 대하여 설명한다. 윤동주, 정지용, 박세용은 교토 동지사대학 동창이다. 그러니 박세용 교수는 윤동주나 정지용에 대한 감정이 보통 사람보다 더 애틋할 것이라 예상된다. 실제로 박세용 교수는 필자가 정지용 문학을 연구할 때, 정지용이 일본에서 공부할 당시 상황이나 일본어를 필자가 질문하면 촘촘하고 세세하게 답변해 주었다.

정지용의 하숙집을 곧 찾았으면 좋겠다. 필자는 정지용의 하숙집이 교토식물원 근교에 있었다는 문헌을 찾은 적이 있다. 증언 구술자가 사라지기 전에 정지용에 관한 흔적들을 바르게 정리해야만 한다. 마음만 바쁘다.

해가 저물어갔다. 정지용이 거닐었을 '압천'에도 뿌연 어둠이 가라앉고 있다. 다리 위에서 '압천'을 바라보며 정지용이 유학을 시작한 "1923년 7월 京都鴨川에서"라는 창작 시점을 밝히고 있는 「鴨川」을 떠올린다. '압천' 어딘가를 걸었을 정지용. 2019년, 그의 고향 사람이 1923년의 정지용을 생각한다. 거의 100여 년의 세월이 흘렀다. 무심하다. 어디 무심한 것이 세월뿐이겠느냐마는 자꾸만 가슴이 헛헛해진다. '나그네'의 설움 말고도 정지용이 이마를 벽에 부딪힐 만큼 서러웠을 시간들을 생각한다. 저절로 눈물이 흐르는 것은 그의 고뇌가 미진하게나마 전해오는 까닭이다.

정지용 학술교류에 대한 눌언(訥言)

민족 분단의 최고 희생양이었던 정지용.

그 희생 아래 해방된 조국의 터전에 절실히 요구되었던 민족문학에 대한 지표 설정에 날카로운 대립의 칼날만 휘두르던 한국문학사와 비평.

이제 아리던 정지용의 상처를 봉합하려한다. 아니, 이 상처의 치유는 정지용만이 갖는 향유가 아니고 옥천군과 대한민국이 동시에 누리는 평화의 징조이다. 이 평화를 위해 정지용 문학을 매개로한 학술교류에 전 세계인이 환호할 것임에 틀림없다.

이에 "남북한 정지용 학술교류"의 당위성에 대하여 정지용을 사랑하는 사람으로 그를 연구하는 학자적 입장으로 혹은 그의 고향 사람인 옥천인이라는 자격으로 눌언하고자 한다.

첫째, 문학사적 측면이다.

남북한 문학의 좌우익에 대한 불신과 어용을 초래한 일본 군국주의의 폭력. 그것에 압살 당하였던 당시 모든 사회·문화적 영역의 이념적 갈등. 그 갈등으로 인한 문학인과 그들의 작품 그리고 남북한의 정통 한국문학사 정립과 오점해소에 있다.

1948년 12월 공포된 국가보안법에 의거하여 1949년 6월 국민보도연맹이 결성된다.

정지용은 조선문학가 동맹에 발을 들여놓았던 이력 때문에 보도연맹에 가입하지 않을 수 없었다. 굳이 "좌우익의 노선에서 규정하자면 정지용은 김구의 민족통일 지상주의 노선"이었다고 할 수 있다. 『경향신문』 칼럼 「여적」에서 정치현실을 비판하기도 하였지만 『산문』(동지사, 1949.)에 발표한 「남북회담에 그치라」를 살펴보면 "민족통일 지상주의에 가깝"다는 것을 인지할 수 있다. 그런데 김구가 안두희에게 피살되고, 정지용의 "정치현실에 대한 혐오감은 극도에 도달"했을 것이다. 이 절박한 상황을 정지용은 "명예회복의 차원에서 좌파청산에 앞장서지 않을 수 없"었다. 국민보도연맹 가입 후 정지용은 「상허에게」라는 이태준에 대한 경고문을 발표하고, 사회를 보기도 하며, 양주동에 이어 보도연맹 문화실장으로 취임하기도 한다. 정지용은 『국도신문』에 「남해오월점철」(5월 7일-6월 28일)을 연재한다. 이를 두고 "보도연맹의 선무활동이라 하고 그를 심정적 좌파라 추론하는 젊은 학자도 있으나 동조하지는 않"는다고 양왕용(『한국현대시와 디아스포라』, 작가마을, 2014, 41-42면.)은 서술하고 있다.

그런데도 아이러니하게 문교부는 정지용을 좌파로 인정, 중등학교 국어교과서에 수록되었던 그의 작품 10편을 삭제하고 만다. 즉 정지용의 작품은 인간 정지용 혹은 문학인 정지용보다 먼저 숙청당하고 말았던 것이다. 사실 이러한 측면에서 그는 1950년 6 · 25 한국전쟁이 발발하기 전부터 민족분단의 희생양이 되고 말았다는 표현이 옳을지도 모른다.

둘째, 언어학적 측면이다.

정지용 문학 언어를 통하여 남북교류의 가장 기본적 요소인 언어를 세련되고 아름답게 소통하여야 할 필요성이 있다. 이러한 소통으로 외래어, 외국어, 한자어를 많이 쓰는 남한 언어와 규정에 맞춘 고유어 형태로 변화시킨 일상 언어를 주로 쓴다는 북한 언어를 포용·정리하여야 한다. 정지용 문학은 이러한 문학 언어와 일상 언어를 포용·정리하는 해결의 실마리를 제공하는 역할의 일종으로 작용될 것이기 때문이다.

문학은 하나의 심미적 우주 혹은 현실 공간에 열려 있는 의미체이다. 이러한 문학에 남북 분단이 고착화되면서 토속어 혹은 문학어의 정체성 소멸과 변화를 초래하였다. 그리하여 남북한은 언어의 가장 큰 역할인 의사소통의 단절과 어려움을 겪게 되었던 것도 사실이다. 정치·사회적 조건에 의하여 언어의 순수성과 보편성이 유지되어야 하나 의사소통이 단절된 남북언어는 그렇지 않은 것으로 알려져 있다.

남한은 1933년 '한글맞춤법 통일안'이 제정된 이래 "교양 있는 사람들이 두루 쓰는 현대 서울말"을 표준어로 사용한다. 북한은 조선어의 민족적 특성을 살려 평양말을 중심으로 독자적인 공용어를 확립한 문화어를 쓴다. 문화어는 노동계급을 중심으로 민족어, 혁명성, 주체적 언어사상 등을 강조한다. 물론 문화어는 고유어나 방언의 수용에 적극적이라는 평이다.

이러한 "표준어"와 "문화어"는 남북한 언어의 이질화를 초래함과 동시에 민족적 문제로 파급·확산 되었다. 현재 이 문제에 대한 해결의 실마리를 찾는 작업의 필요성이 중요하게 대두되고 있는 실정이다. 이에 정지용 문학 언어가 그 해결의 단초역할을 해내야만 한다.

이외에도 정치·경제적인 측면의 필요성이 대두될 터인데 이는 필자와는 '풍마우불상급(風馬牛不相及)'인지라 이만 그치도록 한다.

온수가 쏟아질 날을 기다리며

교토 동지사대학 방문과 오사카 문화원에서의 한글 작문 콘테스트를 열기 위하여 매일 바쁜 일정을 소화해내야만 하였다. 가치 있고 중요한 일이라 사료되기에 힘든 줄 모르고 달렸다.

"울면서 썼어요."

한글 시 콘테스트에서 대상을 받은 이지훈의 인터뷰 첫 대사가 왱- 앵- 거린다. 오래도록.

11월 15일

8시. 일본의 옛 황궁 '어소'를 일견하고 동지사대학으로 향한다.

9시. 동지사대학에 예정보다 일찍 도착하였다.

정지용 시비 「鴨川」(鴨川 十里 벌 에 / 해는 점으러. 점으러. // (중략)) 앞에 모였다. 각자 헌화를 하고 참배하였다. 윤동주 시비 「序詩」(하늘을 우러러 / (중략)) 앞에서도 헌화하고 참배하였다.

9시 50분. 동지사대학 관계자들과 면담을 하였다.

애초 10시로 예정되어 있던 면담이었다. 하지만 한국 일행이 먼저 도착하여 10분 정도 일찍 시작하였다. 명함을 주고받았다. 그리고 작지만 마음을 담은 기념품 전달식도 있었다.

한국 측은 김승룡 원장, 김종구 교수, 곽명영 팀장, 박승룡 SNS 서포터즈 단장, 박덕규 교수, 필자가 자리하였다. 일본 측은 Yuejun ZHEUNG, Ph. D.(國際センター所長), Tatsuya TANAKA.(EUキャンペス支援室事務長), OTTA 교수가 참석하였다. 통역은 박세용 교수가 맡고, 기록·사진은 도복희 시인이 수고하였다.

이 면담에는 주로 김승룡 문화원장의 정지용을 매개로한 동지사대학과 옥천의 발전에 대한 고민이 들어있었다. 그리고 김종구 교수는 동지사대학과 충북도립대와의 교류에 대하여 논의하였다. 참 필요하고 의미 있는 일이다. 이처럼 발전지향적인 논의가 진행된 것이 기쁘다. 이를 계기로 문학을 매개체로 하는 민간외교의 창의적이고 희망적인 메시지를 교류한 셈이다. 참석자들의 발걸음이 한결 가벼워졌다. 긴장의 연속이었던, 하루 중 한나절이 지나고 있었다. 뿌듯하다.

11시 30분. 동지사대학을 나왔다.

달이 뜬 밤이면 정지용이 후배 김환태를 데리고 갔다는 동지사대학 근교의 동국사. 그곳에서 자신이 쓴 시를 낭송해 주었다는 정지용. 동국사에 들르지는 못하였다. 오사카 문화원에서 한글 콘테스트를 치러야하기 때문에 시간이 촉박하였다. 다음을 기약하고 급히 발걸음을 돌려 오사카로 향했다.

14시. 오사카 문화원은 북적였다.

대회에 참가하기 위한 100여명의 학생들과 일반인이 군데군데 자리하고 있었다. 행사관계자들도 분주히 움직였다. '4회 정지용 한글 시 콘테스트'(주최=옥천군·옥천문화원·주오사카한국문화원, 후원= KOFICE·주오사카한국문화원·세종학당·도시샤 코리아연구센터·도시샤대학 한국유학생회)가 오사카 한국문화원 4층 누리홀에서 열렸다.

시제가 발표되었다. 시제는 '소식'과 '이웃집'이다.

15시 20분 참여자들은 원고지에 시를 적는 작업을 끝냈다.

심사를 하는 동안 동지사대학 코리아연구센터장 오타 오사무 교수의 '정지용 시인과 그의 시'에 대한 강의가 있었다. 이어 안세란의 '샌드아트', 손기연 · 김선이의 시낭송, K-POP공연 등의 행사가 진행되었다.

16시 20분 한글콘테스트 심사가 끝났다.

대상은 이지훈, 최우수상은 미즈구치 윳카 · 김희연, 우수상은 나가에 아야코 · 하야시 리코 · 윤소담 · 호유진 · 하지우, 장려상은 박유기 · 오와키 유미 · 오시로 가나코 · 이와키 시온 · 박원선 · 권윤서 · 김시란 · 이규리 · 최한나가 수상의 영광을 차지하였다.

심사위원 전원의 의견 일치로 선정된 이들의 작품은 진솔한 시적 형상화의 작업이 잘 이루어지고 있었다. 수상작은 우열을 가리기 힘들었다. 어머니의 요리 소식, 이웃집 이모의 보살핌 등 다양한 소재를 잘 활용하고 있었다. 특히, 좋은 점수와 관계에서 아쉬움을 자아낸 작품도 있었다. 박원선의 시는 여운의 진동이 길어 기억에 남는다. 인간이면 가지게 되는 고유하고 따뜻한 사랑이 담겨있었기 때문이다. 헤어진 친구를 나무라기보다는 그리워하며 안녕을 빌고 걱정하고 있었다. 마치 나태주 시인의 글을 보는 듯하였다. 또박또박 정자체의 한글로 예쁘게 써내려간 원고지 사이로 '鴨川'이 흐르는 듯하다. 원고지 마디마다 인정이 지나고 있었다. 비록 대상을 수상하지는 못하였지만, 그의 시에는 좋은 글을 쓸 수 있는 자양분이 가득하였다.

17시. 시상식이 끝났다.

"울면서 썼어요."

대상을 받은 이지훈(20)이 소감을 묻는 필자에게 대뜸 대답한 말이다. 7년 전 돌아가신 할아버지께서 들려주시던 이야기를 시의 소재로 삼았단다. 그리고 이내 눈시울이 붉어졌다. 이지훈의 눈에서는 금방 눈물이 떨어질 것만 같았다. 그의 「소식」은 '퐁당'이라는 부제를 달고 있었다.

> 잘 들어.
> 퐁당
>
> 이게 무슨 소리지?
> 이야기 보따리를 빠뜨리는 소리야.
>
> 할아버지가
> 재미있는 이야기를 많이 싸왔어요.
>
> 근데 다리를 건너오다
> 그만 강가에 빠뜨렸지 뭐야.
> 퐁당
>
> 할아버지가
> 재미있는 이야기해줄까?
> 퐁당

할아버지가
무서운 이야기해줄까?
퐁당

그때는 몰랐던 이야기.
이제는 듣지 못할 이야기.

할아버지,
제 이야기 들려드릴까요?
퐁당

내 소식이 들릴까
하늘에 던져본다.

퐁당
퐁당

　할아버지의 이야기를 듣고 자란 화자는 할아버지께서 들려준 이야기
를 소환한다. 그리고 영영 들을 수 없음에도 좌절하지 않는다. 돌아가시
기 전에 할아버지께서 했던 것처럼, 화자가 할아버지께 다 못한 이야기
를 들려주는 구조를 취하고 있다. 할아버지처럼 "퐁당 / 퐁당 //". 하늘에
대고 화자의 소식을 전한다.
　인천이 고향이라는 이지훈은 지금 살아계시면 99세가 되었을 할아버
지를 향해 "보고 싶다"고 하였다. 그리고 장난을 잘 치시던 할아버지께
툴툴거려서 "죄송하다"고도 하였다. 지훈이의 이 말들이 허공에 흩어지

지 말고 하늘에 닿아 할아버지께 전달되길 바란다. "퐁당". 이야기를 해 주시던 할아버지는 손자 지훈이가 "검사"가 되기를 바라셨단다. 할아버지의 바람과 지훈이의 소망이 꼭 이루어지길 바란다.

이렇게 2019년 일본 지용제는 막을 내렸다.

한·일 양국은 정지용이라는 시인과 한·일 문학을 불쏘시개로 부릴 일이다. 그리하여 살얼음 빳빳한 현대사회 상황을 따뜻한 온수로 데워 내야 한다. 필자는 온수가 펑펑 쏟아질 날을 희망할 뿐이다.

VII.

지용제,
현대인에게 지급되는
특별수당

지용제, 현대인에게 지급되는 특별수당

'32회 지용제'와 정지용을 찾아 떠나는 기행은 고향을 상실한 현대인에게 지급되는 특별수당이다.

현대인들은 삶의 일탈을 꿈꾸며 끊임없이 그들의 안식처를 찾아 떠난다. 한편 일상적 삶에 대한 정지용의 고향 의식은 그리움을 안고 애끓는 고향상실로 굵은 방점을 찍는다.

그렇다.

정지용에게 고향은 '떠남'의 의식이었고 '그리움'의 또 다른 공간이었다. 그리하여 독자들에게 정지용의 고향은 '신이함'의 공간으로 자리한다. 이러한 신이함은 독자와 작가의 상호작용을 통한 교감의 공간을 형성하게 된다.

정지용의 대표시라 불리는 「향수」에서조차도, 그는 농촌공동체가 가진 그리움과 고향을 떠나온 사람의 고달픔까지 작품에 담아내고 있다. 이는 곧 고향 옥천을 향한 마음의 표현이며 그것의 그리움에 대한 다른 표현으로 볼 수 있다. 그러나 그 고향은 기억 속에서만 존재하며 더 이상 실제로는 존재하지 않는 고향을 대상하고 있다.

이렇게 정지용은 고향을 노래하며 고향을 떠나있었다. 아니 고향을 떠나지 못하여 고향을 애타도록 노래하였는지도 모를 일이다. 그렇게 그는 때로는 고향을 떠나서 고향을 그리워하고, 고향에 돌아와서도 고향의 모습을 찾을 수 없어 슬퍼하였다.

정지용의 산문「우통을 벗었구나」에 "진달래꽃이 피어 멀리서 보아도 타는듯 붉었"다는 '무스랑이 뒷산'이 등장한다. 정지용이 보통학교 시절에 오르고 들렀다는 무스랑이 뒷산. 그 산에 진달래가 피었다.

이 글이 지면을 통하여 독자들을 만날 때면 그 진달래는 자취를 감추고 말 것이지만 다음해에 또 피어날 것이다. 정지용의 시가 해마다 피어나고 그의 시심을 불러내는 '지용제'가 해마다 치러지듯이 말이다.

'어린이 날'이 다가오고 '32회 지용제'도 막이 오르려 한다.

"박달나무 팽이를 갖"고 싶다던 정지용. 그는 어머니를 조르고, 목수집을 찾아가고, 아버지를 설득해, 팽이를 만든다. 그는 얼음 언 미나리 논에서 박달팽이를 돌린다.

정지용의「장난감 없이 자란 어른」을 가만히 생각한다. 그러면 "연을 날리기에는 돈이 많이 들어 못 날리"었다는 가슴 아픈 이야기가 명치끝을 타고 오른다. 온통 슬픈 이야기이다. 그때는 그랬을 것이라는 자조(自助) 섞인 위로를 해본다.

정지용의「녯니약이 구절」은 고향을 떠나온 자의 고달픔이 묻어있다. 그 고달픔의 정서가「향수」보다 더 진하고 직설적으로 배어있다. '열네살부터 나가서 고달팟'던 정지용의 고향집은 '집 차저 오는 밤', '이 집 문ㅅ고리나, 집웅'에서 확인되는 것처럼 정지용 시인이 실재하는 고향집 바로 그 공간이다.

집 써나가 배운 노래를 / 집 차저 오는 밤 / 논ㅅ둑 길에서 불럿노라. // 나가서도 고달피고 / 돌아와 서도 고달펏노라. / 열네살부터 나가서 고달펏노라. // 나가서 어더온 이야기를 / 닭이 울도락, / 아버지쌔 닐으노니 - // 기름ㅅ불은 짜박이며 듯고, / 어머니는 눈에 눈물을 고이신대로 듯고 / 니치대든 어린 누이 안긴데로 잠들며 듯고 / 우ㅅ방 문셯주에는 그사람이 서서 듯고, // 큰 독 안에 실닌 슬픈 물 가치 / 속살대는 이 시고을 밤은 / 차저 온 동네ㅅ사람들 처럼 도라서서 듯고, // ― 그러나 이것이 모도 다 / 그 녜전부터 엇던 시연찬은 사람들이 / 쏫닛지 못하고 그대로 간 니야기어니 // 이 집 문ㅅ고리나, 집웅이나, / 늙으신 아버지의 착하듸 착한 수염이나, / 활처럼 휘여다 부친 밤한울이나, // 이것이 모도다 / 그 녜전 부터 전하는 니야기 구절 일러라. //

　　　　　　－「녯니약이 구절」전문, 『신민』21호(1927.1)

　'32회 지용제'와 정지용의 고향 옥천을 찾아 떠나는 기행.

　그것은 정지용의 작품에 심취하는 길이고 그를 사랑하는 길이다. 뿐만 아니라 고향이라는 구심점을 잃은 현대인에게 영원한 의지처가 되어줄 것이다. 그러기에 옥천군은 길 잃고 고향 잃어 헤매는 현대인에게 특별수당을 지급하려한다. '32회 지용제'를 찾아 떠나는 옥천기행을 통하여.

나태주와 함께 간 정지용 고향집

'정지용 고향집 가는 길'을 걷는 것은 정지용과 함께 한국문학사를 다시 한번 되짚어 보는 작업이다. 정지용을 기준으로 설정해보면 한국시문학사가 그 옆으로, 앞으로. 뒤로, 고구마 줄기처럼 끌려 나오기 때문이다.

특히 나태주 시인과 이 길을 걷는 것은 퍽 의미가 있다. 나태주 시인은 정지용 동시집 『보고픈 마음, 호수만 하니』 서문에서 "정지용의 손자뻘 되는 사람"이라고 스스로 고백하고 있다. 정지용은 박목월을 추천하였고 박목월은 나태주를 문단에 추천하였다. 그리하여 정지용, 박목월, 나태주는 문단의 한 계보를 이루며 시를 쓰면서 살았거나 살고 있다. 그들은 모두 훌륭한 시인이 되었다.

2020년 11월 16일.

나태주 시인을 모시러 간다. 아직 새벽안개가 채 가시지 않았다. 공주로 가는 길은 따사로웠다. 11월 중순의 날씨답지 않게 햇살이 좋은 날이다. 고속도로 노선을 몇 번 바꿔가며 도착한 공주였다. 공주의 아침은 고요하였다. 아니 고요 속에 분주함이 묻어났다.

공주산성 이정표를 지나 시내를 통과하고 터널을 지나니 나태주 시인 댁이었다. 내비게이션 덕분에 쉽게 목적지에 도착한 셈이다.

나태주 시인 특유의 모자로 매무새를 정리하신 그가 아파트 주차장으로 내려오셨다.

공주를 떠난다. 이동 중에 차 안에서 말씀하신다. 정지용에 관하여 물어보신다. 아마 필자가 정지용을 좀 알지 않겠지 싶어 질문을 하시는 듯하였다. 정지용에 관한 이러저러한 이야기를 하면서 고속도로를 지난다.

나태주 선생님께 여쭈어보았다.
"시는 어떻게 쓰는 겁니까?"
"시는 '무엇에 대하여' 쓰는 것이 아니고 '무엇'을 쓰는 거야. 정지용 선생님이 그렇게 쓰셨거든. 그런데 시인들이 대부분 '무엇에 대하여' 쓰고 있어."
"언어 말입니다. 시를 창작할 때 시적 언어가 부족할 텐데 그 부족한 언어들은 어떻게 처리하시는지요?"
"그건 단어를 만들어야 하지."

아! 대학에서 한 학기 3학점 분량의 '현대 시론' 시간을 이수한 느낌이었다. 잠깐 옥천에 도착하였다. 시간으로는 1시간 30분 정도가 소요된 듯한 데······.

"어디로 모실까요?"
옥천문화원에 전화를 하였다. 문화원장이 부재중이라는 답변이다.

옥천역에서 나머지 일행들을 만나기로 하였으니 옥천역 근처로 모시는 것이 좋을 듯하는 생각이었다. 옥천에서는 간간이 있는 현대적 감각의 'EDIYA' 커피숍으로 모셨다. 커피를 사신다. 요즈음 대한민국에서 가장 인기가 좋다는 시인께서 사주신 커피를 마실 수 있다니……. 기분이 좋다.

커피를 마시는 동안 이안재 사무국장이 도착하여 옥천역으로 갔다. 옥천고등학교 학생 3명과 동영상 촬영하는 업체(서울에서 유명하다고 한다)도 합류하였다.

나태주 시인이 옥천역에서 나온다. 컨셉이 그러하였다. 정지용의 「삼인」에서 발상된 것이리라.

옥천역 앞에 세워진 정지용 시비 「고향」을 낭독하신다. 채동선의 작곡으로 노래로 불려지게 된 이 시는 정지용의 개인사만큼이나 애잔한 역사를 지니고 있다. 그러나 그 또한 어찌하겠는가. 역사인 것을. 아니 역사였던 것을. 역사 앞에서 자신에게 닥쳐온 시대의 불운을 역행하기란 불가능할 수도 있는 일이기에.

교통신호가 파란불이다. 횡단보도를 건너서 옥천경찰서 앞을 지난다. 1917년 한때 홍수로 붕괴 되어 재건된 역사를 가진 다리이다. 나보다 나이를 훨씬 많이 드신 어른 다리인 셈이다.

정지용도 이 다리를 건넜을 것이다. 경성에서 옥천으로 올 때나 일본에서 옥천으로 올 때도 부산역을 경유하여 옥천역으로 왔을 것이다. 그때는 청주 공항으로 오는 비행기도 없었고 더더욱 자가용도 없었을 것이기 때문이다.

1905년 옥천에 경부선 철도가 지나고 옥천은 그에 맞춰 앞신작로가 생겼다. 우리는 그길을 따라 정지용 집으로 가고 있었다. 옥천문화원에 들러 정지용 유품들과 훈장증 등을 본 후에 최초의 정지용 시비「향수」앞에 섰다. 가수 이동원과 박인수 그리고 시비에 쓸 비석을 마련하느라 재미있는 일화를 만드신 박효근 전 문화원장의 이야기로 웃음을 피워냈다.

문화원 담벼락에 붙어있는 정지용 시비를 바라보고 설명을 들었다.「발열」에 대하여 주로 이야기를 하였다. 어찌 되었든 정지용의 가정사에 닥친 불행이 불후의 명작 시로 탄생되었다. 참 모를 것이 인생이다.

정지용이 다닌 옥천공립보통학교(현 죽향초등학교)에 도착하여 정지용의 후배들을 만나고 구교사를 바라보았다.

드디어 정지용 생가에 도착하였다. 이 먼 길을 정지용은 타박타박 걸었을 것이다. 걸으면서 솔푸데기 속의 새도 만나고 길바닥의 지렁이도 만났을 것이다. 그러면서 정지용은 시심을 길렀을 것이고 그 시심은 그의 시창작에 반영되었다고 본다.

정지용 생가 마당에 우물이 깊을 것만 같은 날이었다. '문정반점'에서 늦은 점심을 먹었다. 볶음밥이었다.

정지용 문학의 정체성 확립과 세계화

- 6회 연변(상해) 국제정지용 백일장

2017년 12월 중국 항주사범대학교 서원 제7빌딩에서 백일장 개회식이 열렸다.

옥천군과 옥천문화원이 주최한 백일장에는 항주사범대학교, 절강외국어대학교, 절강수인대학교, 절강월수외국어대학교, 절강관광대학 등에서 150여 명의 경시자와 관계자가 참석하였다.

개회식은 남방아리랑 현충혁 회장의 내빈소개로 시작되었고 난계국악단의 김율희와 최민정의 향피리와 장구 축하공연이 있었다. 이어 옥천문화원 김승룡 원장의 대회사와 옥천군 이용범 문화관광과장의 축사로 본격적인 막을 열었다.

김승룡 원장은 대회사에서 "제6회 국제정지용 백일장을 문화도시 항주에서 열린 것을 영광으로 생각"한다며 "현충혁, 유춘희, 김재국, 김병운, 문영자 교수에게 감사"하다고 전했다.

이용범 과장은 "정지용 백일장 대회를 위해 애써주신 남방아리랑 창작위원회에 감사"드린다며 "백일장을 통해 정지용문학의 세계화에 기여하는 계기를 마련하고 참가자들도 최고의 문학가로 성장하길 바란다."고 격려사를 마쳤다.

이어 경희사이버대학교 홍용희 교수는 정지용의 소개를, 옥천문화원 전 박효근 이인석 문화원장의 정지용과 그를 기리는 문학제에 대한 간략한 소개가 있었다.

개회식을 마친 후 항주국제도시학 연구센터에서 백일장 경시가 이루어졌다.

시제는 '친구'와 '가을비'였다.

연변(상해) 정지용국제 백일장은 각 대학의 한국어과 학생들이 주로 참석하였다. 그래서 한국어에 맞는 원고지 쓰기와 맞춤법에 주력하여 글쓰기를 하였다. 400자 원고지에 800~1000자 정도의 분량을 요구하는 백일장이었다.

백일장 심사기준은 ⓐ제목과 일치정도 20% ⓑ문법적 오류 20% ⓒ서론, 본론, 결론의 형식 10% ⓓ표현력 10% ⓔ띄어쓰기, 어법, 원고지 맞춤법 10% ⓕ글의 감동성 30%로 정하여 심사가 이루어졌다. 심사위원은 한국 측 홍용희 교수, 필자, 천기석 시인 등이 수고하였다. 중국 측은 항주사범대학교의 유춘희 · 김재국 교수, 수인대학교 김병운 교수, 절강외국어대학교 문영자 교수, 남방아리랑 현충혁 회장이 맡아 진행하였다.

6회 국제정지용 백일장의 1등은 「가을비」를 쓴 절강외국어대학교 임효민 학생이 차지하였다.

2등은 「가을비」를 쓴 절강수인대학교 장의진과 「친구」를 쓴 절강월수외국어대학교 호우가, 3등은 「가을비」의 절강월수외국어대학교의 장우첩과 「친구」의 항주사범대학교 노의영 그리고 「가을비」의 절강수인대학교 왕로료가 수상의 영예를 안았다. 장려상은 항주사범대학교 오소리, 조수미, 반일혼과 절강관광대학교의 웅려려, 절강외국어대학교 황요 학생이 「친구」라는 주제로 수상을 하였다.

경희사이버대학교 홍용희 교수는 "글을 쓰는 것은 자신의 본모습을 거울에 비추어보고 이를 이정표삼아 더 나은 나를 찾아가는 여정"이라며 "심사위원들은 공통적으로 여러분이 한글을 기대 이상으로 정확하게 구사하고 있고 글씨 역시 예쁘게 쓰고 있다는 점에 새삼 놀랐다."고 심사평을 시작하였다. 이어 "1등 임효민의 「가을비」는 자신과 어머니와의 관계와 추억을 섬세하고 애틋하게 그렸"다고, 「가을비」를 통해 자신의 성장기를 매우 원숙한 문장력으로 노래하거나 한국유학생활의 체험을 통해 친구의 의미를 새삼 깨닫게 된 과정을 진솔하게 표현한 장의진, 호우가에게 각각 영예가 돌아갔다. 수상은 하지 못해도 많은 좋은 작품이 있었다, 앞으로 더욱 정진해서 완성도 높은 작품을 창작해 나가길 바라며 여러분의 깊은 한글 사랑과 글쓰기에 다시 한 번 큰 경의의 박수를 보낸"다고 심사평을 마무리하였다.

한편 정지용 시의 세계화 확산을 위한 노력으로 정지용 작품으로 시낭송 대회도 열었다. 항주 사범대학 서원 제7빌딩에서 열린 시낭송 대회에는 100여명의 참가자와 관계자가 참석하여 기량을 겨뤘다. 이 시낭송 대회에서는 정지용의 「고향」을 낭송한 절강외국어대학교 황열우 등 6명이 입상의 영예를 안았다.

7회를 맞은 연변백일장은 우여곡절이 많았다.

2012년 1회 연변백일장을 열었다. 본디 2011년에 백일장을 열기 위해서 필자의 사비 오백만 원으로 준비를 하였다. 물론 이렇게 시작하면 옥천군(당시 김성종 팀장)에서 연이어 행사를 지원하겠다는 의도를 보였다. 그래서 백일장 준비금으로 오백만 원을 연변에 보냈다. 그런데 하필 2011년 그해 소수민의 폭동이 일어났다. 중국 측은 새로 시작하는 행사는 금지하라고 하였다. 그리하여 2012년에 1회 연변백일장이 열리게 된 사연이다.

「향수」 시비와 지용제 일화

정지용이라는 현대문학의 거대 담론을 담은 지용제. 이 문학행사를 옥천은 30년째 맞이하고 있다. 빼어난 시인 정지용과 그 주변의 아름다운 사람들을 생각하여 본다.

지용제는 어느 날 우연히 만들어진 것은 아니다. 지금의 지용제가 있기까지 수많은 사람들의 고민이 지나갔다. 물론 그들 사이에 갈등의 골이 깊을 때도 있었으리라. 그러나 그 갈등은 오롯이 정지용을 향한 바른 마음이었기에 앙금으로 남지 않았으리라는 생각이다.

1988년 3월 정지용의 작품이 해금되었다. 납·월북 문인 중 먼저 김기림의 작품과 함께 해금을 맞은 것이다. 두 시인 모두 사상성과는 거리가 있었다는 판단에서이다. 이는 영원히 매몰될 위기에 처하였던 소중한 문화유산이 우리 곁으로 돌아온 것이다. 그럼에도 불구하고 여전히 순수문학의 본령을 지키기에는 힘들었다.

해금이 되기까지는 지용회, 문학과 문화계 관계자, 유족, 지역 인사, 지용을 사랑하는 사람 등의 눈물겨운 고난이 뒤따랐으리라. 고마운 일이다.

해금을 맞고 그해 지용제가 치러졌다.

1988년 5월 15일 세종문화회관에서 지용제가 열린다. 당시 박효근 옥천문화원장 등이 참석하였다고 한다. 이후 박 원장의 두툼한 포부와 용감한 능력으로 그해 6월 25일 옥천에서 지용제를 치르게 된다. 한해에 2번의 지용제를 서울과 옥천에서 치른 것이다.

1989년 5월 14일 옥천에 「향수」시비가 제막된다. 아마 옥천에 정지용 시비로는 가장 먼저 들어섰지 싶다. 당시 시비에 쓰일 바위를 속리산에서 몰래 들고 왔단다. 「향수」시비에 썩 어울릴 것 같은 자태를 지닌 바위. 그 바위는 박 원장의 눈에 띄었고 그는 속리산국립공원에 가서 시비에 쓰일 바위를 '훔쳐왔다'며 그 시절을 회상할 때가 있다. 지금은 불가능한 일이다. 웃을 수도 울 수도 없는 이야기지만 당시 정지용 시비에 대한 절박성을 잘 드러내는 대목이다. 이 깊고 절실한 소망 앞에 용기가 더하여 관성회관 좌측에 평보 서희환의 서체로 「향수」시비가 세워지게 되었다.

이렇게 지용제는 나이를 먹어갔다. 아름다운 사람들의 나이테를 새기며 해를 거듭할수록 빛이 났다. 지용제도 이젠 어엿한 성년이 되었다.

1988년 3월 정지용 문학이 해금을 맞고 4월 지용회가 결성된다.

지용회는 김수남, 박두진, 구상, 김남조, 유안진 등으로 구성되었다. 이때 회장은 방용구가 맡았다.

그해 5월 15일 세종문화회관에서 '지용제'가 열린다.

지용회에서 주관하여 열린 지용제에 당시 박효근 옥천문화원장이 참석하게 된다. 박 원장은 '지용제' 옥천 이동에 대한 끊임없는 요구를 지용회 측에 하였다. 박 원장의 설득이 통하여 그해 6월 25일 옥천에서 1회

'지용제'가 개최되었다.

1988년에는 '지용제'가 사실상 1회 지용제가 2번 치러졌다. 서울과 옥천에서. 1989년 이후 지금까지 옥천에서 매년 5월 15일을 전후해서 '지용제'가 열린다. 박효근 전 문화원장을 만났다. 그에게 물었다.

▼ 왜 옥천에서 지용제를 개최하기로 결심 하셨는지요?
▲ 이유는 잘 몰랐어.
▲ 그냥 옥천에서 해야 되겠다고 생각했어.
▲ 그러고 싶었어.

당시 박효근 문화원장은 이렇게 그때를 회상하였다.
"그냥 그러고 싶었다."는 한 마디에 그 당시 과거가 다 함축되어 전해졌다.

학문이란 자유로운 분위기에서 이루어져야 성취도가 높게 나타난다. 그렇듯 정지용의 고향 후배였던 박효근 전 문화원장도 그렇게 정지용을 자유롭게 고향하늘에 놓아두고 싶었으리라. 그렇게 하여야 우리 후손들에게 물려줄 성취도 높은 유산 하나를 정리하는 것이 아니겠는가.

▼ 그냥 그러고 싶으셨어요?
▲ 내가 아는 게 뭐 있나?
▲ 그냥 무식한 게 재산이지.
▲ 억지 써서 가져왔어.

박 원장은 이렇게 겸손히 말한다. 그러나 그 짧은 단답형의 문장 속으로 세월이 흘렀다. 당시의 아픔과 서글픔도 동시에 지나갔다.

하지만 정지용에 대하여 박효근 문화원장 만큼 아는 사람도 드물 것이다. 그것을 필자는 이미 알고 있다. 박 원장의 겸손에 새삼 머리가 숙여진다.

박 원장은 명문 대전고등학교 출신이지만 항상 운동만 하느라 공부는한 적이 없다고 농담도 가끔 하시는 유머감각조차 뛰어나신 예술적인 분이다.

항상 빠른 속도로 말씀을 하시는 그는 정지용에 관한 이야기만 나오면유독 더욱 말에 가속도가 붙는다. 신이 나기도 하는 듯하다.

▼ 정지용이라는 시인이 옥천 출신인 것은 알고 계셨어요?
▲ 아니, 몰랐어. 내 친구 조철호 (동양일보)회장이 옥천에유명한 시인이 있다는 거야. 그 시인은 한국문학사에서 가장훌륭한 문인이라는 거야. 그런가 보다 하였지. 그런 후 정지용과 지용회 그리고 지용제를 서울에서 맞닥뜨린 거야. 그래서 옥천으로 가지고 내려와야 한다고 생각했지. 그래야 한다는 생각이 들었어.
▲당시에는 기관단체장들도 지용제에 참석하지 않았어.
▲그때는 그런 시절이었어.

이렇게 말씀하시는 박 원장은 어느새 먼 산을 본다. 그때를 생각하고있는 듯하였다.

그 당시 옥천의 정서를 가늠하게 하는 몇 마디가 필자의 마음을 더욱아프게 하였다. 그러나 누군가는 역사를 만들고 또 다른 누군가는 그 역사를 이렇게 정리하고 있다.

　따뜻한 함박눈이 내릴 것만 같다. 밤새도록 수제비만한 눈이 풀풀 날릴 것만 같다. 역사처럼 그렇게.

해금 30주년을 맞으며

1988년 3월 31일. 정지용의 작품이 해금되었다. 이번 해에 해금 30주년을 맞이하였다.

분단과 이데올로기라는 거대 담론에 갇혀 매장되었던 혹은 영원히 매몰될 위기에 처했던 소중한 문화유산이 우리 곁으로 돌아온 것이다.

다양한 언어체계를 통해 작품을 구사하였던 정지용은 그의 생애 자체도 많은 이들에게 의구심을 갖게 한다. 덕분에 더 많은 정지용 연구가들에 의해 연구논문이 생산되는 계기가 마련되었을 것이다.

정지용의 삶과 관련, 여러 가지 이견이 있으나 6·25 이후 생사가 불분명한 것은 사실이다. 생사 불분명 이후 정지용은 월북이라는 오해와 함께 그의 작품은 금서가 되었다가 1988년 김기림의 작품과 함께 해금되었다.

당시 시대상을 고려해 볼 때 사상성과 거리가 멀었던 그들 문학의 본령을 지키기가 힘들었던 모양이다. 역사는 그런 것인가 보다. 본질은 가끔씩 빛을 잃기도 하고, 숨기도 하며, 누군가에 의해 숨겨지기도 하는 것인가 보다. 안타깝고 서글프지만 필자의 힘으로 어쩔 수 없는 일이다. 다행히 진실은 항상 밖으로 드러나기 마련이다. 다소 시간이 지체될 뿐이다. 그래서 안도할 뿐이다.

정지용, 김기림에 대한 해금은 1978년 '연구개방원칙' 시사 아래 문단 및 학계, 유가족, 매스컴 등의 거듭된 해금 촉구가 이어진지 10년 만에 실현되었던 성과였다.

한글의 아름다움을 살린 이들의 작품이 반세기 만에 다시 빛을 본 날. 장남 정구관은 "아버지 해금 탄원이 나의 지난 10년 삶의 전부"였다며 "부친의 해금이 우리 문학사의 복원을 이루는 계기가 되도록 노력"(『중앙일보』, 1988.4.2.)하겠다며 눈물을 쏟았다고 한다.

한편 기형도는 「40년 불구 '한국문학사' 복원 첫걸음」(『중앙일보』, 1988.4.2.)에서 "이번 조치는 정부의 '해금 단행'이라는 적극적 태도보다는 '해금 인정'이라는 소극적 태도에 불과하다는 반응이 지배적"이라며 "문공부가 지용, 기림 외에 나머지 납·월북 문인들의 작품도 단계적으로 해금하겠다는 사실에서도 뒷받침"되고 있다고 평하였다.

학계에서는 정지용과 김기림 두 시인에게만 국한시킨 해금에 대하여 비판적인 시각을 보냈다. 한국문학사의 온전한 복원에 두 시인만의 해금으로는 별다른 도움을 주지 못한다는 것이었다.

이들이 해금된 날은 역사 기록의 한 장면이 되었다.

당시 정치, 사회 분위기가 납북 혹은 월북설이 나돌던 한 사람의 작가를 기존과는 다른 시각에서 바라보게 한다는 것. 그것은 어느 날 갑자기 자신의 성(姓)이 바뀐 혼란과 비슷한 정체성의 혼동을 가져올 수 있기 때문에 상당히 어려웠을 것이다.

정지용의 해금을 추진하였던 사람들. 그들은 때론 신변의 위협과 주변의 따가운 눈초리를 살펴야만 하는 경우도 있었을 것이다. 실제로 당시 학계와 유명문학인들의 서명을 받는 과정에서 "나는 (정지용을)모른다"거나 "나는 지금 (정지용 해금에 수긍하고 동의하나)요주의 인물로 몸을 사려야 하니 봐주게"라는 반응으로 발길을 돌려야만 하는 역사를 슬프게 증언해준 분도 있다.

그래도 누군가 하여야 했고 해내야만 하였던 일이었을 것이다. 그들의 노력이 있었기에 세계인에게 사랑받는 정지용의 작품이 우리 곁에 머물 수 있었다. 고마운 일이다.

"齋골 막바지 山밋 조고만 초가집"을 찾아서

2023년 12월 28일.

재동의 바람은 양 볼을 세차게 때렸다.

하필 이렇게 추운 날을 골라서 서울로 올라온 것이 후회스러웠다. 그러나 어쩌랴. 이왕 내디딘 발걸음을 거둘 수는 없지 않은가. 고속터미널에서 두꺼운 바지를 하나 사서 껴입었다. 좀 견딜만하다. 이제 지하철 3호선을 타고 안국역에서 내려야 한다. 애꿎은 친구를 불렀다. 옥천 촌놈의 길 안내 서비스를 해줘야 하기 때문이다. 친구 순이를 대동했으니 이제 길 잃을 불안감은 없어졌다.

정지용의 첫 소설 「三人」의 공간적 연구를 위하여 먼저 그가 일제강점기에 다녔던 계동 휘문고보 옛터를 찾아야 했다. 그곳에는 현대 그룹 계동사옥(종로구 원서동)이 들어서 있었다. 그 앞에 서서 올려다보니 고개가 아프다. 높다. 관상감 터가 있다. 이곳은 조선시대 천문 기관 관상감의 천문대인 관천대가 있었던 곳으로 하늘을 보는 고개라 하여 '볼재'

라 한단다. 휘문학교 교가에 '휘문'이란 용어 대신 '볼재'가 기록된 이유가 이것이로구나.

"齋골 막바지 山밑 조고만 초가집"(「三人」 일부)은 어디일까? 정지용 소설 「三人」에는 그가 이곳에서 하숙하였다고 설정하였는데…. 「三人」이 정지용의 자전적 이야기인데….

찾아야 한다.

'齋洞'은 참 가슴 아픈 사연을 지닌 동네 이름이다. 수양대군이 단종을 보필하던 황보인 등을 참살하여 이들이 흘린 피가 내를 이루고 비린내가 나서 동네 사람들이 재(灰)로 길을 덮었다고 '齋골' 즉 '灰洞'이라 부르던 것이 한자로 '齋洞'이라 표기되었다고 한다.

여름방학이 시작되고 1학기 종업식이 끝났다. '조', '이', '최'로 명명된 세 사람은 성적이 좋은 사람에게 한턱 내게 하여 즐겁게 하루를 보내고 옥천으로 향한다는 이 소설의 공간적 배경은 어디일까?

계동 현대 사옥을 나와 왼쪽 골목으로 접어들었다. 좁다란 골목은 약간 가팔랐다. 그 골목에는 스타벅스 매장과 텔레비전에서나 볼 법한 음식점들이 잘 익은 옥수수 알처럼 줄 서 있다. 재동초등학교 앞을 지난다. 담 너머로 보이는 학교 운동장에는 아이들이 모두 하교하고 없었다. 정지용이 현재 이곳에 없는 것처럼.

마침 재골에서 불어올 법한 바람이 세차게 분다. 영하 15도라고 기상청이 예보하더니 참 춥다. 그 바람 아리다.

정지용 선생님이 하숙했다는 "齋골 막바지 山밑 조고만 초가집"이 여기 어디쯤은 아니었을까? 그냥 가늠해 본다.

무작정 걸었다.

그 길은 북촌하고 이어졌다. 북촌 구석구석을 쏘다녔다. 한국인보다 외국인이 더 많아 보인다. 그 사이로 기와집이 죽 줄을 서 있다. 초가집은 없다.

실패다.

북촌 꼭대기에 도착했을 때는 해가 지고 있었다.

남산 타워가 눈에 들어온다. 정지용이 일요일이면 스케치북을 들고 '재동'에서부터 걸어갔다는 남산이다. 남산에서 한강도 조망하였다고 한다. 순이에게 물었다.

"여기에서 남산까지 걸어갈 수 있을까?"

"조선시대에는 다들 걸어갔지 않았을까?"

물음표로 물어본 질문은 다시 물음표가 되어 되돌아왔다.

"우리 저기 가보자."

"그래."

남산에 도착했다.

한강이 보였다.

정지용은 이곳에 올라 그림도 그리고 공부도 하였겠구나. 그러면서 예술적 혼이 강하게 자극되었을 것이고 그 자극은 시적 감흥으로 자라 한국 현대시의 아버지가 되었겠구나. 생각이 이쯤에 이르자 하나, 둘 별빛처럼 조명이 켜지기 시작했다. 서울의 야경이 홍콩 야경보다 한 수 위라고 생각했던 필자였기에 그 감흥이 더욱 각별하였다. 하물며 정지용 선생님을 생각하니 한껏 운치 있는 풍경이 그려졌다.

이렇게 특별한 날, 시시한 칼국수를 먹고 옥천으로 돌아갈 수는 없었다. 적어도 그때 심정이 그랬다는 이야기이다.

"순이야 맥주 먹을까?"

"그래, 먹자."

정지용이 좋아했다는 맥주. 길진섭과 평양에 갔을 때 맥줏집에 들어가서 맥주 몇 병 주면 되겠느냐는 여급의 말에 있는 대로 다 가져오라고 하였다던 정지용의 호기를 생각한다.

이제 돌아가야 한다.

정지용 고향 옥천을, 「三人」에서 돌아가는 과정을 거쳐서 가야 하나. 조선시대, 1919년 정지용은 남대문(서울)역에서 용산역을 거쳐 한강을 지나서 옥천에 갔단다. 그런데 2023년 현대에 사는 필자는 수서역에 가서 SRT를 탄다. 그렇기에 용산이나 한강을 지나지 않는다. 다만 두더지처럼 땅속으로, 땅속으로 길고 조용하게 지나간다. 그때 정지용은 현대의 상황을 짐작이나 하였을까.

정지용의 휘문고보 시절 하숙집이었다는 "齋골 막바지 山밑 조고만 초가집"은 찾지 못하였다. 다만 어디쯤인지 지레짐작한 곳은 있다.

부록

정지용 생애 여정 지도

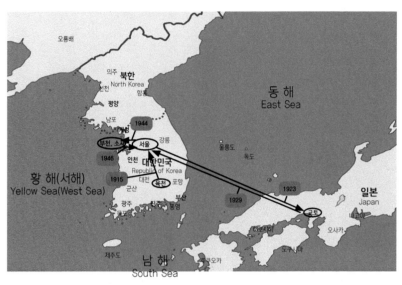

| 옥천

1902. 5. 15. 옥천군 내남면 상계리 출생

1913. 은진송씨 재숙과 결혼

1928. 옥천면 하계리 40에서 장남 구관 출생

| 서울

1915. 서울 처가 친척 송지헌 집에 기숙하였다 전함.

1918. 경성 창신동 143번지 우필영 씨방

1919. 12. 『서광』 창간호에 첫 소설 자전적 소설 「삼인」 발표

1929. 휘문고보 영어교사로 취임. 부인과 장남 솔거하여 서울 종로구
　　　효자동으로 이사

1930. 3. 박용철, 김영랑, 이하윤 등과 『시문학』 동인으로 활동

1933. 구인회(김기림, 이효석, 이종명, 김유정 유치진, 조용만, 이태준, 정지용, 이무영) 9명이 창립함.

1935. 10. 시문학사에서 『정지용 시집』 간행

1939. 8. 『문장』에 시부문 심사위원 맡음

1941. 9. 문장사에서 『백록담』 간행

1946. 서울 성북구 돈암동으로 이사

1946. 6. 을유문화사에서 『지용시선』 간행. (『정지용시집』, 『백록담』에서 뽑음)

1946. 경향신문사 주간. 백양당과 동명출판사에서 『백록담』 재판 발행

1947. 서울대 문리과 강사 출강 『시경』 강의

1948. 2. 박문출판사 산문집 『문학독본』 간행

1949. 1. 동지사에서 『산문』 간행

1950. 3. 동명출판사 『백록담』 3판 간행. 한국전쟁 당시 녹번리 초당에서 설정식 등과 함께 정치보위부에 나가 자수형식을 밟다가 납북 추정

| 부천

1944. 2차 세계대전 말기 일본군 열세로 연합군 폭격 대비를 위해 서울 소개령 내림. 정지용은 부천군 소사읍 소사리로 가족 솔거해 이사.

1945. 이화여전 교수(문과 과장). 당시 건설출판사(조벽암 : 시인 · 소설가 1908~1985)에서 하숙하였다 전함.

| 교토

1923. 4. 교토 동지사전문학교 신학부 입학

1923. 5. 교토 동지사 대학 예과 입학

1926. 5. 교토 동지사 대학 예과 수료

1926. 4. 교토 동지사 대학 영문학과 입학

1929. 6. 교토 동지사 대학 영문학과 졸업

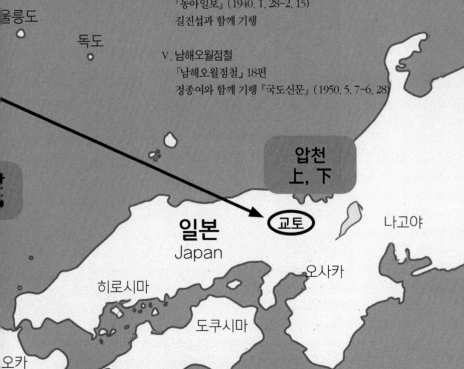

정지용 기행산문 여정 지도

동 해
East Sea

Ⅰ. 일본 교토(1923~1929)
「압천상류」上
「압천상류」下

Ⅱ. 금강산기
「내금강소묘 1, 2」
「수수어 3-2」
박용철과 함께 기행 『조선일보』(1937. 2. 10~17)

Ⅲ. 「남유다도해기」 12편
김영랑, 김현구와 함께 기행 『조선일보』(1938. 8. 6~30)

Ⅳ. 화문행각
「화문행각」 13편
『동아일보』(1940. 1. 28~2. 15)
길진섭과 함께 기행

Ⅴ. 남해오월점철
「남해오월점철」 18편
정종여와 함께 기행 『국도신문』(1950. 5. 7~6. 28)

울릉도

독도

압천
上, 下

일본
Japan

교토

나고야

오사카

히로시마

도쿠시마

오카

정지용 연보

1902

전기 ㅣ 6월 20일(음력 5월 15일) 충북 옥천군 내남면에서 영일(迎日)정씨 부 정태국과 모 하동정씨 정미하 사이에서 태어남. 부친은 한약상 경영. 1910년 조선총독부 임시토지조사국 토지조사부에 의하면 정지용 생가 주소는 옥천군 내남면 상계리로 확인됨.

1910

전기 ㅣ 4월 6일 충북 옥천공립보통학교(현 죽향초등학교)입학.

1911

전기 ㅣ 7월 하안 붕괴해 제방 개축할 정도의 대홍수 발생. 정지용 집 큰 피해.

1913

전기 ㅣ 충북 영동군 심천면의 은진 송씨 명헌의 딸인 동갑나기 재숙과 결혼. 부인은 1902년 1월 21일생.

1914

전기 ㅣ 3월 23일 4년제 옥천공립보통학교 4회 졸업.

1915

전기 ㅣ 처가의 친척인 서울 송지헌의 집에 기숙.
휘문고보 입학 전까지 한문수학했다 알려짐. 스승은 누군지 확실하지 않음.

1917

전기 ㅣ 8월 11일 참혹한 호우 피해. 이때 한약재 침수로 집안이 몰락하는 원 인이 됨.

1918

전기 | 4월 2일 사립 휘문고보 입학. 휘문고보 재학 당시 3년 선배 홍사용, 2
년 선배 박종화, 1년 선배 김윤식, 동급생 이선근, 박제찬, 1년 후배 이
태준 등이 있었음. 성적은 1학년 때 88명 중 수석. 집안형편으로 교비
생으로 학교다님.

작품 | 박팔양 등 8명이 요람(搖籃)동인(同人) 결성. 그러나 그 중 한 권도 발
견 안 됨. 정지용, 박제찬이 동지사대학 진학 후에도 동인들 서로 작
품 돌려봄.

1919

전기 | 휘문고보 2학년. 3·1운동 후유증으로 가을까지 수업 못 받음. 1·2
학기 성적공란이고 3학기 성적만 학적부에 남아있음. 휘문고보 학내
사태 주동으로 전경석은 제적, 정지용과 이선근은 무기정학 처분. 교
우와 교직원의 중재로 사태수습 후 바로 복학.

작품 | 12월 『서광(曙光)』 창간호에 첫 소설 소설 「삼인」 발표.

1922

전기 | 3월 휘문고보 4년제 졸업. 학제 개편으로 수업연한이 5년제
(1922~1938)가 되며 5학년으로 진급.

작품 | 마포하류 현석리에서 타고르의 시풍이 엿보이는 첫 시작 「풍랑몽 1」
초고 씀.

1923

전기 | 정지용 등 학예부원이 편집한 『휘문』 창간호 출간. 3월 휘문고보 5년
제 졸업. 4월 16일 박제환과 함께 일본 교토의 동지사전문학교 신학
부 입학. 4월 27일 신학부 퇴학. 5월 3일 동지사대학 예과 입학(홍종
욱, 「교토 유학생 박제환의 삶과 실천」, 『한국학 연구』 40집, 인하대
한국학연구소, 2016, 407면.) 졸업 후 모교 교사로 근무한다는 조건부

로 휘문고보측 장학금 지급.

작품 ㅣ 3월 11일(작품 말미에 표기) 대표작 「향수(鄕愁)」 초고 씀.
고국을 떠나는 심적 부담감이 내면에 작용한 것으로 보임.

1924

작품 ㅣ 시 「자류(柘榴)」, 「민요풍 시편」, 「Dahlia」, 「홍춘(紅春)」, 「산에ㅅ색
시 들녘사내」 씀.

1925

작품 ㅣ 「샛밝안 기관차(機關車)」, 「바다」, 「황마차(幌馬車)」 등의 작품 씀.
11월 『동지사대학예과학생회지(同志社大學豫科學生會誌)』『同志
社大學豫科學生會誌』와 『自由詩人』 관련 자료는 김동희, 「정지용
의 일본어시」, 『서정시학』 65호, 2015, 178~190면 참조. 4호에 시 「カッ
フェ_フラス」, 「車窓より」, 「いしころ」, 「仁川港の或る追憶」 발표.
12월 『자유시인(自由詩人)』 창간호에 시 「シグナルの燈り」, 「爬蟲類動物」,
「なつばむし」, 「扉の前」, 「雨に濡れて」, 「恐ろき落日」, 「暗い戸口の前」,
산문 「詩・犬・同人」 발표.

1926

전기 ㅣ 3월 예과 수료 후 4월 영문과에 입학.

작품 ㅣ 시 「갑판(甲板) 우」, 「바다」, 「호면(湖面)」, 「이른 봄 아츰」 씀.
2월 『자유시인(自由詩人)』 2호에 시 「遠いレ_ル」, 「歸り路」, 「眼」, 「ままつ
かな機關車」, 「橋の上」, 「幌馬車」 발표.
2월 『동지사대학예과학생회지(同志社大學豫科學生會誌)』 5호에 시 「山娘
野男」, 「公孫樹」, 「夜半」, 「雪」, 「耳」, 「チヤツプリンのまね」, ステッキ」
3월 『자유시인(自由詩人)』 3호 시 「螺線形の街路」, 「笛」, 「酒場の夕日」 발표.
4월 『자유시인(自由詩人)』 4호에 시 「窓に曇る息」, 「散彈のやうな卓上演
說」, 산문 「せんちめんたるなひとりしやべり」, 번역시 1편 발표.

5월 『자유시인(自由詩人)』5호에 시 「初春の朝」, 산문 「原稿紙上の夜行列車」 발표.

6월 『동지사대학예과학생회지(同志社大學豫科學生會誌)』6호에 시 「雨蛙」, 「海邊」

11월 『동지사대학예과학생회지(同志社大學豫科學生會誌)』7호에 시 「窓に曇る息」, 「橋の上」, 「眞紅な汽關車」, 「幌馬車」 발표.

6월 『학조』창간호에 「카 삐에르란스」, 「슬픈 인상화(印象畵)」, 「파충류(爬蟲流) 동물(動物)」, 「지는 해(서쪽한울)」, 「띠」, 「홍시(감나무)」, 「딸레(人形)와 아주머니」, 「병(한울 혼자 보고)」, 「마음의 일기(日記)」, 「별똥(童謠)」 발표.

11월 『신민(新民)』 19호에 「따알리아(Dahlia)」, 「홍춘(紅春)」 발표.

『어린이』4권 10호에 「산에서 온 새」 발표.

『문예시대(文藝時代)』창간호에 「산에ㅅ색시 들녘사내」 발표.

12월 『신소년(新少年)』에 「굴뚝새」 발표.

『근대풍경(近代風景)』1권 2호에 일어시 「かつふえふらんす」 발표.

1927

작품 Ⅰ 「뻿나무 열매」, 「갈매기」 등 7편 교토와 옥천을 오가며 씀.

1월 『문예시대』 2호에 「갑판 우」. 『신민』 21호에 「넷니약이구절」. 『근대풍경』에 일어시 「해(海)」 발표.

2월 『신민』 22호에 「이른봄 아침」. 『조선지광(朝鮮之光)』 64호에 「새빩안 기관차」, 「호면(湖面)」, 「바다」, 「내 맘에 맞는 이」, 「무어래요」, 「숨ㅅ기내기」, 「비듥이」. 『근대풍경』 2권 2호에 일어시 「해(海) 2」, 「해(海) 3」, 「みなし子の夢」 발표.

3월 『조선지광』 65호에 「향수」, 「석류(柘榴)」, 「바다」. 『근대풍경』 2권 3호에 일어시 「悲しき인상화(印象畵)」, 「金ほたんの哀唱」, 「湖面」, 「雪」. 『근대풍경』 2권 4호에 일어시 「幌馬車」, 「初春の朝」를 발표.

5월 『조선지광』 67호에 「뻿나무 열매」, 「엽서에 쓴 글」, 「숨은 기

차」.『근대풍경』2권 5호에 일어시「갑판(甲板)の上」.『신소년』5권 5호에 「산 넘어 저쪽」, 「할아버지」 발표.

6월 『조선지광』7권 6호에 「5월 소식」, 「幌馬車」.『신소년』5권 6호에 「해바라기씨」.『근대풍경』2권 6호에 일어시「まひる」, 「園いレール」, 「夜半」, 「耳」, 「歸り路」.『학조』2호에 「鴨川」, 「船醉」 발표.

7월 『조선지광』69호에 「發熱」, 「風浪夢」, 「말」 발표.

8월 『조선지광』70호에 「太極扇」 발표.

9월 『조선지광』71호에 「말1」.『근대풍경』2권 9호에 일어시「鄕愁の靑馬車」, 「笛」, 「酒場の夕日」 발표.

11월 『근대풍경』2권 11호에 일어시「眞紅な機關車」, 「橋の上」 발표.

1928

전기 ㅣ 옥천군 옥천면 하계리 40-1 자택에서 장남 구관 출생.

음력 7월 22일 성프란시스코 사비엘 천주당(가와라마치 교회)에서 요셉 히사노 신노스케를 대부로 하여 뒤튀 신부에게 세례를 받았다.

작품 ㅣ 2월 『근대풍경』3권 2호에 일어시「旅の朝」 발표.

5월 『조선지광』78호에 「우리나라 여인들은」 발표.

9월 『조선지광』80호에 「갈매기」 발표.

10월 『동지사문학』3호에 일어시「말1」, 「말2」 발표.

1929

전기 ㅣ 6월 30일 동지사대학 영문과 졸업. 9월 휘문고보 영어교사 취임. 학생들 사이에서 시인으로 인기 높았다고 함. 동료교사로 김도태, 이헌구, 이병기 등이 있었음.

부인과 장남을 솔거해 옥천에서 서울 종로구 효자동으로 이사.

작품 ㅣ 12월 「유리창」 씀.

1930

전기 I 3월 박용철, 김영랑, 이하윤 등과 『시문학』 동인으로 활동하며 어울림.

작품 I 1월 『조선지광』 89호에 「유리창1」, 「겨울」 발표.

3월 『大潮』 창간호에 「小曲」, 「봄」 등 번역시 발표.

5월 『시문학』 2호에 「바다1」, 「피리」, 「저녁햇살」, 「호수1」, 「호수2」 발표하고 번역시 「봄에게」, 「초밤별에게」 발표. 『신소설』 3호에 「청개구리 먼 내일」, 「배추벌레」 발표.

8월 『조선지광』 92호에 「아츰」 발표.

9월 『신소설』 5호에 「바다」 발표.

10월 『학생』 2권 9호에 「절정」 발표.

1931

전기 I 12월 서울 종로구 낙원동 22번지에서 차남 구익 출생.

작품 I 1월 『학생』 27호에 「유리창2」 발표.

10월 『시문학』 3호에 「풍랑몽2」, 「그의 반」 발표.

11월 『신여성』 10권 11호에 「촉불과 손」 발표.

12월 『학생』 27호 「난초」 발표.

1932

작품 I 1월 『문예월간』 2권 2호에 「무서운 시계」, 『신생』 37호에 「밤」 발표.

4월 『동방평론』 창간호에 「바람」, 「봄」 발표.

6월 『학생』 42호에 「달」 발표.

7월 『동방평론』 4호에 「조약돌」, 「기차」, 「고향」 발표.

1933

전기 I 7월 서울 종로구 낙원동 22번지에서 3남 구인 출생.

『카톨릭청년』지 편집 도움. 구인회(김기림, 이효석, 이종명, 김유영, 유치진, 조용만, 이태준, 정지용, 이무영) 9명이 창립 회원임.

작품 ｜ 6월『카톨릭청년』창간호에「비로봉」,「해협」발표.

9월『카톨릭청년』4호에「은혜」,「별」,「임종」,「갈릴레아 바다」, 밤(산문),「람프」(산문) 발표.

10월『카톨릭 청년』5호에「귀로」,「시계를 죽임」발표.

1934

전기 ｜ 서울 종로구 재동으로 이사. 12월 이곳에서 장장녀 구원 줄생.(후에 장남 구관은 자신 위에 첫째 딸이 있었다고 구술함.)

작품 ｜ 2월『카톨릭 청년』9호에「또하나 다른 태양」,「다른한울」발표.

3월『카톨릭 청년』10호에「나무」,「불사조」발표.

9월『카톨릭 청년』16호에「승리자 김안드레아」발표.

1935

전기 ｜ 10월『시문학사』에서『정지용 시집』간행. 이전에 잡지에 발표되었던 시 89편 수록.

작품 ｜ 2월『카톨릭 청년』에「홍역」,「비극」발표.

7월『조선문단』24호에「지도」,「다시 해협」발표.

12월『시원』5호에「바다2」발표.『정지용시집』에 실린 작품 중「말2」,「산소」,「종달새」,「바람」은 발표지 미확인.

1936

전기 ｜ 12월 서울 종로구 재동에서 오남 구상 출생.

작품 ｜ 3월『시와 소설』창간호에「유선애상」발표.

6월『조선일보』에 19일「아스팔트」(산문), 21일에「노인과 꽃」(산문) 발표.『중앙』32호에「파라솔」발표.

7월『조광』9호에「폭포」발표.

1937

전기 ｜ 서울 서대문구 북아현동으로 이사. 8월 오남 구상 병사.

작품 ┃ 6월 『조선일보』 8일에 「이목구비」(산문). 9일에 「비로봉」, 「구성동」, 「슬픈우상(수수어4)」. 10일에 「육체」(산문). 11일에 「슬픈우상」 발표. 11월 『조광』 25호에 「옥류동」 발표.

1938

전기 ┃ 카톨릭 재단의 『경향잡지』 편집 도움.

작품 ┃ 1월 『삼천리문학』 창간호에 「꾀꼬리와 국화」(산문) 발표.

4월 『삼천리 문학』 2호에 「온정」, 「삽사리」 발표.

6월 『여성』 27호에 「소곡」. 『해외서정시집』에 번역시 「水戰이야기1」, 「水戰이야기2」, 「눈물」, 「神嚴한 죽엄의 속살거림」 발표.

1939

전기 ┃ 5월 20일 북아현동 자택에서 부친 사망(옥천군 옥천읍 수북리 안장).

8월에 창간된 『문장』에 이태준은 소설, 정지용은 시부분 심사를 맡음. 박두진, 박목월, 조지훈 등 청록파 시인과 이한직, 박남수, 김종한 등 신인추천 함.

작품 ┃ 3월 『문장』 1권 2호에 「장수산1」, 「장수산2」 발표.

4월 『문장』 1권 3호에 「백록담」, 「춘설」 발표.

4월 14일 『동아일보』에 「예장」(산문) 발표.

┃ 11월 좌파 문학단체 조선문학가동맹 아동문학 분과위원장

┃ 12월 『휘문』 17호에 일어시 「ふるさと」 발표.

덕원신학교 교지 『신우』에 「어머니」 발표.

1940

전기 ┃ 선천, 의주, 평양, 오룡배 등을 길진섭 화백과 여행함. 이때 쓴 글과 그림으로 이루어진 기행문 「화문행각」 발표.

작품 ┃ 1월 『태양』 1호에 「천주당」 발표.

1941

전기 ǀ 1월『문장』22호 특집 〈신작 정지용 시집〉으로 구성(「조찬」,「진달
래」,「인동차」 등 10편).

9월 문장사에서 2시집『백록담』 간행(「장수산 1, 2」,「백록담」 등 33편
수록). 이 시기 정지용은 정신적, 육체적으로 무척 피로해 있었다.

작품 ǀ 1월『문장』3권 1호에 「비」,「조찬」,「인동차」,「붉은손」,「꽃과벗」,
「나븨」,「진달래」,「호랑나븨」,「예장」,「도굴」 발표.

『백록담』에 실린 작품 중 「선취」,「별」,「비」(산문),「비둘기」(산문)는
발표지 미확인.

1942

작품 ǀ 2월『국민문학』4호에 「異土」 발표.

1943

작품 ǀ 1월『춘추』12호에 「窓」 발표.

1944

전기 ǀ 2차 세계대전 말기 일본군 열세로 연합군 폭격에 대비위해 서울소개
령 내림. 정지용 부천군 소사읍 소사리로 가족 솔거해 이사.

1945

전기 ǀ 8.15해방과 함께 휘문고보 사직.

10월 이화여자전문학교 교수(문과 과장됨), 한국어, 영시, 라틴어 담당.
당시 건설출판사(조벽암 : 시인 · 소설가 1908~1985)에서 하숙하였다
전함.

작품 ǀ 12월『해방기념시집』에 「그대들 돌아오시니」 발표.

1946

전기 ǀ 서울 성북구 돈암동 산11번지로 이사.

2월 문학가동맹에서 개최한 작가대회에서 아동분과위원장, 중앙위원

으로 추대되었으나 정지용 참석하지 않음. 장남 구관이 참석해 당나
라 시인 왕유의 시를 낭독.

5월 돈암동 자택에서 모친 정미하 사망.

5월 건설출판사에서 『정지용 시집』 재판 간행.

6월 을유문화사에서 『지용시선』 간행(「유리창」 등 25편 실음. 「정지용 시
집」과 「백록담」에서 뽑은 것).

8월 이화여전 이화여자대학으로 개칭, 동교 교수됨.

10월 경향신문사 주간으로 취임(사장 양기섭, 편집인 염상섭).

10월 백양당과 동명출판사에서 『백록담』 재판 간행.

작품 ┃ 1월 『大潮』 1호에 「애국의 노래」 발표.

1947

전기 ┃ 8월 경향신문사 주간직 사임, 이화여자대학교 교수로 복직. 서울대학
　　　교 문리과대학 강사로 출강, 현대문학강좌 『詩經』 강의.

작품 ┃ 『경향신문』(『경향신문』 3월~6월 자료는 최호빈, 「정지용의 번역
　　　시」, 『서정시학』 65호, 2015, 191~199면 참조).

3월 14일 번역시 「자유」

3월 16일 번역시 「나의 머리 안에 계신 천주」

3월 27일 번역시 「사랑의 哲學」, 「靑年과 老年」

4월 3일 번역시 「四月 祈禱」, 「觀心과 差異」

4월 10일 번역시 「軍隊의 幻影」

4월 17일 번역시 「大路의 노래」

4월 27일 번역시 「잊고 말자」

5월 1일 번역시 「自由와 祝福」, 「法廷審問에 선 重犯人」

5월 8일 번역시 「弟子에게」

5월 11일 번역시 「사랑-나의 아들에게」

5월 15일 번역시 「나는 앉아서 바라본다」

6월 12일 번역시 「平等無終의 행진」

1948

전기 | 2월 이화여자대학교 교수직 사임. 녹번리 초당에서 서예 즐기며 소일.
    2월 박문출판사에서 산문집『문학독본』간행, 「사시안의 불행」등 평
    문, 수필, 기행수필 37편이 수록되어 있음.

1949

전기 | 1월 동지사에서『산문』간행, 평문, 수필, 역시 등 55편 수록.
    | 9월 중등학교 교과서 작품 10편 삭제(좌익 작가의 것으로 지목)
작품 | 1월『산문』에 실린 작품 중 발표지 미확인 된 번역시 「平等無終의 進
    行」,「軍隊의 幻影」,「目的과 鬪爭」발표.

1950

전기 | 3월 동명출판사『백록담』3판 간행.
    한국전쟁 당시 녹번리 초당에서 설정식 등과 함께 정치보위부에 나가
    자수형식을 밟다가 납북 추정(장남 정구관은 이 시기를 7월 그믐께라고
    증언).『동아일보』2001. 2. 26.에 의하면 9월 25일 사망했다는 기록이
    『조선대백과사전』에 기재.
작품 | 2월『문예』7호에 「곡마단」발표.

정지용 관련사진

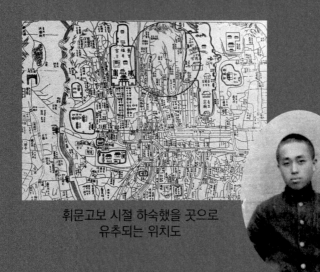

휘문고보 시절 하숙했을 곳으로
유추되는 위치도

휘문고보 시절 정지용

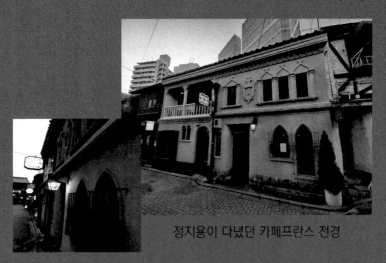

정지용이 다녔던 카페프란스 전경

1920년대 조선인 노동자가 공사한 교토 비예산 케이블카. 정지용
산문 『압천 상 · 하』의 공간적 배경이다.

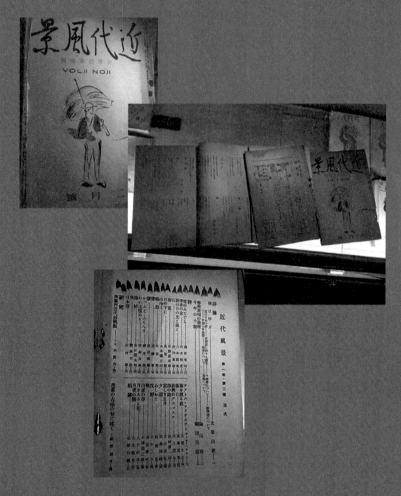

　　1926년 12월 『근대풍경』에 일본어 창작시 「かっふぇ・ふらんす」와 1927년 3월 「手紙一つ」 투고 작품. 정지용의 작품 수준과 발전 가능성을 예견한 일본 문단의 영향과 기타하라 하큐슈(北原白秋)의 예리한 문학적 혜안(慧眼).

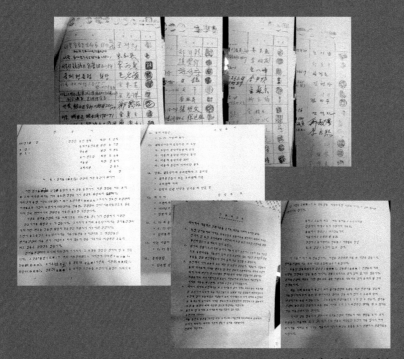

정지용 시인의 해금을 위해 서명한 진정서와 명단

2010년 북에 남아있던 정지용 가족과의 상봉(좌로부터 구관, 구인, 구원)

다시 정지용을 찾아

정지용 만나러 가는 길

두 번째 이야기

| 초판 1쇄 인쇄일 | | 2024년 5월 10일 |
| 초판 1쇄 발행일 | | 2024년 5월 18일 |

지은이		김묘순
편집/디자인		정구형 이보은
마케팅		정찬용 정진이
영업관리		한선희 김형철
책임편집		정구형
인쇄처		으뜸사
펴낸곳		국학자료원 새미(주)
		등록일 2005 03 15 제251002005000008호
		경기도 고양시 덕양구 권율대로 656 원흥동
		클래시아 더 퍼스트 1519,1520호
		Tel 4424623 Fax 64993082
		www.kookhak.co.kr
		kookhak2010@hanmail.net
ISBN		979-11-6797-158-6 *03810
가격		20,000원

* 저자와의 협의하에 인지는 생략합니다.
  잘못된 책은 구입하신 곳에서 교환하여 드립니다.
  국학자료원 · 새미 · 북치는마을 · LIE는 국학자료원 새미(주)의 브랜드입니다.

* 이 책은 충북문화재단에서 지원받아 제작하였습니다.